LE JEU SÉRIEUX

HJALMAR SÖDERBERG

LE JEU SÉRIEUX

Première lecture de Nicole Zand
Postface d'Elena Balzamo

Ouvrage traduit avec le concours du Centre national du livre

VIVIANE HAMY

Titre original : *Den allvarsamma leken,* 1912

ISBN 978-2-87858-265-9

LE ROMAN DES OCCASIONS PERDUES
Par Nicole Zand

Ce roman, quand il parut en 1912, fit scandale en Suède. Considéré depuis comme un classique, il contient une étrange puissance d'émotion, un charme, qui fait qu'on ne le lâche pas. Un roman d'amour ? Peut-être. Plutôt un roman de la souffrance, de la trahison amoureuse sous toutes ses formes exposée avec une audace, une immoralité et une sensualité toutes simples, évidentes, qui sont comme le pied de nez d'un esprit libre à la morale protestante rigoriste de ce temps-là. Un roman des occasions ratées.

Tout commence, dans l'archipel de Stockholm, l'été des dix-huit ans de Lydia, la fille d'un peintre connu. Elle ne pense qu'à aimer. Prête, en toute innocence, à se jeter au cou de n'importe quel jeune homme, en l'occurrence le licencié Arvid, de quatre ans son aîné, qu'elle étreint sous les lilas avec un miaulement dont l'indécence l'étonne elle-même. « *J'ai confiance en toi. Je peux attendre* », lui a-t-elle dit. Lui va entrer dans la vie. Velléitaire dans sa vie sentimentale, il sait pourtant affirmer brutalement ce qu'il ne veut pas faire : ne pas être professeur, ne pas renoncer à un besoin de solitude pour commencer et pour finir la journée, ne pas s'attacher surtout. Ce qui n'exclut pas la jalousie. « *Je ne supporte pas la pensée que quelqu'un m'attende* », songe-t-il devant cette avalanche de passion. *Je ne supporte pas que quelqu'un attende quelque chose de moi.* »

De cette contradiction, de cette irrésolution va naître le drame intime de ce *Jeu sérieux*, finalement dérisoire, qui apparaît comme une suite de *La Jeunesse de Martin Birck*, un roman écrit en 1901 par Söderberg, largement autobiographique, que Viviane Hamy avait publié l'an dernier. Considéré comme le maître de la prose suédoise, admiré pour la pureté de sa langue, comparé volontiers à Anatole France, dont il a d'ailleurs traduit plusieurs romans, Hjalmar Söderberg (1869-1941), à la différence d'un Strindberg, ou d'un Ibsen, n'était guère lu en dehors de la Scandinavie. On ne le connaissait en France jusque-là que par sa pièce de théâtre, écrite en 1906, *Gertrud*[1] ; et surtout par le film admirable qu'en avait tiré le Danois Carl Dreyer en 1964[2].

Né à Stockholm vingt-cinq ans après Strindberg, il avait débuté sa carrière comme journaliste et critique littéraire. Il appartient à une génération d'écrivains fin de siècle, influencée par le positivisme et le naturalisme, qui refuse les débordements romantiques et les grands épanchements. Ce qui ne l'empêcha pas de faire scandale dès son premier roman, *Égarements*[3] (1895), et d'être accusé de pornographie. Même si l'immoralité de ses personnages peut nous paraître aujourd'hui bien anodine.

Mais la Suède de Söderberg n'est pas le Paris de Maupassant. Et lorsque, échappant à une vie conjugale infernale, il aura pendant quatre années une liaison avec une jeune femme mariée, il se verra contraint, devenu lui-même objet de scandale, de quitter Stockholm, et de s'installer au Danemark. Où il demeurera jusqu'à sa mort, ne retournant en Suède que pour de brefs séjours.

1. La première traduction française de *Gertrud* a paru en novembre 1994 aux éditions Esprit ouvert. Préface de Maurice Drouzy. Traduction de Vincent Dulac, 150 p., 89 F.

2. Une cassette vidéo du film de Dreyer est disponible chez K-Films vidéo (111, rue Saint-Maur. 75011 Paris, tél. : 43-57-65-15).

3. Éditions Viviane Hamy, pour la traduction française, 1992.

En 1912, il reprendra dans *Le Jeu sérieux* le thème du drame sentimental qui a bouleversé son existence et qu'il a déjà utilisé dans *Gertrud*. Il ne s'agit pas pour lui de ressusciter le passé, mais de transformer le traumatisme vécu en une œuvre d'art. « *Si tu étais écrivain*, demande Lydia à Arvid, *pourrais-tu alors faire comme Strindberg et tant d'autres, moins grands, pourrais-tu faire de la littérature de ce qui, un jour, a été ta propre vie, ta réalité, ton bonheur et ton malheur ? – Jamais*, répond-il, *je ne crois d'ailleurs pas qu'il soit possible, même pour un écrivain, de faire de la littérature avec son amour tant que celui-ci contient encore une étincelle de vie. Il faut qu'il soit parfaitement mort avant qu'il puisse l'embaumer.* »

Dans ce roman d'un exilé, le dernier qu'il ait écrit, l'auteur, âgé alors de quarante-deux ans seulement, va se complaire d'abord à retrouver les quartiers, les rues, les cafés de la capitale suédoise qu'il décrit avec une précision étonnante dans un minutieux exercice de nostalgie qui ne dit pas son nom. Ensuite, il va s'attacher à ancrer ce « drame de chambre » dans une « belle époque » dont il ne peut savoir qu'elle va bientôt prendre fin, mais dont il ressent douloureusement les fêlures : l'affaire Dreyfus, la séparation de la Suède et de la Norvège, le « coup » d'Agadir, la guerre russo-japonaise. Surtout, ce « précieux dégoûté », un peu dandy, très égoïste, va se livrer à l'exploration de ce que Söderberg a appelé les « mécanismes de la désillusion ». Jeux d'un amour sans hasard, puisque l'un des deux protagonistes, persuadé d'être soumis à un déterminisme absolu, est incapable de s'engager. « *On ne choisit pas son destin. On ne choisit pas non plus sa femme, sa maîtresse ou ses enfants. On les a, on les garde, il arrive aussi qu'on les perde. Mais on ne choisit pas !* »

Lydia, donc, est amoureuse d'Arvid. Arvid pense être amoureux de Lydia. Mais il a conscience que l'amour, loin d'apporter le bonheur, ne laisse derrière lui que souffrance et malheur. Ces deux-là vont passer leur vie à se manquer. Elle s'offre à lui. Il se dérobe. Elle se marie alors avec un homme riche qui a trente ans de plus qu'elle. Quand elle retrouvera Arvid, celui-ci s'est laissé épouser, pourrait-on dire, par une femme qu'il aime « à la manière luthérienne », raille-t-il. « *Viens ! Moi, tu peux m'aimer à la manière païenne* », lui répond Lydia. Elle va quitter son mari pour s'établir, seule, dans un petit appartement de la capitale, proposant avec hardiesse l'union libre à celui qui n'exerce son libre arbitre que dans l'esquive. « *Je crois à la volupté de la chair et à l'irrémédiable solitude de l'âme* », proclamait l'un des personnages de *Gertrud* qui lui ressemble. Lydia, elle, prend tous les risques pour forcer Arvid à décider. À sa façon, elle se comporte en femme libre, prend des amants de passage (exclusivement parmi les amis et connaissances d'Arvid), quitte à être séparée de ses enfants, quitte à provoquer des drames, à laisser des cadavres sur son passage. Une amoureuse à l'état pur... Hjalmar Söderberg n'est certainement pas un des plus grands romanciers de son temps ; il n'a pas la modernité et la férocité d'un Strindberg. Mais il y a chez lui une pureté, une netteté, une économie de l'écriture, qu'il porte à son sommet dans ce portrait de femme.

Une contemporaine des héroïnes de Tchekhov, mais qui, contrairement à elles, ne se laisse pas voler sa vie, refuse les concessions, prête à rompre toutes les amarres. Si bien qu'on se laisse prendre par ce petit roman désuet, serein, à l'intrigue banale, qui réussit à transmettre au lecteur l'émotion d'un désespoir tranquille.

Le Monde, 19 mai 1995

I

Je ne supporte pas la pensée que quelqu'un m'attende...

Lydia se baignait habituellement seule.

Elle le préférait ainsi; et puis cet été il n'y avait personne pour lui tenir compagnie. Elle n'avait rien à craindre, d'ailleurs : à proximité, perché sur un rocher, son père peignait son « motif marin » et veillait à ce qu'aucun intrus ne s'approchât trop.

Elle avança jusqu'à ce que l'eau lui arrive un peu au-dessus de la taille, s'arrêta, les bras levés, les mains nouées derrière la nuque, et attendit que les ondes s'effacent pour contempler le reflet de ses dix-huit ans.

Elle se pencha et glissa dans l'eau émeraude. Quel plaisir de se laisser aller, elle se sentait si légère! Elle nageait doucement, sans faire de bruit. Elle n'avait pas rencontré de perche; parfois, il lui arrivait de jouer avec les poissons et un jour elle avait été si près d'en attraper un, qu'elle s'était piqué la main à la nageoire dorsale.

Revenue sur le rivage, elle passa une serviette sur son corps, se laissa sécher par le soleil et la douce brise d'été, puis s'allongea sur un rocher plat, poli par les vagues. Elle se mit d'abord sur le ventre et abandonna son dos au soleil. Son corps avait déjà bruni, autant que son visage.

Ses pensées filaient. On allait bientôt dîner. Du jambon aux épinards. Ça devait être bon, mais rien à faire : le dîner était le moment le plus ennuyeux de la journée. Son père n'était guère loquace, son frère Otto, revêche, se taisait. Mais c'est vrai qu'il avait des problèmes, Otto. La concurrence était dure pour les ingénieurs; l'automne prochain il partirait pour l'Amérique. À table, seul Philippe ne cessait de parler, mais il ne disait jamais rien qui valût la peine d'être écouté : sa conversation tournait autour des précédents, des combines juridiques, des avancements et de tout un fatras dont personne ne se souciait. Comme s'il parlait uniquement pour rompre le silence; et pendant ce temps, ses yeux myopes cherchaient les meilleurs morceaux dans le plat.

Pourtant, elle aimait son père et ses frères. Curieux qu'on puisse s'ennuyer autant en compagnie d'êtres si chers...

Elle se retourna sur le dos et glissa les mains sous sa nuque, le regard perdu dans le vide.

Le ciel bleu, les nuages blancs, songeait-elle, bleu et blanc, bleu et blanc... J'ai une robe bleue avec de la dentelle blanche. C'est ma plus belle robe, mais ce n'est pas pour cela que je l'aime autant. Je l'aime pour une autre raison : parce que je la portais cette fois-là.

Cette fois-là.

M'aime-t-il? Oh oui, bien sûr qu'il m'aime.

Mais m'aime-t-il vraiment, pour de vrai?

Elle repensa au soir – il n'y avait pas longtemps de cela – où ils étaient assis dans le berceau de lilas : il avait esquissé une caresse si osée qu'elle avait eu peur. Lui-même avait dû se rendre compte qu'il faisait fausse route, car il avait pris la main qu'elle avait levée pour se protéger et l'avait baisée comme pour demander pardon.

Oui, il m'aime certainement pour de vrai.

Je l'aime. Je l'aime.

L'émotion lui faisait remuer les lèvres et sa pensée devint un murmure : je l'aime.

Bleu et blanc... bleu et blanc... le clapotement de l'eau... clap... clap...

Elle pensa soudain qu'elle n'avait découvert combien il

était agréable de se baigner seule qu'au cours de ce dernier été. Et elle se demanda d'où cela pouvait bien venir. C'était si agréable. Lorsqu'elles se baignent ensemble, les jeunes filles se croient obligées de rire, de crier, de faire du tapage. Il est tellement plus délicieux de nager seule, en silence, en écoutant le clapotis de l'eau contre les rochers.

Elle s'habilla en fredonnant « Un jour, à mes côtés – le pasteur te demandera – si tu veux être mon ami élu ».

Mais les paroles elle ne les prononçait pas.

Depuis des temps immémoriaux, le peintre Stille louait chaque été la même maison de pêcheur, une bâtisse rouge aux confins de l'archipel. Il y peignait des pins. En son temps, on disait de lui qu'il avait découvert l'archipel, comme Edvard Bergh avait découvert les bocages de bouleaux. Il représentait volontiers ses pins après une ondée, les troncs humides luisant au soleil. Pour cela, il n'avait besoin ni de pluie ni de soleil : il les connaissait par cœur. Il ne dédaignait pas non plus de laisser le couchant allumer des reflets rouges sur la fine écorce rose du sommet et sur les branches noueuses et tordues. Dans les années soixante, il avait obtenu une médaille à Paris. Son pin le plus célèbre se trouvait au musée du Luxembourg, d'autres, en petit nombre, au Musée national. À présent – à la fin des années quatre-vingt-dix – la soixantaine largement dépassée, la concurrence l'avait un peu relégué dans l'ombre. Mais il travaillait avec ténacité et application, comme durant toute sa vie laborieuse, et il s'y connaissait pour monnayer ses pins.

– Savoir peindre ne suffit pas, aimait-il à répéter, il y a quarante ans je ne peignais pas plus mal qu'aujourd'hui. Mais vendre, ça, c'est un art, il faut du temps pour l'apprendre.

Le secret était simple : il ne vendait pas cher. Aussi s'en tirait-il convenablement avec sa famille – il était père de trois enfants –, et n'avait de dettes ni envers Dieu ni envers les hommes. Veuf depuis quelques années, petit, sec, des taches de peau rose et fraîche se devinant ici et là à travers une barbe moussue, il ressemblait lui-même à un vieux pin de l'archipel.

Peintre de son métier, il était musicien dans l'âme. Autrefois, il fabriquait des violons et rêvait de redécouvrir les anciens secrets de la lutherie, mais cette époque était révolue. Cependant, il lui arrivait encore de racler son violon lors des fêtes populaires, le samedi soir, son brûle-gueule au coin de la bouche.

Il était toujours ravi de tenir la seconde basse dans un quatuor, et cela expliquait sa bonne humeur au cours du dîner :

– Il y aura de la musique ce soir. Le baron a téléphoné : il passera avec Stjärnblom * et Lovén.

Le baron, dont la petite propriété se trouvait de l'autre côté de la baie, était leur plus proche voisin parmi les gens de qualité. Stjärnblom, le licencié, et Lovén, un employé aux Douanes, étaient ses hôtes. Lydia se leva précipitamment sous prétexte qu'elle devait aller à la cuisine. Ses joues étaient en feu.

– Je ne chanterai pas, grogna Philippe.

– Tant pis pour toi, rétorqua son père.

Le quatuor souffrait en effet d'un léger handicap : il y avait deux ténors. Le vieux Stille possédait encore une basse convenable. Le baron affirmait pouvoir atteindre n'importe quel registre d'une façon « tout aussi brillamment minable »; il avait cependant fixé son choix sur la basse. Stjärnblom était le second ténor. Philippe et Lovén se disputaient la gloire et la responsabilité de premier ténor. Le ténor de Philippe était menu, tendre et pur, décidément lyrique. Celui de l'employé aux Douanes colossal, et ses flots puissants noyaient irrémédiablement la voix de Philippe. Lovén prétendait même avoir reçu une proposition

* Prononcer Chairnblum.

de contrat à l'Opéra. Pourtant, dès qu'il était question de choses subtiles, Philippe, avec fierté, se sentait indispensable, car son rival n'avait que deux cordes à sa lyre : *forte* et *fortissimo.* De plus, l'employé aux Douanes était souvent trahi par son tempérament passionné : quand l'émotion prenait le dessus, il chantait faux ou alors sa voix se cassait.

Otto rompit le silence :

– Ha! bien sûr, tu chanteras. On n'a encore jamais vu un ténor capable de se taire quand il en entend un autre chanter.

– Tu pourras choisir ce qui est dans ton registre, s'interposa le père.

Un peu boudeur, Philippe remuait distraitement ses épinards; il se laisserait peut-être convaincre de chanter *Warum bist Du so ferne?* [1] peut-être même *Kornmodsglans.* Il se rappela le *Warum* de leur dernière séance. Lovén s'était tout de suite déchaîné, mais le baron avait frappé la base de son diapason en disant : « Tais-toi, Lovén, et laisse Philippe chanter ça, lui, ça le connaît! » Il se souvenait de l'aisance, de la finesse avec laquelle il avait exécuté le morceau.

Lydia revint à table.

– Je suis allée voir ce que nous pourrons proposer ce soir. Il y aura de nouveau du jambon, du hareng avec des pommes de terre, et les perches d'Otto. C'est tout ce qu'il y a.

– Plus l'eau-de-vie, la bière, le punch et le cognac, renchérit Otto.

– Que peut-on désirer de plus? fit le vieux Stille. Toutes ces choses ne sont-elles pas des dons magnifiques du bon Dieu?

Le soleil d'août déclinait lorsque la petite barque pointue du baron surgit derrière le cap. Le vent avait molli, la

1. Pourquoi es-tu si loin?

voile s'était affaissée, on avait dû recourir aux rames. L'embarcation s'approcha de l'appontement, on largua la voile, l'équipage leva les rames; le baron, armé du diapason, donna le *la*, et pendant que la barque se laissait lentement porter vers le rivage par la houle, les trois navigateurs entamèrent le trio de Bellman :

« Les ondes ralentissent leur cours,
l'Éole suspend son souffle
quand il entend le son
de nos mandolines.
La lune brille.
L'eau miroite, calme et froide.
Les lilas et les jasmins
répandent partout leur parfum.
Un papillon vert et or
voltige de fleur en fleur,
bientôt la chenille sortira de son cocon,
bientôt elle sorti-i-i-ra de son cocon. »

Le chant résonnait, pur et beau, au-dessus des eaux. À bord d'un chasse-marée, deux vieux pêcheurs qui installaient leur ligne de fond, interrompirent leur besogne pour écouter.

– Bravo, lança le vieux Stille de l'appontement.

– Oui, ce n'est pas mal, Lovén, dit le baron, à l'exception de ce « sorti-i-i-ra de son cocon ». Ça convient mieux à Philippe. Mais bonsoir à vous tous! Bonsoir, vieux brigand, as-tu du cognac? Nous apportons le whisky. Bonsoir ma bonne, ma belle, ma douce; mum-mum, le baron accompagna chaque qualificatif d'un baiser courtois de la main. Mademoiselle Lydia! Bonsoir les garçons!

Basané, hâlé, arborant une barbe noire de Nabuchodonosor, le baron Freutiger avait l'apparence d'un bandit de théâtre. Bientôt quinquagénaire, il avait réussi à conserver sa verdeur : il ne prenait jamais rien au sérieux, les chagrins et les soucis ne le marquaient pas. Il avait pourtant eu une vie tumultueuse dont la pire épreuve était, selon lui, d'avoir été pendu pour un vol de chevaux en Arizona. Il est vrai que, dans sa jeunesse, il avait été la brebis galeuse de sa famille et avait cherché fortune un peu partout de par le monde. Il possédait des talents innombrables. Il avait publié un recueil de récits de voyage, dont la fraîcheur et la séduction mensongère lui avaient valu un renom littéraire. Il composait des valses qu'on dansait aux bals de la cour. Grâce à un héritage qui lui était échu quelques années auparavant, il avait acheté une petite propriété dans l'archipel où, sous prétexte de travaux agricoles, il passait son temps à chasser les oiseaux de mer et les jeunes filles. Il avait également des ambitions politiques. Candidat libéral aux dernières élections parlementaires, il aurait probablement obtenu un mandat, s'il avait su prendre une position un peu plus nette quant aux questions de tempérance.

Un costume de flanelle d'une blancheur éclatante, un vieux chapeau de paille sale et déformé sur la tête, il sauta sur l'appontement et réunit autour de lui son quatuor. L'employé aux Douanes Lovén, grand, beau et blond, le teint rose, un peu gras peut-être et d'un charme doucereux, prit la pose et lança quelques notes d'essai. Le licencié Stjärnblom, un jeune homme originaire du Värmland, aux épaules carrées et aux yeux timides et profonds, se tenait à l'écart. Le vieux Stille et Philippe se joignirent à eux; le baron donna le *la* et au son de *On redéploie la bannière des chanteurs* le cortège se dirigea vers la maison rouge, vers les bouteilles et les verres qui scintillaient entre les vrilles du houblon dans la petite véranda.

La nuit tombait et déjà, au nord, dans le ciel pâle, brillait Capella, l'étoile claire des soirées d'août.

Près de la balustrade du perron, Lydia écoutait. Depuis le début de la soirée, elle n'avait cessé de faire l'aller et retour entre la cuisine et la véranda, pour apporter et remporter les « pots » – nom générique dont elle désignait tout ce qui avait un rapport avec le ménage. Elle était seule à servir : Augusta, la vieille servante qu'ils avaient depuis douze ans, sifflait comme un fer à repasser chauffé à blanc chaque fois qu'il y avait des invités, et par principe ne se montrait pas.

Lydia se sentait un peu fatiguée.

Dans le soir calme, des airs avaient retenti l'un après l'autre, entremêlés d'occasionnelles altercations entre les ténors, immanquablement suivis de tintements de verres. Lydia fixait le crépuscule qui s'épaississait; la conversation des convives lui parvenait, mais elle l'entendait à peine; elle avait des larmes dans les yeux et le cœur gros. Lorsque son bien-aimé s'adressait aux autres, elle avait l'impression qu'il s'éloignait d'elle. Et pourtant il se tenait à trois pas.

Elle distingua la voix de son père :

– As-tu visité l'exposition, Freutiger?

Il s'agissait de la grande exposition de l'été 1897.

– Oui, j'y suis allé jeter un coup d'œil, puisque j'étais en ville. Par habitude; j'ai tout de même visité au moins une centaine d'expositions universelles. J'ai demandé aussitôt où l'on pouvait voir la danse du ventre. Nulle part : il n'y en avait pas! J'ai failli m'évanouir. Puis je me suis rendu à l'exposition d'art. À propos, y as-tu quelque toile?

– Rien. Je n'expose jamais. Je vends quand même. J'y suis allé la semaine passée. Il y a des choses à voir. Un Danois a peint un soleil qu'on ne peut regarder tant il vous aveugle. Pas mal du tout. Mais du diable si on peut suivre tout ça et apprendre ces trucs modernes! Je suis trop vieux. À ta santé, Lovén! Tu ne bois rien, Stjärnblom, à ta santé! Une fois, dans les années quatre-vingt, j'ai commencé à me sentir si bougrement démodé que j'ai eu envie de me remettre à la page. Le soleil n'était plus à la mode, et l'on commençait à se lasser de mes pins. J'ai alors bâclé une *Aile de maison par mauvais temps.* J'ai louché, pour la vente, du côté de Fürstenberg ou du musée de Göteborg. Mais rendez-vous compte : c'est au Musée national qu'elle a échoué et elle est toujours là! Fort satisfait, je suis retourné à mes habitudes. Voilà.

– À ta santé, vieille crapule, dit Freutiger. Toi et moi, nous avons bu la duperie de ce monde jusqu'à la lie. Lovén, lui, ne regarde que les sommets, car c'est un ténor. Stjärnblom est trop jeune et les jeunes gens ne voient qu'eux-mêmes. Nous, les aînés, sommes les figurants d'un tableau, n'est-ce pas, Arvid?

Ce nom fit tressaillir Lydia. Arvid... Comment un autre qu'elle pouvait-il l'appeler ainsi?

– À ta santé, répondit Stjärnblom.

– Secoue-toi, mon garçon, reprit le baron. À quoi rêves-tu, à tes montagnes du Värmland?

– Il n'y a pas de montagnes dans le Värmland, dit Stjärnblom.

– Comment veux-tu que je le sache? Je me suis promené partout, sauf en Suède, répliqua Freutiger. Je n'ai jamais eu aucun rapport avec le Värmland sinon par ma grand-mère qui, dans sa jeunesse, fut amoureuse de Geijer [1]. Mais il l'envoya paître. Et cela parce qu'un jour ils firent ensemble du patinage sur un lac; il y a bien un lac qui s'appelle Fryken dans le Värmland? Bon, ça se passait donc sur le Fryken, par une journée du début du siècle. Disons en 1813, car cette année-là l'hiver fut rude. Ma grand-mère ramassa une bûche, ce qui permit à Geijer d'entrevoir ses jambes. Or, elles se révélèrent bien plus grosses et plus courtes qu'il ne se l'était imaginé. Sa flamme s'éteignit donc. Mon grand-père, un maître de forge, un homme pratique, et non pas un de ces nigauds d'esthètes, la prit. Voilà pourquoi je m'appelle Freutiger, pourquoi je suis arrivé dans ce monde et me trouve parmi vous à jouir de cette belle nature. Eh oui!

1. Erik Gustave Geijer (1783-1847), poète qui fut une des figures centrales du romantisme suédois.

L'employé aux Douanes Lovén donnait depuis quelque temps déjà des signes évidents d'impatience. Il toussotait, se raclait la gorge. Soudain il bondit et entama un air de *Mignon*. Sa belle voix se déployait librement; elle offrait une inflexion plus douce que d'habitude : « Dans son heureuse innocence d'enfant – elle ne pouvait croire – que l'ardeur de la reconnaissance – deviendrait bientôt de l'amour... »

Lydia traversa le terre-plein sablonneux devant la maison et se mit à arracher les feuilles d'une épine-vinette, qu'elle froissait entre ses doigts. Le licencié Stjärnblom se leva; il se trouvait à présent près de la balustrade, à l'endroit même où la jeune fille se tenait peu auparavant. Lentement, Lydia s'engagea dans une allée du jardin. Il faisait noir entre les haies. Elle s'arrêta à l'entrée du berceau de lilas; la voix de M. Lovén « Viens, ô printemps, couvre ses joues et son cœur de tes couleurs splendides! » lui parvint.

Le si bémol fut malgré tout raté.

Un bruit de pas se fit entendre sur le sable.

Elle les reconnut. Elle savait qui approchait et elle se cacha dans le berceau.

– Lydia?... murmura une voix.

Un « miaou! » s'échappa du berceau.

Elle le regretta aussitôt : quelle bêtise de miauler ainsi; elle ne comprenait pas pourquoi elle l'avait fait. Elle tendit les bras : Arvid, Arvid...

Ce fut une longue étreinte.

Comme le baiser ne pouvait plus durer, il demanda doucement :

– M'aimes-tu?

Muette, elle cacha son visage contre sa poitrine.

Un instant plus tard, elle dit :

– Vois-tu l'étoile, là-bas?

– Oui.

– Est-ce l'étoile du Berger?

– Non, c'est impossible. À cette époque de l'année, elle se couche avec le soleil. C'est sûrement Capella.

– Capella. Un joli nom.

– Oui, le nom est joli, mais il signifie « chèvre », simplement. Pour quelle raison on a baptisé ainsi une étoile? je l'ignore. En fait, je ne sais rien.

Ils se turent. Le chant d'un râle rouge leur parvint de loin.

– Comment se fait-il que tu m'aimes?

Sans répondre, elle cacha de nouveau son visage contre sa poitrine.

– Le chant de Lovén t'a-t-il plu?

– O-o-oui, il a une belle voix.

– Et Freutiger, n'était-il pas drôle?

– Si. Il est amusant. Et gentil.

– N'est-ce pas...

Ils se balançaient, blottis l'un contre l'autre, et regardaient les étoiles.

– C'est à cause de toi, reprit-il, que Lovén fait des fausses notes quand l'émotion l'étrangle; c'est pour toi que Freutiger raconte ses histoires. Ils sont tous les deux amoureux de toi. Tu le sais maintenant. Tu peux choisir.

Il rit. Elle lui embrassa le front. Puis elle chuchota comme pour elle-même :

– Si seulement on pouvait savoir ce qui se passe là-dedans...

– Rien de particulier. D'ailleurs, le savoir ne fait pas toujours du bien.

Elle le regarda dans les yeux :

J'ai confiance en toi. Cela me suffit. Il me suffit de savoir que cet hiver tu seras à Stockholm et que nous pourrons nous voir de temps en temps. C'est à Norra Latin que tu vas faire ton stage?

– Oui. Bien entendu, je ne pense pas enseigner. Ce serait trop désespérant. Mais puisque j'ai eu ma licence, pourquoi refuser ce stage ? Ensuite je travaillerai comme professeur-adjoint. En attendant.

– En attendant quoi ?

– Je ne sais pas. Rien du tout, peut-être. Si : pouvoir accomplir quelque chose qui compte, quelque chose qui... Non, je ne veux pas être professeur. Ce n'est pas un avenir, pas *mon* avenir.

– L'avenir, que peut-on en savoir ?

Ce fut un long silence sous les étoiles silencieuses.

En repensant à la conversation de la véranda, elle reprit :

– Il n'y a pas de montagnes dans ton Värmland ? Je le croyais, pourtant.

– Non, il y a des collines un peu plus hautes qu'ici, mais ce n'est pas la vraie montagne. Je n'aime pas les montagnes ; si, j'aime m'y promener, mais non pas y vivre enfermé. On parle des habitants des montagnes, on devrait plutôt parler des habitants des vallées. Les gens vivent dans les vallées, et pas sur les sommets. Les montagnes cachent le soleil comme les hauts immeubles dans une rue trop étroite ; chez nous, les après-midi sont sombres, d'un froid glacial. On peut parler de beauté pendant un très bref instant : quand le soleil est au zénith, juste au-dessus du bassin du Klarälv ; tout apparaît alors sous une belle clarté, et si on regarde vers le sud, vers l'ouverture de la vallée inondée de lumière, on se dit : voilà le monde.

Lydia l'écoutait distraitement. Elle entendit « le soleil » et « le monde », et le râle rouge dans les champs.

– Le monde, répéta-t-elle, le monde... Crois-tu, Arvid, que toi et moi nous pourrions créer un petit monde pour nous deux ?

Il répondit, à son tour distrait et comme absent :

– On peut essayer.

La voix du baron retentit de la véranda :

– Les chanteurs ! Les chanteu-eu-eurs ! Un toast pour tout le monde !

Elle noua les bras autour de son cou et lui chuchota à l'oreille :

– J'ai confiance en toi. J'ai confiance. Et je peux attendre.

De nouveau on entendit Freutiger :

– Les chanteurs !

Ils se précipitèrent vers la véranda par des allées différentes pour arriver de directions opposées.

Debout devant la fenêtre ouverte, Lydia fixait l'obscurité de ses yeux pleins de larmes. Dans le clair de lune, sur la surface de la mer, elle distinguait le bateau qui emmenait les chanteurs. Ils avaient relevé leurs rames pour donner une sérénade en son honneur.

C'était *Warum bist du so ferne*. La voix de l'employé aux Douanes Lovén remplissait le calme de la nuit. Le baron Freutiger chantait à la fois la basse et le baryton – ou du moins le croyait-il. Mêlée à ces voix, lui parvenait celle de son bien-aimé.

« *Warum bist du so ferne,*
Oh, mein Lieb,
Es leuchten mild die Sterne,
Oh, mein Lieb!
Der Mond will schon sich neigen
in seinen stillen Reigen.
Gute Nacht, mein süsses Lieb.
Gute Nacht, mein Lieb [1]. »

Lydia se laissa tomber sur une chaise et fondit en larmes de bonheur et de fatigue. Soudain, elle décrocha du mur l'ancien porte-bouquet de vermeil muni d'un manche en porcelaine bleu turquoise, et l'arrosa de larmes et de bai-

1. Pourquoi es-tu si loin, / Ô mon amour ! / Les étoiles scintillent à peine, / Ô mon amour ! / La lune va se joindre à son tour / À leur calme ronde nocturne. / Bonne nuit, mon doux amour.

sers. Il avait appartenu à sa mère : elle s'en était servi pour porter ses fleurs de mariée.

La chanson s'éteignit; sous les coups réguliers des rames, le bateau s'éloigna. Lovén et Stjärnblom maniaient chacun leur rame, Freutiger tenait le gouvernail. Était-ce parce que les trois hommes étaient amoureux de la même jeune fille, ou pour quelque autre raison, personne ne parlait.

Au gouvernail, le baron avait l'air maussade. Il se demandait s'il avait ou non parlé. Avait-il fait sa demande? En ce qui concernait la jeune fille elle-même, il ne lui avait pas posé la question, non, insinué seulement, à mots couverts, qu'elle était son premier véritable amour. Mais plus tard, devant un verre de punch, lorsqu'il s'était trouvé seul avec le vieux Stille, il avait dû énoncer quelque chose de plus direct, de plus précis, puisqu'il se rappelait clairement la réponse : « Toi et Lydia? Vous marier? Tu n'as pas honte, cochon? »

Le regard levé vers les étoiles, l'employé aux Douanes Lovén maniait la rame droite. Il récapitulait dans sa mémoire tous les airs qu'il avait chantés au cours de la soirée. Il était convaincu que son chant faisait fondre tous les cœurs. Il avait fait quelques fausses notes, c'est vrai, mais tout de même – tout de même! Il se croyait en droit d'espérer.

Les yeux fermés, le licencié Stjärnblom maniait la rame gauche. Il songeait aux paroles que Lydia lui avait chuchotées dans le berceau de lilas : j'ai confiance en toi. Et, ma foi, c'était très bien! Très bien, très réjouissant – si seulement elle s'était arrêtée là... Mais elle avait ajouté : je peux attendre. Et voilà qui n'allait pas – qui n'allait pas du tout! Je ne supporte pas la pensée que quelqu'un m'attende. Que quelqu'un attende quelque chose de moi.

Si j'ai constamment cette idée dans la tête, je ne serai jamais rien...

Après tout, j'ai vingt-deux ans, et toute la vie devant moi. Se lier maintenant – et pour la vie! Non, gardons-nous de nous attacher. On a bien le droit de profiter un peu de la vie.

Mais au même moment, le souvenir de ses baisers, telle une vague chaude, inonda tout son être. Il se demanda si vraiment Lydia était une jeune fille innocente.

Ainsi songeait le licencié Stjärnblom pendant que, les yeux fermés et les dents serrées, il plongeait sa rame dans l'eau sombre et limpide qui reflétait les sommets des sapins et les étoiles.

Un jour gris et opaque au début d'octobre.

En promenade au Djurgård, Arvid Stjärnblom suivait le chemin bordé de grands ormes aux troncs noirs et penchés, qui sinue entre le bord du silencieux Djurgårdsbrunn et les versants hérissés de Skansen. Il avait laissé l'exposition [1] derrière lui.

Les portes avaient fermé depuis quelques jours. La pluie et le vent avaient déjà réduit en lambeaux les façades en carton du « vieux » Stockholm, et chaque jour ajoutait un peu plus à la décrépitude de la jolie ville marchande de l'été passé. Mais la coupole multicolore du pavillon industriel, flanquée de quatre minarets, s'élevait, encore intacte. À l'instant même, le soleil perça une couche de nuages à l'ouest; suspendu juste au-dessus de la petite ville, à la lisière de la masse brumeuse, il lui prodigua le vermeil de sa pâle lumière.

Arvid Stjärnblom jeta au soleil, à la ville et à l'exposition un long regard d'« au revoir, à bientôt » et poursuivit sa route.

Il venait de commencer son stage au lycée Norra Latin,

1. Il s'agit de l'exposition industrielle de 1897, à laquelle il est fait référence plus haut, organisée dans la partie de Stockholm appelée Djurgård.

avec « suédois-histoire-géo » comme matières principales. Presque dans le même temps, grâce à Markel, un parent éloigné, il avait obtenu une place de prote surnuméraire dans un grand quotidien. Ses réflexions n'avaient pourtant rien à voir avec ces sujets. Il marchait en pensant à Lydia.

Pas un jour, pas une heure, ne s'écoulaient sans qu'elle n'apparût dans ses songes. Ça doit être de l'*amour*, se disait-il souvent, j'ai peur de ne pas en être quitte à moindre prix. Mais il avait décidé de ne pas chercher à la rencontrer, de laisser agir le hasard. Le dernier soir qu'ils s'étaient vus à Runmarö, ils n'avaient convenu de rien de précis; il est vrai qu'ils ne pouvaient pas savoir que ce serait le dernier soir... Impossible de lui rendre visite chez elle. Le vieux Stille et ses frères le considéraient sans doute comme une simple relation d'été, et seraient étonnés s'il surgissait un jour dans le petit appartement-atelier, à Söder. Ce serait avouer qu'« il y avait quelque chose » entre Lydia et lui. Car ni Philippe, ni Otto, ni le vieux n'imagineraient un seul instant qu'il venait pour eux.

Non...

Un écureuil en tenue d'hiver tachetée de gris traversa la route en sautillant; il fit halte au milieu, s'assit sur ses pattes postérieures et le dévisagea avec une curiosité, une malice et une timidité qui lui parurent de la coquetterie bien calculée. Il s'arrêta à son tour et fixa l'animal droit dans ses yeux de perle. Pour quelque raison, cela dut inquiéter l'écureuil. En un clin d'œil, la petite bête dessina une spirale vertigineuse autour d'un tronc d'arbre et disparut.

Arvid laissa derrière lui Sirishov, suivit le chemin jusqu'à Rosendal, puis tourna à droite. À cet endroit, la route se ramifiait, il prit une allée au hasard.

Non, il ne pouvait aller la voir. Et s'il lui écrivait pour fixer un rendez-vous quelque part, ici, au Djurgård, par exemple? Cela n'aurait rien d'offensant – après les étreintes de l'été. Cependant...

Cependant, il répugnait à écrire pour demander quelque chose alors que lui-même n'avait rien à offrir. Il n'était encore rien, rien du tout.

Arvid Stjärnblom ne manquait pas d'ambition, il manquait de confiance en lui-même. Il ne se considérait pas comme un raté, mais doutait de sa capacité à faire valoir ses dons dans un avenir proche. Le pire étant qu'il n'osait pas croire à ses propres sentiments : il avait déjà été amoureux quelquefois, et ça lui avait passé.

Non, mieux vaut attendre. S'en remettre au hasard.

Il ralentit et, avec le bout de sa canne, traça des lignes dans la poussière du chemin.

D'ailleurs, à quoi cela aboutirait-il, à quoi ? De mariage il n'était pas question. La « séduire » ? Il n'osait même pas en envisager la tentative. S'il y parvenait, il perdrait tout son respect pour elle. S'il y échouait, il en perdrait le peu qu'il conservait pour lui-même.

Mais mon Dieu, comme elle me manque ! Si seulement je pouvais la rencontrer, la voir.

En fait, il l'avait aperçue une fois depuis l'été. Le soir de la fête du Trône, il y avait des feux d'artifice, une illumination et une cohue telle qu'on respirait à peine. Il se tenait au coin de Nybroplan et de Birgerjarlsgatan, coincé dans la foule, lorsque le cortège passa avec, à l'avant, le plus beau roi d'Europe : un vieillard presque septuagénaire debout dans son carrosse, tel un triomphateur romain... À cette vision, un vieux restaurateur un peu simple d'esprit, bouleversé par la crainte des anarchistes, cria :

– On va tuer le roi ! On va tuer le roi !

À l'instant même, le visage de Lydia surgit à quelques pas de lui. Il était si serré qu'il ne put même pas lever le bras pour la saluer. Il dut se contenter d'un signe de tête – sans ôter son chapeau ! Ce souvenir le fit rougir. Elle l'avait vu, cependant, et avait répondu en inclinant la sienne.

La foule les sépara définitivement.

Et toute la soirée, des heures durant, il avait erré au hasard, dans l'espoir de la revoir. Du quai de Strömgatan, il avait vu des petites silhouettes noires sur le toit d'une des ailes du Château royal donnant sur le Ström : le roi et ses hôtes de marque y étaient montés pour admirer les feux d'artifice. Un mouvement soudain avait agité la foule des badauds autour de lui : le roi avait *chanté*, affirmait l'un ; un air de *Robert*, ajoutait l'autre. Effectivement, Arvid avait cru entendre des sons de harpe.

Quant à Lydia, il ne l'avait plus revue.

Curieux que je ne la rencontre jamais, pensa-t-il. Je passe tout mon temps libre à traîner dans les rues où je crois avoir une chance de la croiser.

En effet, il avait l'habitude de passer deux ou trois fois par jour par Västerlånggatan. Elle habitait à Söder et devait tout de même se rendre parfois dans le centre. Dans ce cas, elle était bien obligée d'emprunter Västerlånggatan. Quelquefois, pour changer, il essayait Stora Nygatan ou le pont Skeppsbro. Mais sans doute ces jours-là passait-elle par Västerlånggatan.

Il était inhabituel qu'il se promenât, comme aujourd'hui, au Djurgård.

Il faisait encore jour : pas de grands arbres à proximité, on pouvait même lire.

Arvid Stjärnblom se rappela qu'il avait deux petits livres dans la poche de son pardessus. Il les avait achetés dans un but très précis et devait donc en prendre connaissance. Un soir qu'il se trouvait en compagnie de quelques collègues, jeunes professeurs-adjoints et stagiaires, la conversation était tombée sur l'instruction religieuse. Tous s'accordaient plus ou moins pour trouver qu'il était inquiétant que toute l'éducation morale reposât sur la religion chrétienne, une assise qui, pour beaucoup, pour la plupart, était ébranlée ou s'était effondrée déjà quand ils allaient eux-mêmes à l'école. Ils souhaitaient tous un changement, mais n'étaient pas d'accord sur la meilleure façon de résoudre le problème. Quelqu'un avait évoqué les manuels de morale laïque en usage dans les écoles publiques françaises. La curiosité d'Arvid s'était éveillée et il avait résolu de se procurer ces volumes qui se trouvaient présentement dans sa poche : il les avait reçus le jour même de son libraire.

À quoi pouvaient-ils lui servir? Il le savait à peine. Non qu'il éprouvât une vocation particulière pour composer un « manuel de morale ». Un titre pareil suffirait à rendre l'ouvrage ridicule. Et pourtant... Pourtant... Il sentait vaguement qu'il y avait là une tâche à accomplir... un vide à combler, peut-être... *De quelle façon* ce vide pouvait être comblé, il n'en avait pas la moindre idée pour l'instant, et il savait encore moins s'il était l'homme pour le faire.

Le ciel venait de se dégager et le soleil automnal éclaira un banc vide entre deux pins noirs. Il s'y installa et commença sa lecture.

Le premier ouvrage était destiné aux écoles primaires, on le devinait à son apparence, l'autre aux secondaires.

Il ouvrit celui pour les écoles primaires. *Manuel d'éducation morale, par Dr A. Burdeau, président de la Chambre des députés* [1].

Arvid eut un mouvement de surprise. Le président de la Chambre! La troisième personnalité de France! Plus que le président du Conseil! Qui prend la peine d'écrire un livre pour les pauvres petits écoliers de son grand pays! C'était plus qu'imposant, c'était touchant.

Il lut :

Mes chers enfants, la doctrine morale nous apprend comment nous devons nous conduire, maintenant et dans l'avenir, pour être des gens honnêtes et de bons Français, pareils à ceux qui ont vécu avant nous.

1. En français dans le texte.

Ouais... Hmm. « *Pareils à ceux qui ont vécu avant nous* »... Hmm ?... Il poursuivit sa lecture :

En quoi consiste le plus grand malheur de l'ignorance ? Le plus grand malheur de l'ignorance consiste en ce qu'on ne se rend pas compte de sa déplorable situation.

Hmm !

Quelle est la valeur du savoir ? La valeur du savoir est de nous rendre l'honnêteté plus facile.

Hmm ?... Hmm ?...

« *Y a-t-il quelque chose qui soit aussi utile aux hommes que la nourriture et les habits ?* L'éducation morale *est aussi indispensable que la nourriture et les habits.* »

Il fut pris d'un vertige. S'agissait-il d'une plaisanterie ? M. Burdeau, président de la Chambre des députés, la troisième personnalité de France... serait-ce un vieux farceur ? Ou alors, il fallait admettre que les élèves français étaient capables d'avaler ça. Avec les Suédois, en tout cas, ça ne marcherait jamais...

Inutile de perdre son temps en lisant M. Burdeau. Sans doute s'acquitte-t-il dignement de ses fonctions de président de la Chambre, mais là, visiblement, il n'y connaît rien.

Moi non plus, d'ailleurs...

En feuilletant distraitement le volume, il apprit que le professeur était fonctionnaire (en gros caractères) et représentant de l'État ; il nota des appels à la propreté, quelques invectives contre Napoléon III et les autres monarques, etc.

Puis à la dernière page :

« 1. *Quels sont ceux qu'on aime naturellement ? Avant tout, les parents, ensuite les personnes que nous connaissons et qui nous ont fait du bien.*

2. *Qui sont ceux que nous aimons sans les connaître ? Nous aimons nos compatriotes sans les connaître.*

3. *Qui devons-nous aimer ensuite ? Nous devons aimer tous les hommes, même ceux qui ne sont pas français.*

4. *Pouvons-nous aimer les Allemands ? Nous ne pouvons*

aimer ceux qui ont outragé la France et qui oppriment les Français en Alsace-Lorraine.

5. *Quel est notre devoir? Nous devons récupérer les frères qui nous ont été arrachés.*

6. *Devons-nous, après avoir libéré l'Alsace-Lorraine, infliger aux Allemands tout le mal qu'ils nous ont fait? Certainement pas; ce serait indigne des Français.*

7. *Que sont les nations les unes par rapport aux autres? Les nations sont toutes égales.*

8. *Quelle est la nature des liens entre les nations et l'humanité? Ainsi que les citoyens sont membres de la nation, les nations sont membres de l'humanité.*

9. *En quoi consiste la gloire de la France? La gloire de la France consiste à avoir toujours pensé au bien de toutes les nations.* »

Et tout à la fin :

« Vive l'Humanité! Vive la France! »

Arvid demeura songeur.

Non, M. Burdeau, une chose est claire : ce n'est pas comme cela qu'il faut procéder. Autant garder l'ancien catéchisme, dans ce cas. Comment faire?

Deux silhouettes se dessinèrent au tournant du chemin, dans la lumière crépusculaire. Malgré la distance, il distingua aussitôt une jeune dame et un monsieur âgé.

Si c'étaient Lydia et son père! L'idée le traversa comme un éclair.

Son cœur palpitait, il se sentit devenir écarlate. Instinctivement, il cacha son visage derrière son livre, mais ne put s'empêcher de jeter un coup d'œil par-dessus. Il vit : Lydia. Cependant celui qui marchait à ses côtés n'était pas son père, mais un individu à la courte barbe grisonnante, d'une cinquantaine d'années, ce qu'on appelle communément un monsieur distingué.

Quand ils passèrent devant lui, Arvid se leva pour les saluer. En évitant son regard, Lydia inclina très bas la tête. Le vieux monsieur lui rendit son salut.

Il les vit disparaître à un autre tournant.

Son regard distrait effleura le livre qu'il tenait toujours à la main; il le tenait à l'envers.

Arvid feuilleta le second ouvrage, celui qui s'adressait aux plus grands.

« La loi de la morale est commune à tous, quels que soient le climat, la race, l'âge, le sexe et l'intelligence; tout être humain y est soumis : elle est générale et claire. Son contenu peut être résumé ainsi : fais le bien et ne fais pas le mal; le monde entier comprend cela, car c'est la conscience venant du plus profond de notre être, qui dit à chacun : ceci est bien, cela est mal. »

Le livre rejoignit la poche où l'autre se trouvait déjà, et Arvid se dirigea vers le centre. La nuit commençait à tomber.

Sur le chemin, il s'arrêta : il avait oublié de regarder le nom de l'auteur. Il repêcha le livre et lut sur la couverture : Léopold Mabilleau, docteur ès lettres, directeur du Musée social.

Je me demande si M. Léopold Mabilleau a tous ses esprits.

*

Arvid Stjärnblom louait une chambre meublée à Dalagatan.

Petite et pauvrement aménagée, elle offrait cependant une belle vue dégagée sur les quartiers de Sabbatsberg et sur les falaises grises du Kungsholm, aux confins de la ville.

Il prit un repas rapide à la brasserie S. H. T. et regagna sa demeure solitaire.

Il alluma la lampe, mais ne tira pas les stores. La pièce était froide. Il enflamma le bois que la propriétaire préparait chaque matin dans son poêle et qu'il faisait flamber pendant les courts moments qu'il passait chez lui. À neuf heures il devait être à la rédaction.

Il commença à découper les pages d'un livre qui venait de paraître : *Inferno* de Strindberg. Mais très vite il s'interrompit et demeura songeur, jouant distraitement avec son coupe-papier.

Qui pouvait être le vieux monsieur ?

Un ami de la famille qu'elle doit appeler « tonton », qu'elle a rencontré par hasard et qui lui a imposé sa compagnie...

Certainement... Certainement... Pourtant, il en avait ressenti comme un malaise. Dans la poitrine. Il s'efforça de chasser cette impression, de penser à autre chose.

Son nom. *Arvid Stjärnblom.*

Il le détestait. Son prénom ne lui plaisait pas parce qu'il le partageait avec un grand ténor, l'idole du pays; or, tout ce qui touche aux ténors est voué au ridicule. Et le patronyme : *Stjärnblom* ! Typique de ces noms petit-bourgeois qui rapprochent des éléments naturels – deux, le plus souvent –, parfaitement étrangers les uns aux autres. *Nordkvist* : qu'est-ce que le nord a à voir avec une branche ? *Söderlund* : bien sûr, on peut imaginer un bosquet situé dans le sud, mais si par hasard on se trouve soi-même encore plus au sud, il se transformera en *Nordlund* ! Et *Stjärnblom* ! Une étoile et une fleur dans le même panier, n'est-ce pas le comble [1] ? Quelle horreur !

Mais... Qui peut être le vieux monsieur distingué ?

Pourtant son père, maître des eaux et forêts dans le Värmland, portait ce nom depuis plus de soixante ans sans que jamais l'idée lui vînt qu'il pouvait être ridicule. Et, avant lui, son père et son grand-père. Je n'ai qu'à m'y faire, moi aussi. « Je ne suis pas meilleur que mes ancêtres. » Encore que le nom du père de son grand-père ne fût pas

1. En suédois, *kvist* veut dire « branche », *lund* « bosquet », *stjärna* « étoile », *blomma* « fleur ».

Stjärnblom. Il s'appelait Andersson. À l'époque ce n'était pas un nom de famille, simplement l'indication qu'il était le fils d'un dénommé Anders.

Voilà ce que je sais de mes origines : que le père de mon grand-père était le fils d'Anders. Et combien n'en savent même pas autant sur les leurs!

Hidalgo, le titre de la petite noblesse espagnole veut dire « fils de quelqu'un ». Ça dépend où l'on se trouve. Dans mon pays je suis le « fils de quelqu'un », d'un homme connu et respecté, malgré sa pauvreté. Ici, je ne suis rien. Dans le meilleur des cas, si je deviens quelqu'un, mon fils pourra être *hidalgo*... Mais je n'aurai pas de fils. Le jour où je serai assez riche pour avoir des enfants, je serai certainement trop vieux et trop mal en point pour y parvenir...

Mais qui peut être le vieux monsieur distingué?

L'espace d'une seconde il avait cru le reconnaître, un portrait aperçu dans un journal, mais il n'arrivait pas à éclaircir cette image.

Il arpentait la pièce. Un, deux, trois pas, demi-tour, un, deux, trois... La chambre n'en permettait pas davantage.

Il s'arrêta devant la carte du Värmland septentrional accrochée au-dessus du sofa. Quand il avait emménagé, il avait enlevé les affreux tableaux appartenant à la propriétaire. Par quoi les remplacer? « Voici le mot d'ordre de notre époque – se rappela-t-il ses réflexions au cours de cette opération –, démolir, rien de plus simple, mais construire? » Avec la meilleure volonté du monde, il ne saurait peindre un « tableau » capable de soutenir la comparaison ne serait-ce qu'avec le plus inepte des torchons qu'il venait de jeter à la poubelle. Ce n'était pourtant pas une raison suffisante pour ne pas les considérer comme des torchons! Faute de mieux, il avait accroché sa carte du Värmland.

À d'autres endroits, où jadis pendaient les « tableaux », il avait laissé parler les tapisseries lie-de-vin fanées, qui dataient des années quatre-vingt. Que lui importait l'aspect de cette résidence éphémère?

Son regard errait sur la carte. Il lisait les noms familiers et chéris des lieux, des fermes, des montagnes. Stöllet, Dalby, Ransby, Gunneby, Långav, Likenäs, Transtrand, Branäsberget, Femtåberget...

Femtåberget. S'il se la rappelait! Sa gigantesque ombre bleue se dressait juste au sud de sa maison natale. Comparée au Chimborazo, elle ne méritait pas le nom de montagne; mais on l'appelait ainsi, car c'était la plus haute de la contrée. Vue du nord, la silhouette de ses trois sommets – le plus haut au milieu – paraissait bien dessinée, merveilleusement équilibrée et comme dotée d'une signification particulière. Quand il était au lycée classique de Karlstad et qu'il était rentré chez lui pour des vacances, il avait baptisé les trois sommets : *Progressus, Culmen, Regressus.* La montée, l'apogée, la descente.

Au fait, pourquoi s'appelait-elle *Femtåberget* [1]? Accusait-elle, vue de quelque endroit, une ressemblance avec cinq orteils? Non. Avait-elle reçu son nom de la rivière, le Femtå, qui descendait son versant occidental pour se jeter dans le Klarälv? Non : une montagne ne pouvait recevoir son nom d'un ruisseau dont la source se trouve dans quelque petite fente de cette même montagne, c'est plutôt l'inverse... Un nom peut être révélateur de beaucoup de choses, et de si peu.

Lydia Stille. Voilà qui sonne bien. Lydia Stille, Lydia Sti...

On sonna à la porte d'entrée. Il prêta l'oreille... Personne n'alla ouvrir. La propriétaire avait dû sortir.

Il n'avait pas envie de se déranger. Si c'est important, on resonnera.

Quelques secondes s'écoulèrent, une minute, peut-être; on ne sonna plus. Il alla ouvrir.

1. Littéralement « La montagne aux cinq orteils ».

Personne. Rien dans la boîte aux lettres.

Revenu près du feu, il remua les braises. La flamme s'était presque éteinte.

Il évoquait de vieux souvenirs : ses dernières années au lycée de Karlstad. Mme Kravatt, celle qui, au cours de l'hiver et du printemps qui avaient précédé le baccalauréat, l'avait initié aux grands mystères.

Veuve d'un concierge, âgée d'une trentaine d'années, Mme Kravatt était la meilleure cuisinière de la ville. C'est elle qui préparait les repas d'apparat chez le gouverneur. Dans sa vie privée, elle manifestait peu d'intérêt pour la nourriture; en revanche, sa passion pour l'amour était sans bornes. Arvid avait l'habitude de passer chez elle les samedis matin, parfois même pendant la récréation de midi. Loin d'être le seul bénéficiaire de ses faveurs, il les partageait avec cinq ou six de ses camarades. Quand parfois il évoquait devant elle cette fâcheuse circonstance, elle répondait sans façon :

– Il faut partager ce qui est bon, et je ne suis pas une sainte!

Dotée de la fibre poétique, elle pouvait éclater en sanglots violents lorsque, au lit, allongé à ses côtés, il lui récitait un poème de Viktor Rydberg ou de Fröding.

Elle se faisait payer, avant tout pour la forme et la décence. Le tarif pour les lycéens était de deux couronnes. Si on était à court d'argent liquide, elle ne refusait jamais de faire crédit. En réalité, elle faisait le bien pour le bien, ce qui, selon l'avis général, dénote le plus haut niveau de conscience morale qu'un être humain puisse atteindre.

Il l'évoquait avec une reconnaissance sans réserve, rougissant de honte à l'idée qu'il lui devait toujours quarante deux couronnes. En vain cherchait-il une excuse dans le fait qu'au moins trois de ses camarades étaient partis tout aussi endettés que lui.

Il repensa à M. Léopold Mabilleau et à sa morale pour écoliers. « C'est la voix de la conscience qui dit ce qui est bien. » S'il en est ainsi, M. Mabilleau est aussi inutile que son livre! Mme Kravatt n'avait pas besoin de lui pour comprendre en quoi consistait le bien – et elle le pratiquait! Elle suivait la « voix de sa conscience ».

Arvid arpentait la pièce. Trois pas jusqu'à la fenêtre, demi-tour, trois pas jusqu'au poêle.

Il s'arrêta devant la carte. Le nord du Värmland. Il y était né; il y avait passé la plus grande partie de son existence. À présent, il vivait dans la capitale, dans cette pièce chichement meublée aux tapisseries lie-de-vin fanées. Et ensuite? Il pensa au grand fleuve de son enfance, le fleuve qui porte trois noms : un en Norvège, où il n'est qu'un ruisseau fougueux qui prend sa source dans un lac montagneux; un autre dans le Värmland où il s'élargit, où son cours se ralentit, si bien que les bateaux à vapeur peuvent circuler sur six à sept milles. Après, il devient plus large encore jusqu'à se transformer en un grand lac; enfin, sous son troisième nom, celui du plus grand fleuve de Suède, il se jette dans la mer, la mer occidentale, celle qui s'ouvre sur le monde.

Il se souvint d'un poème composé au cours de ce même printemps qui avait précédé les épreuves du baccalauréat et qui avait paru dans le *Karlstadstidning*, signé d'un pseudonyme. Il était fou de bonheur de le voir imprimé! Transporté de joie, il avait marché une dizaine de kilomètres le long du Klarälv, jusqu'à Lunden; là, assis sur une pierre, des heures durant, il avait fixé la surface bleue du lac Vänern... Bien entendu, de retour à Karlstad, il n'avait pu s'empêcher de passer chez Mme Kravatt pour lui lire son œuvre et recevoir sa récompense.

Il rechercha le poème, une coupure de presse déjà jaunie, dans le tiroir de son bureau.

« La promenade avec la mère.

Un soir, aux côtés de ma mère,
je marchais dans la terre promise
aux grandes montagnes bleues,
aux fleuves calmes et lisses,

Notre chemin descendait doucement
vers la vallée émeraude;
en bas, des centaines de bateaux,
glissaient, muets et rêveurs.
Sur une île, une ville se dressait
aux toits de tuiles et aux mille coupoles;
le reste se perdait dans la brume.

“ Ce chemin mène-t-il vers le rivage, maman?
Allons-y, je veux embarquer,
visiter les pays lointains! ”

“ Bientôt tu seras grand et tu pourras partir
vers ces pays. Attends un peu, mon fils,
le jour viendra et tu verras surgir
le bateau blanc de ton destin et tu prendras le large.
Alors, tiens bien le gouvernail – la chance te sourira!
Tu atteindras la ville splendide et tu y resteras.
Combien de temps? Qui sait...
Tu livreras plusieurs batailles, et de nouveau, un jour,
Le bateau blanc accostera pour t'emmener ailleurs.
Un autre rivage, au-delà de la mer,
sera désormais – à jamais! – ta patrie,
le bleu pays de tes rêves. ”

*

Ma mère se tut. Le temps passait.
J'ai oublié jusqu'au chemin qui mène dans ce pays;

il y a longtemps que je n'ai pas vu ma mère.
Cette promenade, n'était-ce qu'un rêve? »

« Il y a longtemps que je n'ai pas vu ma mère. » En effet. Il avait six ans quand elle était morte.

Quasiment son unique poème; le seul en tout cas qu'il eût achevé.

Non, poète, il ne l'était pas. Il envisageait la vie d'une manière trop sobre, trop sèche. Il lui manquait l'heureuse capacité, indispensable à l'artiste, de s'illusionner, de s'enivrer. Et, peut-être l'immoralisme, tout aussi indispensable. Non que l'artiste soit totalement dépourvu de conscience morale, mais c'est pour lui une notion tellement floue.

Non, son ambition ne s'y reconnaissait pas. Être poète? Merci!

L'ambition?

Ai-je de l'ambition?

Il reprit sa marche : trois pas, demi-tour, trois pas – la pièce n'en permettait guère plus –, puis s'arrêta devant la glace au-dessus de la commode.

Quelle est mon ambition?

Il crut lire la réponse :

Si tu as une ambition, en dehors de celle de pouvoir joindre les deux bouts, c'est...

Épouvanté, il fixait le miroir. Non, non, il l'implorait : n'en dis pas davantage!

Le miroir répondit :

Tu m'as interrogé et je te réponds. Si tu as une ambition, c'est celle-là : que ton nom s'inscrive dans l'histoire de ton peuple. Non pas dans l'histoire de sa littérature ou n'importe quel autre petit affluent de son histoire. Dans son histoire même.

Je deviens fou. Efforçons-nous au moins de paraître normal. Il est presque neuf heures, le temps d'aller à la rédaction.

Il prit son chapeau, son pardessus, sa canne, et sortit.

L'automne avançait : jours raccourcis, rues luisantes de pluie, avec les taches lumineuses des becs de gaz et des fenêtres éclairées.

Un soir, à la fin de novembre, Arvid Stjärnblom arriva à la rédaction quelque peu nerveux. Il revenait de l'Opéra et, pour la première fois, devait rédiger un compte rendu musical.

Les choses s'étaient passées ainsi :

Vers quatre heures de l'après-midi, il était arrivé afin de recevoir les ordres pour la soirée et la nuit. En attendant Markel, le rédacteur-adjoint, qui devait les lui donner, il feuilletait le dernier numéro de *Parole et Image* en sifflotant l'adagio de la *Pathétique* de Beethoven, qui lui trottait dans la tête. Survint le rédacteur en chef, le Dr Doncker, un bel homme élégant – un peu trop beau et élégant peut-être – d'une quarantaine d'années, qu'on ne voyait presque jamais à la rédaction à cette heure-là.

– C'est vous, monsieur Stjärnblom, qui siffliez la *Pathétique*? demanda-t-il de sa voix légèrement nasillarde.

– Oui, excusez-moi!

– Je vous en prie. Ça tombe à merveille. Vous irez à l'Opéra et ferez le compte rendu de la soirée; il s'agit d'une jeune fille qui débute dans la Marguerite de *Faust*. Notre critique musical est malade, et moi, je suis pris. Au revoir!

D'habitude, en l'absence du critique musical, le chef lui-même le remplaçait. Le Dr Doncker avait fait des études de géologie, mais, à en croire Markel, il écrivait les vers latins mieux que la prose suédoise, et ne s'intéressait véritablement qu'aux affaires et aux femmes. Il pouvait disserter passablement sur n'importe quoi, « même sur les monnaies coufiques », affirmait Markel.

C'est ainsi qu'on en était arrivé là. Et maintenant, le licencié Stjärnblom, songeur, s'attablait devant sa machine à écrire.

Il avait rapidement appris la dactylographie, ce qui ne constituait pas un gain de temps considérable lorsqu'il s'agissait d'écrire soi-même un article, mais cela lui arrivait rarement : son travail à la rédaction se limitait, en général, à la traduction des articles de politique étrangère parus dans la presse anglaise et allemande que le « ministre des affaires étrangères » de son journal lui faisait parvenir marqués d'un trait au crayon bleu, et des feuilletons du *Journal* qu'il recevait marqués au crayon rouge d'un autre de ses supérieurs. Pour les traductions, il en écrivait autant en une demi-heure sur la machine, qu'en deux ou trois heures à la main.

Mais aujourd'hui il fallait trouver une expression originale.

Il abandonna la machine et prit sa plume.

Dans le bureau voisin, Markel se déchaînait :

– Quelle foutaise! Ça me rend fou!

La porte s'ouvrit brusquement et il apparut, pâle de rage.

– Figure-toi, ce diable m'a juré que le billet du sale cafard ne passerait pas.

– Quel diable? Quel cafard?

– Quel diable? Doncker, qui d'autre? Et un cafard de la pire espèce, un pasteur « libéral »! Il nous a envoyé un article qui, en traduction libre, veut dire que pour être pasteur dans l'Église suédoise, on n'a besoin de croire ni à la Bible, ni aux dogmes, ni à quoi que ce soit, mais qu'on a, néanmoins, besoin de pasteurs, avant tout d'évêques; nous avons trop peu d'évêques! Douze ou treize seulement, alors qu'il en faudrait au moins une quinzaine! Il est encore trop jeune et trop insignifiant pour convoiter l'épiscopat, cette crapule, mais il pense à l'avenir! Bon. Un hasard me fait tomber sur les épreuves; je les montre à Doncker. Après les avoir parcourues, il m'assure qu'il n'a jamais vu l'article, ni n'en a entendu parler. Il est fort probable que c'est vrai.

– Mais, interrompit Arvid, comment un article peut-il parvenir à l'imprimerie et être composé sans que ni le rédacteur en chef ni son adjoint n'en aient eu vent?

– Comment? Tu me le demandes, alors que tu travailles ici depuis plus de deux mois! L'ascenseur, bourricot! L'ascenseur, dans le couloir, qui sans cesse descend les manuscrits à l'imprimerie et monte les épreuves! Le premier venu peut pénétrer dans le couloir et, s'il n'y a personne, déposer son papier dans l'ascenseur et l'envoyer en bas. S'il ne connaît pas la disposition des locaux, il n'a qu'à demander à un des subalternes, toi par exemple, de s'en occuper. Or, un manuscrit qui arrive à l'imprimerie est automatiquement composé! Il paraîtra donc dans le journal, sauf si, par hasard, il me tombe entre les mains. Bref, j'obtiens la parole de Doncker que ce torchon ira à la poubelle. Mais voilà que je reçois des nouvelles épreuves de cet article, lues et corrigées! Je téléphone au prote. Sa réponse : « Doncker a appelé, il y a une heure ou deux : l'article doit absolument être publié. » Le drôle dîne en ce moment quelque part; il a dû y rencontrer un pasteur ou une autre racaille demi-cléricale qui a réussi à le faire changer d'avis. Résultat : l'article paraîtra demain! C'est-à-dire, *demain* il ne paraîtra pas : en ma qualité de chef de service j'ai le droit de supprimer les papiers d'une longueur considérable qui n'ont pas de rapport immédiat avec l'actualité. Mais il paraîtra après-demain quand je ne serai pas de service. C'est quand même tuant! Quelle foutaise! Au fait, puis-je jeter un coup d'œil sur ce que tu as écrit là? Doncker m'a dit qu'il t'avait envoyé à l'Opéra.

Il prit la feuille et la parcourut sans cesser de parler :

– Les pasteurs modernes semblent avoir oublié le sens séculaire et fondamental de leur métier. Celui que recèlent ces paroles du prophète Malachie : « La bouche du prêtre doit garder la vérité. » Note bien, « garder ». Et non pas « propager ». Vouloir à la fois être prêtre et propager la vérité, ça ne va pas! Les deux à la fois! Impossible!

Il se tut et poursuivit sa lecture.

Soudain son visage s'illumina :

– Mais ce n'est pas mal, ça! Il fallait que je le lise : je t'ai engagé sans te connaître, uniquement à cause de notre lointaine parenté, je suis en quelque sorte responsable de ce que tu écris dans le journal. Mais c'est vraiment bien! « La voix et le talent de Mlle Klarholm suggèrent des possibilités presque illimitées. Etc. En revanche, son jeu témoigne des insuffisances de son éducation théâtrale : Marguerite ne perd la raison que dans la scène de la prison; le personnage de Mlle Klarholm semble être aliéné depuis le début, cette Marguerite est folle depuis sa naissance. » Excellent! poursuivit-il. Je n'ai aucune idée du jeu de Mlle Klarholm, mais le lecteur n'aime pas voir son prochain comblé de louanges. Celui qui les reçoit les trouve toujours insuffisantes, et les autres en sont jaloux. Alors qu'un critique qui éreinte un comédien ou une cantatrice, ne rend triste qu'une seule personne et tous les autres heureux! Donc : n'aie pas peur d'éreinter! Il faut bien essayer de rendre la vie et les gens un peu plus gais!

Markel sortit, mais revint aussitôt.

– Autre chose. Le vieux Stille est mort.

– Qu'est-ce que tu dis?

Markel eut un mouvement de surprise :

– Qu'as-tu donc? Qu'est-ce que ça peut te faire? Il était vieux, et nous devons tous mourir. « Presque tous », comme l'aumônier de Louis XIV ajouta avec circonspection, ayant remarqué que le visage du monarque s'était assombri.

– C'est que je ne savais pas qu'il fut malade. Je le connaissais un peu.

– Il n'était pas malade. Un simple accident de tramway.

– Comment ça?

– Bah, mon Dieu... D'abord, il vide une bouteille en compagnie de quelques vieux copains dans ce petit café du côté de la place Norrmalmstorg. Ensuite, il doit prendre un tramway pour rentrer. En cette année bénie 1897, nous avons encore à Stockholm des tramways tirés par des chevaux qui, en l'occurrence, ne vont pas vite, mais, étourdi par le vin, le vieux Stille oublie qu'il a plus de soixante ans et veut sauter dans la voiture! Il trébuche, tombe et se cogne la tête contre le pavé. Ça s'est passé il y a quelques heures; le reste est facile à deviner : l'ambulance, l'hôpital Serafimerlasaret, et vers dix heures, un coup de téléphone ici annonçant sa mort. La nécrologie est prête – d'après *Nordisk Familjebok* [1] –, composée et corrigée. J'en ai une épreuve ici. Toi qui l'as connu un peu, tu pourrais peut-être ajouter quelques mots un peu plus personnels. Si tu en as envie.

Markel s'en alla.

Arvid s'assit, une épreuve encore humide à la main :

« Un accident tragique. Anders Stille, paysagiste connu et apprécié... Né en 1834... Études à l'académie des Beaux-Arts dans les années cinquante... Médaille à Paris en 1868... *Les pins de l'archipel* au musée du Luxembourg... *Aile de maison par mauvais temps* au Musée national à Stockholm... Étranger aux courants artistiques modernes... Les dernières années quelque peu à l'écart... Un artiste simple et honnête, un homme aimé et respecté... Veuf depuis quelques années... Pleuré par deux fils et une fille... »

1. L'équivalent suédois du *Who's Who*.

Arvid fixait le vide, à la fois préoccupé et distrait.

Non, il n'avait rien à ajouter. Il aurait plutôt voulu prendre un crayon bleu et supprimer ce « quelque peu à l'écart », mais il n'avait pas le droit de modifier quoi que ce fût dans le papier d'un autre. En tout cas, cela lui faisait mal. Si Lydia pensait qu'il en était l'auteur?

Lydia...

Il bondit, tourna la clé de la porte de la grande salle de rédaction et éclata en sanglots.

Brusquement, il frappa du pied : qu'est-ce qui me prend? Dans quelques semaines j'aurai vingt-trois ans et je pleure comme un gamin, quelle honte. Il se précipita aux toilettes, se rinça la figure et la frotta avec une serviette pour faire disparaître toute trace de larmes. Il regagna la salle de rédaction et referma la porte qui menait à la pièce contiguë.

Il pouvait partir. Il était plus d'une heure du matin, et il n'avait rien à faire au journal. En tant que remplaçant du critique musical, il était, pour cette nuit, dispensé de la lecture des épreuves.

Avant de s'en aller, il voulait cependant relire son article. Il se rappelait la phrase écrite à propos de la jeune débutante : « Cette Marguerite est folle depuis sa naissance. » Il rayerait volontiers ces mots. Elle possédait une jolie voix, elle avait réussi. Il serait dommage d'empoisonner sa joie par une méchanceté mesquine et inutile.

Il téléphona à l'imprimerie et demanda si le papier était composé.

– Oui.

– Puis-je avoir une épreuve?

– Oui.

La porte s'ouvrit avec fracas, et Markel apparut sur le seuil :

– Tu as fini? Viens boire un punch dans mon bureau!

– Merci, je voulais seulement lire l'épreuve de mon compte rendu.

– Bah ! Le vieux Johansson s'en occupe, on peut lui faire confiance. Du reste, avec ton écriture, personne ne peut se tromper.

– Je voulais y changer une chose...

– Il n'y a rien à changer. Je l'ai lu, c'est *all right.* Viens ! D'ailleurs, je tâcherai de faire en sorte qu'on ne t'oblige plus à lire les épreuves chaque nuit. Non pas parce que tu le fais mal, au contraire ; j'étais presque inquiet en voyant que tu t'en sortais si bien, inquiet pour ton avenir ! Un jeune homme capable de bien lire les épreuves, est incapable de rien faire d'autre, d'habitude ; il corrige les épreuves jusqu'à ce que sa barbe blanchisse. Comme le vieux Johansson.

La grande salle de rédaction paraissait noire et déserte. Mais un globe vert émeraude brillait à l'entrée du repaire de Markel. Son bureau se trouvait entre celui du rédacteur en chef et la grande salle commune.

Un jeune homme en habit de soirée, assis dans un coin du petit canapé, semblait sommeiller.

– Permettez-moi de faire les présentations. M. Stjärnblom, fils d'un de mes cinquante ou soixante cousins. M. Henrik Rissler, auteur d'un roman licencieux, qui, à mon avis, n'est pas plus licencieux que ce qu'il convient à un bon roman.

On se salua. Markel poursuivit, en se tournant vers Stjärnblom :

– Je vais t'expliquer ! Tu le sais, Rissler fait partie du bataillon de nos collaborateurs littéraires occasionnels et peu importants. Ce matin il arrive, sa contribution à la main, une petite nouvelle qu'il estime à vingt-cinq couronnes. Par malheur, la caisse du journal est à ce moment aussi vide que le portefeuille du jeune et prometteur auteur. Pour sauver l'honneur, Doncker a l'idée lumineuse de déclarer qu'il doit – te rends-tu compte ? – lire ce galimatias avant de pouvoir le rétribuer ! Au lieu de se fâcher, Rissler, qui est un bon bougre, revient ici au milieu de la nuit pour savoir si Doncker a lu la nouvelle et si la caisse est ouverte !

– Cher Markel, répondit Rissler, tu as un talent extraordinaire pour raconter n'importe quoi. Je suis ici pour la simple raison qu'il est trop tard pour aller au café. J'étais invité à un dîner, et je m'y suis un peu trop attardé. D'ailleurs, Doncker se trouvait là, lui aussi.

– Tiens, tiens, chez Rubin... N'y avait-il pas un ecclésiastique ?

– Si, mais je n'ai pas entendu son nom.

Markel poussa un cri de guerre :

– Ah ! tu te souviens de ce que je te disais tout à l'heure, Arvid ?

Stjärnblom fit un signe de tête.

– Eh bien, murmura Markel, en tout cas, demain l'article ne paraîtra pas. J'ai pris mes précautions. À votre santé, les gars !

– À la tienne. Y a-t-il du nouveau dans l'affaire Dreyfus ?

– Pas que je sache. Il y a à peu près une semaine, Mathieu Dreyfus a accusé Esterhazy d'être l'auteur du bordereau. D'après les journaux parisiens, il semble bien qu'un nouveau conseil de guerre se prépare, pour la forme. On le lit entre les lignes.

– Curieuse histoire, fit Rissler. J'étais récemment à Paris, j'en suis rentré avant-hier. J'ai entendu les camelots crier sur les boulevards : « Scheurer-Kestner était l'amant d'une négresse ! » Au cours de sa longue existence, Scheurer-Kestner, qui marche sur ses soixante-dix ans, a dû se livrer à quelques extravagances pour ne pas s'ennuyer, sans doute. Mais on voit mal en quoi cela peut constituer une preuve de la culpabilité de Dreyfus.

– Chut ! Il y a quelqu'un dans le couloir...

Markel retint son souffle et tendit l'oreille.

En effet, on entendait des pas feutrés. Une porte grinça légèrement. Le bruit de pas venait maintenant du bureau du rédacteur en chef. On tourna la clé de la porte qui le séparait du bureau de Markel.

Arvid Stjärnblom consulta sa montre : deux heures et quart.

– Chut ! fit Markel. Il est avec une dame !

Un faible froissement parvint de la pièce à côté.

– À votre santé, alors ! énonça soudain Markel à pleins poumons.

Un silence se fit. Peu après, ils entendirent des pas qu'on ne se souciait plus d'étouffer, d'abord dans le bureau du chef, puis dans le couloir et enfin devant la porte de Markel. Elle s'ouvrit et la tête du Dr Doncker apparut.

– Bonsoir, messieurs. Puis-je me permettre de vous demander un petit service strictement privé ?

– Vas-y, fit Markel. Veux-tu un punch d'abord ?

– Non, merci. Je voulais seulement savoir si vous accepteriez de prolonger ailleurs cette petite fête fort agréable, de préférence à l'autre extrémité de la maison ?

– Volontiers, dit Markel, mais à une condition.

– Laquelle ?

– Que le papier du pasteur ne paraisse jamais. Jamais !

Le Dr Doncker pouffa :

– Markel, mon cher, ne sais-tu pas que je m'en fous ! Fais-en tout ce que tu veux.

– Parfait. Alors, nous sommes d'accord. Et n'oublie pas : j'ai deux témoins !

La procession silencieuse, emportant les bouteilles et les verres, s'engagea dans le couloir éclairé par une veilleuse solitaire. Sur le seuil, le Dr Doncker la regarda s'éloigner. Markel se retourna et chuchota d'une voix parfaitement audible :

– Ce n'est pas la peine de te proposer de venir avec nous boire un punch, je présume.

– Non, merci, répondit le Dr Doncker.

*

En rentrant, Arvid Stjärnblom accrocha une fille. Plus exactement, ce fut la fille qui l'accrocha.

Cette année-là, il y eut beaucoup de neige et un froid glacial dès le début de décembre. Il en fut de même le jour de l'enterrement du vieux Stille.

Arvid se rendit au Nouveau cimetière dans l'espoir d'apercevoir ne serait-ce que l'ombre de Lydia. Auparavant, il avait envoyé une simple couronne.

À l'entrée de la chapelle du cimetière, il rejoignit un petit groupe, où il reconnut quelques têtes d'artistes, âgés pour la plupart, ainsi que le noble profil du recteur de l'académie des Beaux-Arts, le plus grand peintre national de sa génération. Il y avait également quelques curieux, mais pas beaucoup.

Le cortège funèbre avança lentement; les ornements argentés du corbillard, pauvres restes de l'engouement de l'époque baroque pour la magnificence dans la vie et dans la mort, luisaient sous le pâle soleil de décembre. De fortes mains aux gants de coton blancs soulevèrent le cercueil, les proches du défunt descendirent des voitures, une procession se forma. Lydia suivait la bière, droite, la tête légèrement baissée sous son voile de deuil. Philippe marchait à ses côtés, pâle, le nez rougi par le froid. Otto n'était pas là. C'est vrai, il devait partir en Amérique... Il était donc déjà parti.

Arvid inclina la tête au passage du cercueil; il tenait toujours son chapeau à la main quand Lydia passa devant lui. Elle marchait les yeux baissés et ne voyait rien. Un petit nombre de parents et d'amis proches, suivis des artistes à la barbe blanche, le recteur de l'académie des Beaux-Arts en tête, pénétrèrent dans la chapelle dont les portes se refermèrent derrière eux.

Arvid repartit vers la ville.

Il se rappela le *Fils perdu* [1] du Musée national : ce tableau baignait dans le même crépuscule désolant et froid que celui qui régnait dans le cimetière.

Il s'arrêta un instant devant un haut monument orné d'un médaillon de bronze. « Emanuel Doncker », disaient les lettres d'or à demi effacées. Le grand-père de son patron, le célèbre chimiste. Le profil du médaillon accusait en effet quelque ressemblance avec le petit-fils.

Arvid pouffa au souvenir des suites de leur veillée à la rédaction. Le lendemain matin, il avait ouvert son journal avec plus de curiosité que de coutume : il voulait lire la nécrologie de Stille et son petit compte rendu musical. La première chose qu'il aperçut, ce fut l'article du pasteur, placé juste à côté de l'éditorial. Il trouva ensuite ce qu'il cherchait. La nécrologie était dénaturée par quelques coquilles idiotes. Il se rappelait clairement les avoir repérées et corrigées, il avait dû oublier de renvoyer les épreuves en bas. Et son papier : « Cette Marguerite est folle depuis sa naissance. » Imprimé, cela lui sembla encore pire que manuscrit. Il eut presque peur : Ai-je vraiment écrit une phrase aussi arrogante et brutale? J'avais pourtant l'intention de la supprimer, mais quelque chose s'est entreposé, et j'ai tout oublié.

Il marchait lentement entre les tombes, le col relevé.

Puis de nouveau il éclata de rire. Les explications de Markel lorsque, arrivé à la rédaction, il lui avait demandé

1. Tableau de von Rosen (1885).

comment, au nom du Ciel, l'article du pasteur avait pu se retrouver dans le numéro!

– Il n'y a qu'une seule explication possible. Pour une fois, j'ai cru en sa parole, je disposais tout de même de deux témoins, puis en toute tranquillité et innocence, j'ai bavardé avec Rissler et toi. Entre-temps, Doncker a dû se rappeler qu'il avait fait au pasteur une promesse tout aussi solennelle! Pendant que sa *donna* dégrafait son corsage et retirait ses dessous, l'idée lui est revenue que nous avions trop peu d'évêques! Il téléphone au prote : il faut publier l'article! Et le voilà publié. Après tout, c'est lui le patron de la boîte. D'ailleurs, on ne peut pas lui en vouloir : quand je lui ai fait honte de sa friponnerie, il m'a répondu : « Mon cher Markel, dans la situation où je me trouvais hier soir, on promet tout et n'importe quoi! » Et, pour une fois, il avait raison.

Quelques minutes après cette conversation, Arvid rencontra dans le couloir le rédacteur en chef qui l'arrêta :

– J'ai lu votre article, monsieur Stjärnblom, c'est exactement ce qu'il nous faut! « Folle depuis sa naissance. » Excellent! J'ai déjà remarqué d'ailleurs qu'on peut vous utiliser. À partir de l'année prochaine, vous aurez un salaire fixe; cent couronnes pour commencer.

Arvid marchait lentement en direction de la ville. À Norrtull, il prit un tramway.

*

Quelques jours après l'enterrement, Arvid envoya une lettre à Lydia :

« Pas un seul jour, depuis que nous nous sommes vus, tu n'as été absente de mes pensées. Si, en dépit de cela, je me suis tenu à l'écart, c'est parce que je croyais n'avoir pas le droit d'agir autrement. Car je ne puis rien t'offrir, si ce n'est dans un avenir lointain et peu sûr. »

Le lendemain il reçut la réponse :

« Arvid,

Merci pour ta lettre. Je l'ai lue et relue, mais son sens m'échappe. Si, je la comprends, sans toutefois vraiment la comprendre!

Je voudrais bien te rencontrer. Pas maintenant, je suis trop triste et trop fatiguée. Mais plus tard.

Il y a un tel vide depuis la mort de mon père.

Lydia. »

Le 11 janvier 1898, le conseil de guerre prononçait l'acquittement d'Esterhazy. L'honneur de la France et de l'armée française ne pouvait souffrir l'idée qu'une sale petite trahison sans importance, pour laquelle un riche et brillant officier de l'état-major, d'origine juive, avait été condamné, fût en réalité commise par un officier de l'armée d'origine étrangère, une crapule dégénérée et moralement déchue. Le 19 janvier, *L'Aurore* publiait « J'accuse » de Zola, dont le résumé était aussitôt répandu par télégraphe dans le monde entier. Deux jours plus tard, un exemplaire de *L'Aurore* arrivait à la rédaction du *Nationalblad.*

Markel rayonnait. Il rassembla ses collaborateurs. Olof Levini, le poète, critique et historien de la littérature, un nom célèbre et contesté, déjà à cette époque, quitta son bureau. Torsten Hedman, l'auteur et critique de théâtre arriva de son côté. Même l'écrivain Henrik Rissler était là : il était venu pour avoir des nouvelles de l'affaire Dreyfus. Cette fois-ci, il en eut !

Markel prit les ciseaux, découpa l'énorme article et en distribua les morceaux à droite et à gauche.

– Toi qui tapes à la machine, dit-il à Stjärnblom, prends les trois premières colonnes. Ils auront ainsi de quoi commencer à l'imprimerie; pendant ce temps, j'arrangerai et numéroterai le reste.

– Mon cher Olle, s'adressa-t-il au Pr Levini, tâche d'écrire de façon qu'ils puissent te lire, en bas!

L'imprimerie se trouvait au sous-sol.

Levini et Hedman ne faisaient jamais de traduction, mais il s'agissait d'un cas exceptionnel.

– Donne-m'en aussi un morceau, proposa Henrik Rissler. En règle générale, je n'écris rien gratuitement, mais cette fois-ci je veux participer.

Rissler était connu pour sa paresse.

Quand Stjärnblom eut fini, il se rendit au service des épreuves et aida le vieux Johansson à déchiffrer les textes. Les premières épreuves étaient déjà prêtes. Vers deux heures, l'énorme article était traduit, composé et corrigé, et pouvait paraître comme supplément à l'édition de province et comme numéro extraordinaire à Stockholm.

Grâce à Markel, le *Nationalblad* avait, dès le début, pris la position juste dans l'affaire Dreyfus. Sur d'autres questions, et particulièrement en politique intérieure, les sinuosités de l'itinéraire du journal rappelaient parfois les errances nocturnes d'un poète. Sans avoir une ligne politique déterminée, il se plaçait « au-dessus des partis », selon la formule de sa dernière annonce publicitaire. Sur ce sujet, comme sur beaucoup d'autres, on faisait passer la nécessité pour une vertu : certaines raisons inhérentes à son histoire lui interdisaient tout ralliement clair à un parti politique. Le *Nationalblad* avait été fondé dans les années quatre-vingt comme un organe agrarien, protectionniste et ultra-réactionnaire. Sans avoir jamais possédé une autonomie financière, il recevait des subsides de certains milieux de la grande industrie. Grâce à la poussée protectionniste de la fin des années quatre-vingt, ceux dont le journal avait défendu les intérêts avaient obtenu ce qu'ils désiraient; fatigués et satisfaits, les mécènes avaient souhaité se débarrasser de ce tonneau des Danaïdes. La feuille languissait et, au printemps 1897, ce fut la débâcle. L'ultime mécène qui, depuis plusieurs années déjà, constituait son unique soutien financier, fut obligé de suspendre ses paiements et de mettre ses affaires sous contrôle judiciaire. Parmi ses actifs les plus faibles se trouvait le portefeuille d'actions du *Nationalblad* – les créanciers étaient même enclins à l'inscrire au passif. Survint alors un événement inattendu.

Henry Steel, un financier indifférent à la politique mais passionné de culture et de littérature, lié à un cercle d'intellectuels – le grand poète P. A. von Gurkblad, Olof Levini, Torsten Hedman, Henrik Rissler et d'autres, comme le Dr Doncker, en faisaient partie –, s'était laissé séduire et leur avait promis son soutien à un nouveau journal. Ça devait être un quotidien du soir, de tendance libérale, puisque tout le monde détestait l'*Aftonpost*, le concurrent qu'il fallait étrangler. Un journal libéral donc, radical même, mais d'une sensibilité nationaliste plus marquée que celle affichée par le parti libéral. Pour quelque obscure raison, Doncker allait en être le rédacteur en chef. P. A. von Gurkblad prêterait à la publication son grand nom et son soutien en tant que président du conseil d'administration et collaborateur bénévole. Olof Levini s'occuperait de la critique littéraire et écrirait les éditoriaux sur les problèmes culturels. Torsten Hedman prendrait en charge le théâtre, les arts plastiques et les autres sujets qui lui faisaient envie. Etc. Markel – lui aussi faisait partie du cercle – serait responsable de la politique.

Le destin voulut que la banque d'Henri Steel, c'est-à-dire lui-même, fût le créancier principal du *Nationalblad* au moment du krach; il lui incombait donc de résoudre le délicat problème qui consistait à mettre de l'ordre dans les affaires du journal. Selon l'avis général, il s'en acquitta correctement, non sans avoir assumé des pertes considérables. Ainsi se retrouva-t-il un beau jour propriétaire – contre son gré – du portefeuille d'actions du *Nationalblad*. Que diable allait-il en faire, alors qu'il avait promis son aide à un nouveau journal? La solution était simple comme l'œuf de Colomb : Levini, Doncker et les autres copains prendraient le *Nationalblad* et en feraient l'organe dont ils avaient rêvé! Un soir, il développa cette idée devant

Doncker, Olof Levini et Torsten Hedman. Ils restèrent d'abord silencieux et songeurs.

– Cela risque de poser quelques problèmes, objecta Torsten Hedman.

– Bah ! répliqua Henri Steel. Rien n'est impossible. Faites de votre mieux, et moi, je ferai ce que je peux; les circonstances ne nous laissent guère le choix. Réfléchissez : autrement, que diable puis-je faire du *Nationalblad*? En tant que propriétaire du portefeuille d'actions, je dois veiller à ce que les employés ne se retrouvent pas à la rue sans un morceau de pain. Si vous êtes d'accord, on pourra au moins garder le personnel des bureaux, de l'imprimerie et la partie la plus neutre de la rédaction. Pour les autres, je me chargerai des dédommagements convenables jusqu'à ce qu'ils trouvent un autre emploi.

– Oui, il n'y a pas le choix, soupira Olof Levini.

– En fait, l'idée n'est pas bête, dit Doncker. Nous aurons un groupe d'anciens abonnés et, l'inertie aidant, une bonne partie conservera son abonnement malgré le changement d'orientation.

L'affaire fut bâclée au cours d'une réunion extraordinaire du comité de gestion du *Nationalblad*.

– Toi, tu voteras pour trente actions, déclara Doncker à Henrik Rissler.

Rissler se rendit à la réunion du comité de gestion qui se tenait dans la « salle d'Oscar » du restaurant *Rydberg*, et vota pour trente actions dont il n'avait jamais vu la couleur.

Telle était l'histoire du journal que Markel avait un soir contée à Arvid Stjärnblom.

Arvid se tenait à la fenêtre dans le bureau de Torsten Hedman. Il avait l'habitude d'y travailler en l'absence du critique. Son travail terminé, il s'apprêtait à partir – il avait laissé ouverte la porte donnant sur le couloir.

Il faisait presque nuit; dehors, la neige tombait à gros flocons.

Il songeait à l'avenir. Pendant les vacances de Noël, débarrassé de l'école, il s'était entièrement consacré au journal, travail qu'il trouvait intéressant. Il avait l'impression d'y apprendre davantage qu'au lycée où il faisait son stage. À la rédaction, il se sentait plus proche du cœur de la vie qu'à l'école. Dans quelques jours, il devrait y retourner. Il brûlait d'envie d'écrire au proviseur que, pour diverses raisons, il se trouvait dans l'obligation d'interrompre son stage. Cela le contrariait, car le proviseur lui avait témoigné un intérêt bienveillant et avait loué ses aptitudes pédagogiques. « Un professeur-né », avait-il dit; et Arvid Stjärnblom se sentit un peu inquiet. Un autre fait s'y ajoutait : en parlant avec le Dr Doncker, il avait compris que lorsque son rédacteur l'avait promu au rang de collaborateur avec un salaire fixe, il avait complètement oublié que Stjärnblom faisait également un stage à Norra Latin. « Bah, avait-il répliqué quand Arvid le lui avait rappelé, laissez tomber l'enseignement, monsieur Stjärnblom, si, bien entendu, ça ne vous amuse pas outre mesure de vous éreinter votre vie durant pour un morceau de pain dur. » Mais là, il y avait autre chose encore : les assises économiques du *Nationalblad* semblaient assez chancelantes. Depuis la « révolution », le journal progressait – il n'y avait pas de doute; à la rédaction pourtant, on chuchotait que l'argent investi par le banquier Steel, pour permettre le redémarrage, était depuis longtemps épuisé. Les devis estimatifs de Doncker auraient été beaucoup trop optimistes. Certes, Steel avait tenu compte du fait que les devis sont toujours trop optimistes, mais ceux-là l'étaient encore plus que d'habitude. Du moins, c'est ce qu'affirmait Markel. Un jour, il avait dit à Torsten Hedman : « Tout se joue aujourd'hui. En ce moment, Doncker galope dans un fiacre et emprunte à droite et à gauche. Un brave type, rien à dire! »

Arvid Stjärnblom hésitait...
La neige tombait toujours.

En tout cas, à présent il fallait partir. Mais auparavant il devait discuter un point avec Markel.

Le couloir était plongé dans l'obscurité. Il alluma une lampe. À l'autre bout, il aperçut une jeune femme; un garçon-portier lui indiquait la direction d'un geste : c'est par là... Il reconnut Lydia.

Elle vint à sa rencontre :

– Je veux faire passer une annonce, mais je ne trouvais pas...

Arvid perdit contenance.

– Je vais te montrer.

– Merci.

– Es-tu pressée? Le service des annonces ne ferme pas tout de suite. Ne... Ne veux-tu pas rester un moment avec moi?

Elle hésita un instant.

– Si ça se fait.

– Ça se fait, l'assura-t-il. J'occupe le bureau de Torsten Hedman quand il est absent. Il est parti il y a une heure et ne reviendra qu'après le théâtre.

Lentement, il referma la porte. Une demi-pénombre régnait dans la pièce. Dehors la neige tombait.

Embarrassés, ils se taisaient. Jusqu'à ce qu'un baiser les réunît. Un très long baiser.

Elle était humide de neige.

– Ne veux-tu pas enlever ton chapeau et ton manteau?

– Si ça se fait. Et si quelqu'un entre?... Ça peut paraître étrange...

Arvid tourna la clé dans la serrure.

– Bien sûr que ça se fait. Personne ne viendra.

Le silence se prolongea quelques secondes.

– C'est ici que tu écris?

– Oui, quand M. Hedman est absent. Quand il est là, je

travaille dans la grande salle de rédaction, en compagnie de cinq ou six autres folliculaires.

Elle ôta son chapeau et son manteau, et apparut en simple tenue de deuil, auréolée de ses cheveux blonds.

– Mais... si on te cherche, si on essaie d'ouvrir?...

– Ne t'inquiète pas, Lydia. Ici, à la rédaction, si on ne respecte pas grand-chose, on respecte toujours une porte fermée. Au fait, de quelle annonce parles-tu?

– Je cherche une place. N'importe laquelle ou presque. « Femme à tout faire. » Je n'ai aucune formation. Les travaux de ménage, c'est tout ce que je sais faire.

Ils se turent. Il neigeait toujours. La nuit tombait. Le premier lampadaire allumé dans la rue éclaira le plafond de la pièce.

– Dis-moi, te souviens-tu que nous nous sommes rencontrés par hasard en automne, à Djurgård? Tu étais en compagnie d'un monsieur...

– Oui, le Dr Roslin.

– Ah! Markus Roslin, l'historien d'art et archéologue?

– Oui. C'est un vieil ami de la famille.

Ils se turent de nouveau, la neige continuait de tomber.

– Je vais te raconter quelque chose, reprit-elle. L'après-midi du même jour, j'ai éprouvé un désir irrésistible de te voir. Je suis montée et j'ai sonné à ta porte. Mais personne n'a ouvert.

Elle chuchotait cela, sa tête blonde blottie contre sa poitrine. D'une main il lui caressa les cheveux.

– J'étais chez moi. Mais tu n'as sonné qu'une fois. Comment pouvais-je deviner que c'était toi?

– Je n'ai pas l'habitude de sonner plus d'une fois. Je « respecte une porte fermée », moi aussi.

– Oh, Lydia...

Il prit sa tête entre ses deux mains et la regarda dans les yeux :

– Puis-je te poser une question?

– Oui?...

– Promets-moi d'abord que tu ne te fâcheras pas.
– Mais non !
– Es-tu... Es-tu une « fille innocente » ?
– Bien sûr.
– Tu m'en veux de t'avoir posé cette question ?
Elle sourit, les yeux pleins de larmes :
– Non.

Ils se taisaient. Il faisait de plus en plus noir. La neige tombait toujours. Lydia était assise, la tête contre sa poitrine. Il murmurait son nom, en répétant sans cesse, distraitement : Lydia... Lydia... Lydia...

Il reprit de nouveau sa tête entre ses deux mains et chercha son regard :

– Veux-tu être mon ange gardien ? Veux-tu ?

Doucement, elle se détacha.

– Je veux être tout pour toi, mais cela ne dépend pas uniquement de ce que je veux... Sais-tu ce que j'ai pensé quand j'ai reçu ta lettre ? Je me suis dit : maintenant, je n'ai plus aucune raison de m'épargner.

– Comment cela ?
– Oh ! rien...

Le crépuscule s'obscurcissait. La neige tombait toujours.

– Lydia, tu dois comprendre que je ne peux envisager le mariage que comme un projet lointain.

– Oui.
– Mais si tu voulais être ma petite maîtresse ?

Ses yeux, qui fixaient le crépuscule, paraissaient agrandis par les larmes.

– Non, fit-elle. Je ne veux pas t'être un fardeau. Tout, mais pas ça ! Non !

Dehors, les flocons de neige dansaient, brillaient et se laissaient tomber.

Ils se taisaient.

– Peux-tu me dire, demanda-t-elle, ce qui est bien et ce qui est mal ?

Arvid réfléchit.

– Je ne sais pas. Ce matin, ici, nous avons traduit « J'accuse » de Zola, et l'article est en ce moment vendu en ville comme numéro extraordinaire. Dans ce cas, je peux facilement dire où est le bien et où est le mal. Mais je serais très embarrassé si un jour je devais l'expliquer aux élèves, je veux dire, l'expliquer d'une manière générale...

La tête toujours blottie contre sa poitrine, elle pleurait. Elle n'avait rien entendu de ce qu'il disait. Les sanglots la secouaient. Soudain, elle se dégagea, se leva et essuya ses larmes.

Elle se tenait, jeune, droite, avec ses cheveux blonds, en tenue de deuil.

– Il faut que je parte.

Il se leva à son tour. Après un long baiser, il lui dit :

– Je *crois* que tu seras mon ange gardien.

Elle remit son chapeau et son manteau encore humides de neige.

– Au revoir.

– Peut-on se revoir?

– Je ne sais pas...

Elle s'arrêta, la main sur la poignée de la porte qu'Arvid avait déjà ouverte.

– Je ne sais pas, répéta-t-elle.

Soudain, elle lui noua les mains autour du cou :

– Je veux te dire une chose...

Les lèvres collées contre son oreille, elle chuchota :

– Je veux. Mais je n'ose pas.

Elle se dégagea et s'enfuit.

Un matin, Arvid Stjärnblom reçut une lettre.

Il reconnut immédiatement l'écriture de Lydia et déchira fébrilement l'enveloppe. Le bout de papier qu'elle contenait représentait un paysage dessiné au crayon : une plaine automnale, des squelettes de saules dénudés qui se reflétaient dans l'eau immobile, un ciel chargé de nuages lourds et bas, et une volée d'oiseaux migrateurs.

Sur l'autre face, quelques mots, tracés au crayon : « *Ud vil jeg, ut, o saa langt langt langt* [1]. » Rien d'autre, rien de plus.

Il demeura perplexe, la petite feuille à la main. Que voulait-elle dire ? Cela avait un sens caché. Mais lequel ?

Avait-elle des projets de voyage ?

Ud vil jeg, ut, o saa langt langt langt.

Non, il ne comprenait pas. Mais il conserva le croquis dans son agenda.

*

Cette année-là, avril débuta par quelques belles journées vraiment printanières. Si on sortait de la ville par une des

1. Citation du poème de Bjørnstjerne Bjørnson *Over de høje fjaelde* (Je veux partir loin, ô si loin, si loin).

routes principales encore bordées d'amas de neige sale, on retrouvait un hiver décrépit et malade. Mais dans la capitale, les rues propres et lisses luisaient au soleil, l'eau du Norrström miroitait, clapotait, étincelait, et dans le jardin de Kungsträdgård, les premiers Italiens noirauds vendaient des petits ballons rouges, bleus et verts – on aurait cru un véritable printemps.

Un jour, vers trois heures, en se promenant dans une allée du Kungsträdgård, Arvid rencontra Philippe Stille. Ils s'arrêtèrent, puis firent un bout de chemin ensemble, en bavardant.

– Merci d'avoir envoyé la couronne, dit Stille. C'était très gentil.

– Je t'en prie...

– Tu fais ton stage à Norra Latin?

– Non, je l'ai interrompu. Tu as peut-être entendu que je suis entré au *Nationalblad.*

– Oui, mais je me disais que tout de même... Quoique, après tout, c'est peut-être un bon choix.

Un peu plus loin, ils aperçurent deux vieux messieurs de haute taille; tout le monde leur cédait le passage en se découvrant. C'était le roi, accompagné du grand veneur.

Ils se turent. De toute évidence, Philippe Stille faisait partie de ces gens que la proximité d'un souverain rend solennels. Arvid Stjärnblom, lui, n'avait rien à dire. Au passage du roi, ils ôtèrent leurs chapeaux.

– As-tu des nouvelles de ton frère? demanda Stjärnblom.

– Oui, il a une bonne situation en tant qu'ingénieur dans une grande entreprise. Il s'en tirera certainement. D'ailleurs, ajouta-t-il, la succession de mon père ne s'est pas révélée si mauvaise. Nous savions qu'il ne pouvait épargner, mais il n'avait pas de dettes, nous le savions aussi. Il possédait une petite collection de « vieux maîtres », douteux ou inconnus pour la plupart, bien entendu. À l'époque il les avait achetés pour rien du tout; or, quelques-uns ont atteint un bon prix aux enchères Bukowski. Il y avait également des objets d'art et des bijoux. Le tout a fait quelque huit mille couronnes; pas grand-chose, surtout quand il faut partager en trois, mais nous, les frères, nous sommes maintenant à même de gagner notre vie. Quant à Lydia, elle s'en tirera sans doute.

Ils se séparèrent au coin d'Arsenalgatan. Stille allait à l'Östermalm, Stjärnblom n'avait rien à faire, mais il prétendit qu'on l'attendait à la rédaction.

« Lydia s'en tirera sans doute. »

Stille avait énoncé cela avec un petit sourire énigmatique et inquiétant.

Les cloches de l'église Saint-Jacques sonnaient et tonnaient. On enterrait un vieil usurier.

Place Jacob, il dépassa les trois « maîtres du royaume », comme on disait autrefois : le Premier ministre avec, à ses côtés, le ministre de la Justice et le ministre de la Défense, un vétéran de la guerre franco-allemande, maigre et sec. Il les avait vus auparavant, de l'étroite loge de la presse de l'ancien – et si vite oublié – palais du Parlement. Il ne put s'empêcher de sourire au souvenir des folles histoires à la Boccace qui circulaient au sujet du ministre de la Justice, un individu d'une laideur peu ordinaire.

À quelques pas derrière, trottinait Jörgen [1], moustaches teintes en noir et barbiche blanche, vêtu d'un paletot gris jaune qui lui descendait jusqu'aux chevilles.

Place Gustave-Adolphe, Stjärnblom s'attarda devant l'agence principale de son journal, pour lire les dernières dépêches affichées derrière une vitrine. La plus récente disait : « Le pape a proposé sa médiation entre l'Espagne et les États-Unis. » Il se les imagina : le profil de vieillard ironique et comme ciselé par une vie extraordinairement longue de Léon XIII – tel qu'il s'en souvenait d'après une

1. Pseudonyme de Georg Filip Lundström (1838-1910), éditeur d'un journal de « boulevard », *Figaro*, auquel Söderberg collabora dans sa jeunesse.

reproduction du fameux portrait de Lenbach; et McKinley, le phonographe fidèle du grand capital américain, porte-parole de tous ceux qui allaient tirer profit de cette guerre. Je crains que les deux messieurs n'aient quelques difficultés à se comprendre. Au fond, derrière eux, il croyait distinguer les hommes politiques et les généraux espagnols, égarés, demi-fous, pour qui « l'honneur de l'Espagne », c'est-à-dire le leur, était tout, et les réalités du monde, rien... Non, pensa-t-il, cette guerre-là, Léon XIII ne sera pas en mesure de l'empêcher...

Il sentit une main sur son épaule :

– Bonjour, mon garçon.

C'était le baron Freutiger.

– Bonjour. Tu es en ville?

– Oui, comme tu vois. Viens prendre un verre de vin, d'absinthe ou de ce que tu veux au *Rydberg*! Il est encore tôt pour déjeuner.

Au *Rydberg*, ils s'installèrent sur une banquette de cuir du bar qui donnait sur la place Gustave-Adolphe et qui permettait d'observer les passants. En hiver, Arvid Stjärnblom venait parfois ici, s'asseyait sur la même banquette devant un verre de porto ou d'une autre boisson et regardait les nombreux inconnus et ses rares connaissances qui défilaient dehors sous la neige ou la pluie. Pour la première fois, il se trouvait là par un temps splendide.

– Absinthe? demanda Freutiger.

– Volontiers.

L'absinthe arriva.

Freutiger embrassa la place du regard.

– Tiens, Dagmar Randel. Mignonne, quoique déjà un peu trop courtisée. En ce moment, elle a une intrigue avec le lieutenant Warberg. Et là-bas, c'est Marthe Brehm. Une fille très chic! On dit qu'elle a eu un enfant d'un étudiant en médecine qui s'appelle Thomas Weber, un benêt, d'ailleurs...

Arvid Stjärnblom écoutait distraitement. Que lui importaient ces noms qu'il entendait pour la première fois? Si seulement il s'agissait de Karlstad où il connaissait toutes les filles de famille, d'apparence et de réputation! Mais ici, il était un étranger.

– Tu oublies que je suis un provincial.

– Oui, mais que diable, un jour tu seras bien stockholmois!

– N'est-ce pas Snoilsky [1] qui passe? demanda Stjärnblom.

– En personne. Ah, je vais te raconter une histoire, si tu ne la connais pas déjà. Il y a quelques semaines, à l'occasion de son anniversaire – soixante-dix ou quatre-vingts ans, ou je ne sais plus combien –, Ibsen faisait son soi-disant « chemin des croix » dans les pays frères. D'abord à Copenhague : il y fut décoré de la grand-croix de Danneborg et fêté lors d'une procession aux flambeaux – et il se saoula; ensuite à Stockholm : il reçut la grand-croix de l'Étoile du Nord et fut fêté lors d'une soirée de gala, de multiples fêtes et discours – et il se saoula. Un après-midi, Snoilsky lui rendit visite au Grand Hôtel. Il le trouva assis devant une table, en train de contempler de ses yeux graves et sévères toutes ses décorations qui y étaient étalées avec leur attirail. « Eh oui, cher Henrik Ibsen, lui dit Snoilsky, de tous les écrivains nordiques tu es sans doute celui qui possède le plus grand nombre de ces babioles. » *« Jeg vil mene det! [2] »* répondit Ibsen. « À l'exception peut-être d'Oehlenschläger [3] », poursuivit Snoilsky. Ibsen fronça les sourcils. Snoilsky remarqua alors la grand-croix de Saint-Olav qui se trouvait sur la table, parmi les autres. « Mais c'est vrai, se corrigea-t-il, que celle-là, Oehlenschläger ne pouvait pas l'avoir. » *« Noj, jeg vil mene det! »*

– Ton histoire n'est pas mauvaise, répondit Stjärnblom.

1. Carl Snoilsky (1841-1903), poète suédois.
2. En norvégien dans le texte : Je veux bien le croire.
3. Adam Gottlob Oehlenschläger (1779-1850), poète danois.

Mais elle est passée par plusieurs étapes avant d'arriver jusqu'à toi. Toi-même, tu n'es qu'une « étape » et pas la pire. À ta santé!

– Tu veux dire que je suis en train de mentir?

– Mais non, tu ne mens jamais, je le sais. Si tu me permets, j'essayerai de reconstruire la scène telle qu'elle a pu se passer.

– Très volontiers.

Freutiger acheta l'*Aftonpost* à un marchand de journaux.

– Bien. Snoilsky entre. Selon ta version, Ibsen est assis devant la table en train d'admirer ses décorations. Mais c'est tout simplement inconcevable : il est unanimement décrit comme un vieux monsieur extrêmement courtois et cérémonieux, même quand il est ivre, ce qu'en l'occurrence il n'est pas. Qu'il traite Snoilsky, qu'il connaît depuis des temps immémoriaux, avec la moindre impolitesse, est impensable. Donc, il a dû se lever, aller à sa rencontre et lui dire bonjour ou quelque chose de ce genre. Ses décorations sont posées sur la table, par hasard peut-être; il était probablement en train de les ranger dans leur coffret. Snoilsky cherche un sujet de conversation, se met à en parler et le fait avec désinvolture, à moitié par plaisanterie. Ibsen répète son *« jeg vil mene det »*, probablement en plaisantant, ironiquement, mais d'une façon plus grave propre à sa nature...

– Bon Dieu de bon Dieu! s'écria Freutiger qui, pendant ce temps, feuilletait l'*Aftonpost.*

– Qu'est-ce que c'est?

– Regarde!

Il lui tendit le journal, en indiquant une annonce de fiançailles :

MARKUS ROSLIN
et
LYDIA STILLE

– Qu'en dis-tu ? Cette fille ne se contente pas de bagatelles ! Markus Roslin : six cent mille couronnes au moins.

Arvid se taisait. Il était reconnaissant à Freutiger de son bavardage qui le dispensait de parler. Il craignait que sa voix ne le trahît.

– Te rends-tu compte, Arvid, c'est la seule jeune fille que j'aie jamais aimée, véritablement, tu comprends ! Quinze jours après la mort du vieux Stille, je lui ai écrit pour demander sa main. Honnêtement, en y mettant les formes, il me semble, en donnant les chiffres exacts concernant ma fortune : un peu plus de deux cent mille. J'ai eu la réponse par retour du courrier, signé « je vous prie d'agréer... » Tu peux imaginer le contenu. Eh bien, j'ai pensé évidemment qu'elle me trouvait trop vieux – quarante-six ans, et elle, dix-neuf – et je n'ai pas pu m'empêcher d'admirer sa fermeté devant la perspective d'une bonne situation. Mais Roslin a plus de cinquante ans. Ce n'était donc pas mon âge qui n'allait pas. Ce n'était pas ça !

– Mon cher Freutiger, dit Arvid, sa propre voix lui sembla étrangère et lointaine, tu ne crois pas sérieusement que la différence de fortunes a compté pour elle ? Il faut bien avoir de l'argent pour vivre, mais un peu plus ou un peu moins ; sûrement, elle n'y a pas pensé...

Freutiger passa la main sur ses yeux.

– Oh non, sûrement pas. Elle a dû simplement trouver Roslin un peu mieux que moi. Avec lui, elle peut compter devenir veuve quelques années plus tôt ; espérons qu'elle l'enverra bientôt *ad patres*, c'est un type fragile. Il est en tout cas exclu qu'elle soit amoureuse. On déjeune ensemble, si tu veux ; on mangera comme des ogres et on boira comme des Polonais !

– Non merci, je ne peux pas, répondit Arvid Stjärnblom. Je dois être à la rédaction à cinq heures.

Il voulait rester seul.

Il n'avait rien à faire à la rédaction, mais il s'y rendit quand même.

Il traversa les bureaux. Vides.

Il s'arrêta devant la fenêtre de Torsten Hedman. Il faisait lourd. Il l'ouvrit.

Dans une arrière-cour, un orgue de barbarie jouait *Kväsarvalsen*, la chanson qui courait les rues à l'époque.

Elle, son amour, elle, qu'il avait embrassée dans le berceau de lilas au crépuscule, elle, elle...

« Ud vil jeg, ud, o saa langt langt langt. »

Cela signifiait donc un voyage de noces : la Riviera, l'Italie, l'Égypte peut-être...

Son regard tomba sur le canapé. Ils étaient assis là – la dernière fois. Sur le seuil, sur le point de partir, elle avait dit : « Je veux! Mais je n'ose pas! »

Les paroles qu'elle avait prononcées un soir lui revinrent en mémoire : « Je peux attendre. » Mais lui ne voulait pas qu'on l'attende!

Il avait ce qu'il voulait à présent. Personne ne l'attendait plus. Personne.

Rugissant comme une bête, il se jeta sur le canapé.

II

On ne choisit pas son destin. On ne choisit pas non plus sa femme, sa maîtresse ou ses enfants. On les a, on les garde, il arrive aussi qu'on les perde. Mais on ne choisit pas !

Les années passaient.

Arvid Stjärnblom travaillait au journal. Au bout d'un ou deux ans, il en était devenu le critique musical. Depuis le soir où, grâce au hasard, il avait fait le compte rendu des débuts de Mlle Klarholm dans la Marguerite de *Faust*, il avait consacré ses moments de liberté à lire tous les ouvrages sur la musique que recelait la Bibliothèque royale. Comme il n'était pas dépourvu de sens musical, à la première occasion il avait succédé au critique musical qui se faisait porter malade un peu trop souvent. Au bout de trois ans, il touchait deux mille quatre cents couronnes par an, avec, bien entendu, l'obligation de faire tout et n'importe quoi à la rédaction, les finances du journal n'étant pas assez solides pour qu'on se permette de débourser une telle somme uniquement pour des comptes rendus musicaux. Elles s'amélioraient cependant, chacun pouvait s'en rendre compte : le nombre des abonnements et des annonces augmentait, de même que son volume, tel le fruit béni du ventre d'une femme. Malheureusement, les coûts d'exploitation progressaient encore plus vite, affirmait Markel. On ne savait pas très bien qui payait. Henry Steel s'était depuis longtemps retiré du *Nationalblad*; un autre lui succéda, puis un autre encore et on ignorait qui, au juste, détenait dans son portefeuille la précieuse majorité des actions. Le Dr Doncker continuait à effectuer ses tournées en fiacre, à présent il les alternait avec des tournées en automobile – pour ce qui était de l'écriture, il n'en avait presque plus le temps – et les jours de paie, il y avait toujours de l'argent dans la caisse.

– Te souviens-tu, demanda un jour Stjärnblom à Markel, comment Balzac appelait les journaux? *Ces lupanars de la pensée* [1].

– Hmm, grommela Markel. Il a dit ça, ce salaud?

– Oui.

– A-t-il vraiment dit « la pensée »? C'est beaucoup trop gentil! Mais après tout, c'était un incurable romantique.

Il ajouta aussitôt :

– Cher Arvid, tu écris sur la musique et sur ce dont tu as envie. De quoi te plains-tu? Je vois toutes les ignominies, tous les mensonges de bien plus près que toi, et je ne me plains pas! Je fais de mon mieux pour empêcher autant de duperie, d'ineptie et de bluff que possible, mais quand je constate mon impuissance, je finis par fermer les yeux. Tu n'es jamais obligé d'écrire quoi que ce soit contraire à tes opinions. Moi non plus. Mais en tant que rédacteur-adjoint, et très souvent aussi veilleur de nuit, je suis contraint de laisser passer – à mon corps défendant – « des informations mensongères susceptibles de désorienter le public ». Tu n'en es pas là. Tu dissertes sur la musique et autres fariboles de ce genre – et tu empoches ton salaire. De quoi te plains-tu?

– Je ne me plains pas, répondit Arvid Stjärnblom. Seulement je ne puis m'empêcher de penser, chaque fois que je touche mon salaire, que sans ces « informations mensongères susceptibles de désorienter le public », il n'y aurait pas d'argent dans la caisse pour me payer.

– Bourricot que tu es! Tu n'es pas simplement moral,

1. En français dans le texte.

tu es hypermoral. « Informations mensongères. » Mais bon Dieu, elles doivent exister. Et de nouveau on se retrouve devant la vieille question de Pilate : qu'est-ce que la vérité ?

– La vieille est arrêtée à Madrid! jeta Markel en traversant la salle de rédaction, une liasse de télégrammes à la main.

Il s'agissait de Mme Humbert. En cette fin d'année 1902, la « grande Thérèse » et sa caisse constituaient la préoccupation principale des journaux et de l'opinion. Même la princesse de Saxe et M. Giron se trouvaient repoussés dans l'ombre.

Arvid Stjärnblom songeait à autre chose. On était le 20 décembre : son anniversaire. Et deux roses rougissaient dans un verre sur son bureau. Il les contemplait, à la fois embarrassé et un peu ému. Jusque-là, personne dans cette ville ne s'était jamais soucié de son anniversaire.

Il en devinait l'origine. Mais pour plus de sûreté, il avait interrogé le portier.

– Était-ce un commis de chez le fleuriste ou...

– Non, c'était une dame.

– Blonde ou brune?

– Blonde.

Il ne s'était donc pas trompé : Dagmar Randel. Quelques semaines auparavant, il avait été invité à un dîner dansant chez l'entrepreneur en bâtiment Randel. Pendant une pause entre deux danses, il avait bavardé avec la seule fille non mariée de la famille, Mlle Dagmar. Elle s'était plainte d'être terriblement vieille :

– Le 20 décembre, j'aurai vingt-six ans.

– Oh oui, c'est affreux, avait-il répondu, mais que dois-je dire, moi qui aurai vingt-huit ans exactement le même jour ?

– Vraiment ? Nous sommes nés le même jour, comme c'est drôle !

Etc. Depuis, il l'avait rencontrée une ou deux fois, brièvement; ils avaient échangé quelques propos insignifiants. Et voilà qu'elle vient ici avec des roses.

Curieux qu'elle les ait apportées au journal plutôt que de les envoyer chez lui...

Elle avait dû se douter qu'il y était rarement. Elle cherchait donc à le rencontrer. Tout de même... Qu'elle n'ait pas hésité à se présenter à la rédaction avec des fleurs, alors qu'il y a tant de va-et-vient, et qu'elle y ait demandé un monsieur... Cela pouvait donner lieu à bavardages...

Comment lui rendre sa politesse ? Envoyer des fleurs ?

Il examina l'état de son portefeuille. Assez plat.

Il prit sa plume et traça un court billet :

« Chère mademoiselle Dagmar Randel,

Je vous remercie de l'amabilité dont vous avez fait preuve en vous souvenant d'une coïncidence aussi fortuite et insignifiante que la date de nos anniversaires – pour ma part, je vous prie, en rougissant de honte, de bien vouloir m'excuser de l'avoir complètement oubliée. Je ne peux cependant nier que j'ai été touché. Durant les cinq années que j'ai passées dans cette ville, personne ne s'est encore jamais soucié de la date de mon anniversaire.

Avec toute ma reconnaissance,

Arvid Stjärnblom. »

Alors qu'il glissait la lettre dans l'enveloppe, Markel entra :

– J'ai à te parler. J'ai aperçu par hasard la fille quand elle est arrivée avec ses fleurs. Fais gaffe, mon vieux : le vieux Randel est fauché!

– Tu me l'as déjà dit. Mais je ne vois pas très bien le rapport entre deux roses et le fait d'être fauché.

– Tu ne le vois pas? Eh bien : ces fleurs coûtent deux couronnes pièce, au moins! Cette fille veut se marier!

Stjärnblom éclata de rire :

– Mon bon Markel, tu ne veux pas me faire croire que mes deux mille quatre cents couronnes annuelles peuvent, à ses yeux, me faire passer pour un parti avantageux?

– Pas du tout, elle n'y entend rien, mais elle s'imagine que son père est riche et que c'est elle qui est un « parti avantageux ». *Elle veut se marier!* Prends garde, mon garçon! D'ailleurs, je n'ai pas de temps pour t'entretenir de bêtises. Doncker est dans tous ses états : il a déniché un nouveau millionnaire, un Rickson! Le nom déjà vaut son pesant d'or [1]! Si seulement on pouvait tenir jusqu'à la fin de l'année! Mais voilà Henrik Rissler : que veux-tu?

Rissler entra :

– Vendre une nouvelle. Prix : cinquante couronnes. Je suis pressé; faut-il que Doncker la lise avant qu'on me paie?

– Au diable, répondit Markel. Doncker n'a plus le temps ni de lire, ni d'écrire. Si ça dure un ou deux ans de plus, il deviendra analphabète.

En grande hâte, Markel fit compter cinquante couronnes. Tel était le nouveau tarif de Rissler. Un an auparavant, il avait publié un gentil petit livre qui avait eu un gentil petit succès.

Henrik Rissler s'en alla, Markel aussi, mais il se retourna sur le seuil :

– Prends garde! Autrefois c'était l'homme qui cherchait une femme, aujourd'hui c'est démodé : désormais c'est la

1. Jeu de mots : *Rik* signifie « riche » en suédois.

femme qui cherche un homme. Et elle ne recule devant aucun moyen!

*

Arvid s'abîmait dans ses pensées. Il songeait à la soirée chez les Randel et à la façon dont il y avait été invité. Un jour de novembre, vers trois heures de l'après-midi, il se trouvait seul, assis sur la banquette de cuir au bar du *Rydberg*, à observer le jeu d'ombres des passants à travers la vitre. Il aperçut l'architecte Randel, le fils cadet de l'entrepreneur en bâtiment (l'aîné était pasteur); l'instant d'après, Hugo Randel entra, regarda autour de lui, découvrit Arvid seul sur sa banquette et le rejoignit. Ils s'étaient rencontrés quelquefois au cours de festivités et se tutoyaient.

– Je vais te montrer quelque chose, avait dit Randel en sortant de sa poche une liasse de dessins.

C'était un projet de réaménagement et de reconstruction d'un quartier de Stockholm, l'un des plus centraux et néanmoins parmi les plus laids et les plus mal lotis pour ce qui était de la circulation.

Arvid examina le projet, posa des questions, reçut les réponses et tâcha d'entrer dans les détails. L'idée lui parut bonne, sans qu'il pût dire si elle était réalisable.

– Qu'est-ce que tu en penses? demanda Hugo Randel.

– C'est bien, mais qu'est-ce que ça implique? Je n'y comprends pas grand-chose.

– Ne pourrais-tu le placer dans ton journal? Sans rémunération, bien entendu, je veux simplement le faire connaître.

– J'essayerai. Mais je n'ai aucune influence.

Ils se turent et regardèrent les jeux d'ombres extérieurs. Une de leurs relations passa. Puis une autre. Puis Elin Blucher.

C'était une jeune fille mince et élancée, aux cheveux bruns, au visage pâle et intéressant. Il ne savait rien d'elle si ce n'est qu'elle s'appelait Elin Blucher. Il la voyait souvent dans la rue et, depuis quelques mois, il était secrètement attiré.

– Tiens, voilà Elin Blucher, fit Hugo Randel.

– Tu la connais ?

– Très bien. C'est une amie intime de ma sœur Dagmar, elle vient souvent chez nous.

– Elle a beaucoup de chic, cette fille.

– Tu trouves ? À chacun ses goûts. Tu la connais ?

– Pas du tout. Je la vois juste dans la rue.

– Si tu veux, je peux arranger ça. Dans huit jours, mon père donne un dîner pour les jeunes. Si tu as envie de venir, je ferai en sorte que tu sois invité. Tu pourras faire sa connaissance.

– Merci, pourquoi pas... Mais est-ce que je peux encore jeter un œil sur tes dessins ?

Il étudia longuement le projet, avec une grande attention.

– Je ferai de mon mieux. Les changements dans la physionomie de la ville présentent toujours un intérêt. Tu dois bien avoir un petit texte pour accompagner ces dessins ?

– Oui, mais je ne l'ai pas sur moi. Je te l'apporterai demain. Si ça ne t'ennuie pas, tu pourras y ajouter quelques fioritures.

Ils se serrèrent la main et se quittèrent. Quelques jours plus tard, l'article de Hugo Randel, avec les plans et les profils, paraissait dans le *Nationalblad*. Il avait suscité intérêt et discussion. Une semaine plus tard, Arvid Stjärnblom recevait l'invitation pour le dîner chez l'entrepreneur en bâtiment Randel, communément appelé le directeur Randel.

Il y avait rencontré Elin Blucher, dansé et parlé avec elle : du temps qu'il faisait, de la caisse de Mme Humbert, de choses et d'autres. Dès l'instant où il lui adressa la parole, le charme avait été rompu. Elle demeurait une très jolie jeune fille, mais différente de ce qu'il s'était imaginé, plus ordinaire en quelque sorte. Elle croquait des bonbons et semblait ne se soucier de rien d'autre.

Au cours de la soirée il avait souvent surpris, posé sur lui, le regard de Mlle Dagmar Randel qui semblait dire : « Tu es un bien gentil garçon, veux-tu jouer avec moi ? »

*

Stjärnblom se dirigeait vers le *Café du Nord* pour dîner. L'horloge de l'église Saint-Jacques indiquait quatre heures et demie.

L'hiver ne parvenait pas à s'imposer : des journées maussades, grises et froides, la pluie alternait avec la neige. Arvid attendait la neige avec impatience. Il pensait à sa maison natale, si lointaine, où son vieux père, depuis cinq hivers déjà, se retrouvait seul devant la table de Noël. Arvid avait deux frères, beaucoup plus âgés que lui. Herman, l'aîné, n'avait pas fait grand-chose, et même pire : il s'était payé un billet pour l'Amérique et depuis plusieurs années on était sans nouvelles de lui. L'autre, Eric, travaillait comme médecin dans un hôpital d'une petite ville sur la côte ouest. Les cinq dernières années, Arvid n'avait pu se libérer pour Noël; avec le Nouvel An, c'était la période la plus fébrile pour les journaux, comme pour la poste et les chemins de fer.

Ah! oui, il avait toujours une lettre pour Mlle Randel dans sa poche. Il s'orienta vers la boîte aux lettres au coin d'Arsenalsgatan et y glissa son enveloppe.

Quand il se retourna, Mlle Randel passait devant lui.

Il salua. Elle s'arrêta.

– La lettre était pour vous. Ce n'est qu'un petit mot de remerciement pour les fleurs. Je me sens indigne et accablé : je ne vous ai pas envoyé de fleurs...

– Pourquoi l'auriez-vous fait? Il n'est écrit ni dans la Bible ni dans le catéchisme qu'on doit offrir des fleurs à l'occasion des anniversaires, on le fait si on en a envie. Moi, j'en ai eu envie. Où allez-vous ?

– Je pensais aller dîner au *Café du Nord.*

– Avez-vous très faim ?

– Oh, non.

Un court silence suivit.

– À la maison, on ne se met pas à table avant six heures, fit-elle. C'est si ennuyeux de rentrer trop tôt. Et si on faisait une petite promenade ? Vers le Skeppsholm ?

Ils passèrent devant le Grand Hôtel, dont le bar déversait à l'extérieur un flot de lumière orangée, devant le Musée national, et traversèrent le pont de Skeppsholm.

À Skeppsholm, ils s'arrêtèrent sous les branches nues et noires d'un grand arbre.

Il l'embrassa.

Alors que le baiser se prolongeait, il se dit : c'est une simple politesse.

Muets, ils fixaient l'eau sombre et agitée du Ström, où les lampadaires du quai allumaient des étincelles et des spirales lumineuses.

Les paroles de Markel lui revinrent en mémoire : elle veut se marier.

Il lui caressa la main :

– Chérie, tu comprends bien que je ne peux même pas songer à me marier ?

Les yeux baissés, elle tarda un instant à répondre.

– Je n'y ai même pas pensé.

Lentement, ils arpentaient le quai. Elle dit :

– Je vais te faire un aveu. Il est vrai qu'en t'envoyant les fleurs, j'avais une arrière-pensée.

Il la fixa, interrogateur. Elle poursuivit :

– Je voudrais avoir un travail, avoir mes propres revenus. C'est si désagréable de quémander chaque fois auprès de papa. Ne pourrais-tu me trouver une place dans ton journal ? Écrire sur la mode, sur la vie mondaine...

Arvid réfléchit. La mode féminine était déjà couverte, pour les chroniques mondaines ils s'adressaient à une vraie comtesse dont le nom figurait dans l'histoire d'Odhner [1].

– Ça risque d'être difficile, mais on peut essayer.

Bras dessus, bras dessous, ils retraversèrent le pont.

– Dis-moi, pourquoi est-il si ennuyeux de rentrer trop tôt à la maison?

– Parce qu'on s'y ennuie.

Il ne la questionna plus.

Au moment de se quitter, elle demanda :

– Quand se reverra-t-on?

Arvid réfléchit. Ne pouvait-il se libérer pour cette soirée? Si, il n'y avait rien à l'Opéra, pas de concert non plus, et il n'était chargé d'aucun travail particulier.

Il répondit :

– Je reste chez moi à m'ennuyer, toute la soirée. Veux-tu me rendre visite?

– À quelle heure?

– Vers sept heures; ça te va?

– J'essayerai...

Arvid Stjärnblom alla au *Café du Nord* et prit son repas. Il mangea des boulettes de viande aux haricots rouges.

1. *Histoire de Suède* de C. T. Odhner.

Malgré ses vingt-huit ans, Arvid Stjärnblom possédait une expérience érotique des plus limitées. À part Mme Kravatt de Karlstad – qui continuait à lui manquer de temps en temps –, elle se réduisait à quelques rencontres furtives avec des filles de nuit, qu'avec la meilleure volonté il n'aurait pu reconnaître que d'après un chapeau, un boa ou quelque autre accessoire, mais jamais d'après un visage; et à une jolie vendeuse à qui, quatre ans auparavant, l'année où Lydia Stille s'était mariée, il avait fait un enfant. À vrai dire, ce n'était pas tout à fait certain. Elle avait aussi un « fiancé ». Mais il s'était volatilisé.

À l'époque, ce fut une affaire grave. Il avait écrit à son père, à son frère et à Freutiger. Le père lui envoya deux cents couronnes sur son maigre salaire, sans sermon; son frère Eric, autant, avec un sermon; Freutiger lui avait prêté cinq cents couronnes. L'affaire fut ainsi réglée et l'enfant – un garçon – placé dans une honnête famille d'artisans à Sundbyberg. La mère avait obtenu, grâce aux recommandations de Freutiger, une meilleure place; elle s'en tirait bien. Arvid payait trente-cinq couronnes par mois pour l'enfant.

Après cette histoire, il prit une résolution et s'imposa une règle de conduite, qui devait être absolue, infrangible, n'admettant aucune exception : ne jamais « séduire » une fille pauvre; quant à séduire une jeune fille riche, il ne l'envisagea même pas. S'incliner devant la nécessité, accepter la vie de célibataire – d'un célibataire démuni –, l'inévitable saleté et l'écœurement qui en font partie, jusqu'au jour où il pourrait fonder une famille et trouverait celle avec qui il voudrait le faire.

Pour la première fois cette résolution et cette règle étaient mises à l'épreuve. Il avait aussitôt succombé à la tentation : il avait fait une « exception ». Il est vrai qu'avec Dagmar Randel les données n'étaient plus les mêmes : il pouvait à peine se parer de la gloire du séducteur. Et lorsqu'elle lui avait offert sa jeune beauté blonde et luxuriante, il aurait été un imbécile de refuser...

Bien sûr, elle avait commencé par poser la question obligatoire : « M'aimes-tu ? »

Et bien sûr, il avait répondu : « Je t'aime. » Autrement rien ne se serait passé.

Aimer et aimer...

Il avait déjà perdu son « premier cœur ». Il s'était persuadé qu'au moins sept ans devaient s'écouler avant qu'un nouveau cœur pousse à sa place. Mais le désir ne dormait pas, loin de là. Et on lui offrait un véritable paradis en comparaison de ce à quoi il était habitué. Il avait donc dit : « Je t'aime. » Sous-entendu : *aimer*, je ne le puis, mais je peux accomplir le rituel de l'amour, ses gestes et ses pantomimes.

Chaque jour, vers sept ou huit heures du soir, elle se faufilait chez lui, dans sa « chambre meublée » à Grevturegatan. Peu avant dix heures, il la raccompagnait jusqu'à sa porte. Ensuite il allait au *Rydberg* ou au *Café du Nord*, boire un punch ou deux, ou il se rendait à la rédaction. Un soir, il dit à Markel :

– Au fait, tu t'es trompé sur les intentions de Mlle Randel. Elle ne cherchait pas à se marier. Elle cherchait une place au journal.

– Ça, c'est relativement innocent, répliqua Markel.

*

Généralement, Arvid Stjärnblom n'échangeait avec son père que de courtes missives, mais en fin d'année, il avait l'habitude de lui envoyer un rapport long et détaillé; ce qu'il fit au réveillon de 1902. Il écrivit :

« Cher père,

De tout mon cœur je te souhaite une très bonne année. Mon contrat n'a pas été modifié pour l'année qui vient, mais le Dr Doncker m'a laissé entrevoir une possibilité de courtes vacances cet été; j'espère alors revoir ma chère maison natale, pour la première fois depuis six ans.

Au cours de cet automne, je me suis quelque peu initié à la vie de société de la capitale. J'ai été quelquefois invité aux repas chez le consul général Rubin – c'est bien entendu Markel qui m'y a introduit. On y rencontre toutes sortes de gens – le consul tient table ouverte –, et cela ne manque jamais d'intérêt. J'ai dîné chez le directeur Randel – tu as certainement vu son nom dans les journaux à propos de divers projets de construction. Le Pr Levini a également eu l'amabilité de m'inviter un soir, malheureusement ce jour-là j'étais pris par une manifestation à l'Opéra. Ce fut presque ma plus grande déception de l'automne passé. Entre Noël et la fin de l'année, j'ai passé quelques jours dans l'archipel, chez Freutiger.

En ce qui concerne mes affaires, j'ai remboursé, comme tu le sais, les deux cents couronnes à mon frère Eric. Markel m'en avait prêté la moitié, en dépit de l'état déplorable de ses finances. Je dois cependant toujours cinq cents couronnes à Freutiger.

Noël est pour nous autres folliculaires, une des rares journées libres de l'année. Dans la matinée, je suis allé à Sundbyberg voir mon petit garçon. Il a un trait de la famille : quelque chose autour des yeux et du front que je n'arrive pas à définir, mais qui me donne la certitude que c'est *mon* fils.

Quant au problème de l'Union [1], tu sais bien, cher père, que je suis d'un tout autre avis que toi. Je trouve injuste qu'on reproche au vieux Jean-Baptiste de ne pas avoir fait de la Norvège une province suédoise en 1814.

Premièrement, je doute fort qu'il en eût la possibilité. Deuxièmement, je ne suis pas sûr que cela nous eût valu beaucoup de joie. Troisièmement, loin d'être seul, il était soutenu, sur ce point, par Adlerspare, Järta et d'autres « hommes de 1809 ». Mais dans la Suède de cette époque, lui seul avait les moyens de faire ce qui a été fait! Si par la suite ses successeurs – par ce mot je n'entends pas seulement, ni même avant tout, ses successeurs sur le trône, mais toute la classe dirigeante –, ont gâché son ouvrage, cela ne peut aucunement être sa faute!

Étant donné l'évolution de la situation, l'Union est devenue un handicap et un danger pour la Suède. La Norvège souhaite la rompre, tous les signes le confirment; le débat sur les consulats n'est qu'une occasion qui fournit une forme et un prétexte. Tels sont les faits; la Norvège saisira le premier moment favorable – une éventuelle guerre avec la Russie, par exemple –, pour nous tomber sur le dos. Bref, cette union n'a plus de sens, pire même. En se cramponnant au *statu quo*, comme le gouvernement de Boström semble vouloir le faire, on peut tenir quelque temps, peut-être jusqu'à la fin de ce règne, mais ça ne durera pas indéfiniment. L'Union doit être dissoute, et la Suède doit en prendre l'initiative. Parfois cette idée est avancée par la presse de droite, mais uniquement comme une poussée de colère et de mauvaise humeur, alors que ce serait au

1. L'Union entre la Suède et la Norvège, conclue en 1814 à la suite des guerres napoléoniennes, était en train de se dissoudre à la fin des années 1890, ce qui s'accompagnait de graves crises politiques. Elle prit fin en 1905.

gouvernement de prendre l'initiative et de l'envisager sérieusement.

En matière de défense, sur le papier, l'apport de l'Union est ridicule, insignifiant, tandis que l'ambiguïté et l'incertitude dans les rapports avec la Norvège peuvent devenir fatales en période de crise.

Par ambiguïté j'entends : le premier paragraphe de l'acte de l'Union, ainsi que le premier paragraphe de la constitution norvégienne, proclame que la Norvège " est un royaume libre et indépendant ". Or, du point de vue du droit public, d'après les paragraphes suivants du même acte de l'Union, la Norvège jouit de l'" autonomie ", et non pas de la " souveraineté ".

Cher père, en tant que Suédois, tu n'aimerais sans doute pas que la Suède soit dans une situation semblable. Comment peux-tu en vouloir aux Norvégiens de ne pas être satisfaits de la leur ?

Ton fils Arvid. »

L'année 1903 ne laissa point de traces dans l'histoire mondiale. Ce fut l'année où la Suède céda au grand-duché de Mecklembourg son droit de suzeraineté hypothéqué sur la ville de Wismar. Ce fut l'année où Léon XIII mourut et le cardinal Sarto devint pape. Ce fut l'année où Alexandre et Draga de Serbie furent assassinés et Pierre le Noir devint roi!

Ce fut l'année où...

*

Arvid Stjärnblom travaillait au journal. Il accomplissait également le rituel amoureux, ses mimiques et ses pantomimes. Cependant, dans son désir profondément enraciné de trouver son compte dans tout ce qu'offre la vie, y compris dans ces miettes de bonheur, il réussissait par moments à se persuader qu'il aimait Dagmar. Quant à elle, la persuader était chose facile.

De mariage il n'était jamais question – ou presque. Durant tout l'hiver et le printemps, Dagmar n'avait effleuré le sujet qu'une seule fois.

Un soir de mai – il s'en souvenait car le jour même il était allé à l'enterrement de Snoilsky et avait rédigé le compte rendu des funérailles –, il l'accompagnait chez elle à Engelbrektsgatan. Ils s'arrêtèrent un instant dans l'ombre épaisse des vieux arbres du Humlegård.

– Je comprends que tu ne veuilles pas te marier, dit-elle. Aujourd'hui, presque tous les couples tournent mal. Mais dis-moi, est-ce uniquement parce que tu n'en as pas les moyens ?

Il hésita avant de répondre.

– Je n'ai jamais dit que je ne voulais pas. J'ai dit que je ne pouvais pas.

– Oui, mais... Elle fixait le sol, les paupières baissées, papa dit que si je me marie, il contribuera au ménage pour deux mille couronnes par an, comme il l'a fait pour Eva et Margit.

Eva et Margit étaient ses deux sœurs mariées.

– Ma chérie, je ne veux pas me mettre dans une dépendance financière vis-à-vis de ton père, quelle qu'elle soit. Jusqu'à présent, je me suis toujours débrouillé tant bien que mal.

Il ajouta, sentant que chaque mot pesait :

– Puisque tu me l'as demandé, je serai franc avec toi. Ce n'est pas *uniquement* parce que je n'en ai pas les moyens, il y a autre chose : j'ai un besoin très fort, incorrigible, de solitude. Ce n'est pas que je veuille être seul tout le temps, à chaque instant de la journée. Mais je revendique le droit de commencer et, avant tout, de terminer ma journée seul. De penser seul, de dormir seul. Je ne crois pas être fait pour le mariage et la vie de famille.

Ils se turent. Des chuchotements leur parvinrent du banc voisin. Une voix de femme : « Mais tu m'avais promis... » Une voix d'homme : « Que ne promet-on pas... »

Arvid et Dagmar échangèrent un sourire.

– Du moins, nous ne nous étions rien promis. Ne crois-tu pas que c'est mieux ainsi ?

– Si, fit-elle. Je te comprends si bien.

Il l'accompagna jusqu'à sa porte, puis se rendit au journal. Dans le bureau de Torsten Hedman, qu'il occupait en l'absence du critique, le Pr Levini était assis devant la table.

– Excusez-moi, dit Levini, j'occupe la place. Mais j'ai presque fini.

– Je vous en prie, monsieur le professeur... Permettez-moi seulement de donner un coup de téléphone.

Il appela l'imprimerie et demanda une épreuve de son compte rendu d'obsèques.

– C'est vrai, dit le Pr Levini, vous êtes allé à cet enterrement. N'est-ce pas un scandale! Infâme! Je veux dire le pasteur! Encore plus ignoble que lorsque, il y a huit ans, il proférait ses inepties sur la dépouille de Victor Rydberg, à l'église Sainte-Clara; il lui avait alors assigné une place sur le « parvis » du Temple, dont il croit lui-même détenir les clés! Comme prix – celui des funérailles! – il avait obtenu le fauteuil de Rydberg à l'Académie...

Un employé apporta les épreuves.

– Puis-je voir? demanda le Pr Levini.

– Je vous en prie.

Levini parcourut la feuille. Arrivé au discours du pasteur, il ricana dans sa barbe noire. Le résumé, bref et succinct, se refusait à tout jugement : « Comme preuve de la foi sincère de Carl Snoilsky, le prédicateur évoqua le fait que le poète mourant avait autorisé sans protestation le chant des Psaumes dans les couloirs et les escaliers de l'hôpital. À la fin du discours, l'orateur exprima l'espoir que l'artiste serait placé aux côtés du roi des cieux, comme il avait été, de son vivant, auprès du roi terrestre »...

– Quelle honte! s'exclama le Pr Levini. Oui, vous pouvez en rire, monsieur Stjärnblom, mais réfléchissez : cette relique monstrueuse des temps préhistoriques siège à l'Académie suédoise et participe au choix du prix Nobel!

Markel surgit sur le seuil :

– Bah, c'est encore le moindre mal. Qu'importe qui a ce prix! Le testament de Nobel était rédigé d'une façon idiote; essayer de l'appliquer d'une manière tant soit peu raisonnable équivaut à la quadrature du cercle. Mais j'ai à te parler en privé, Arvid. Viens ici!

Il poussa Arvid dans son bureau de « ministre des affaires étrangères » plongé dans la pénombre, et ferma la porte.

– Assieds-toi. Mlle Dagmar Randel est venue ici te chercher trois ou quatre fois ces derniers temps. Il y a donc quelque chose entre elle et toi. Trois hypothèses : tu l'aimes à la folie; dans ce cas, je n'ai qu'à me taire et voir comment les choses évoluent. Ce n'est pas impossible : la fille est mignonne et tu n'es pas très gâté...

– Mon bon Markel, que diable as-tu à faire avec Mlle Randel?

– Ne m'interromps pas. Deuxième possibilité : tu crois pouvoir faire une bonne affaire. Mais tu n'es quand même pas bête à ce point. Le plus probable est que l'hypothèse un rejoint l'hypothèse deux : tu es à la fois un peu amoureux et imagines faire une bonne affaire...

– Non, Markel, ça va trop loin; en quoi cela te regarde-t-il?

Markel se tut un instant.

– Non, répondit-il sèchement. Du point de vue purement formel, ça ne me regarde absolument pas. Pourtant, si tu vois un cheval s'emballer, tu te précipites instinctivement pour l'arrêter; et dans ce cas tu te sentirais peut-être un peu blessé si le monsieur dans la voiture te lançait en rugissant : « Ça vous regarde si mon cheval s'emballe? »

Stjärnblom sourit malgré lui :

– Ta comparaison est boiteuse. Je ne peux être à la fois le cheval et le monsieur dans la voiture.

– Elle ne boite pas du tout. Tu es à la fois le cheval et le monsieur dans la voiture! On va procéder comme Kant : Stjärnblom *als Erscheinung* [1], c'est le cheval, ou plus exactement le cheval qui s'emballe avec la voiture, le tout

1. En tant que phénomène.

contenu dans l'un; Stjärnblom *als Ding an sich* [1], c'est le monsieur dans la voiture! Le cheval est Stjärnblom en tant qu'élément du monde sensible; le monsieur dans la voiture, c'est Stjärnblom en tant qu'être raisonnable, c'est-à-dire quand il ne se comporte pas d'une façon aussi déraisonnable que le monsieur en question!

Stjärnblom était songeur.

– Ne nous fâchons pas, Markel. J'ai peut-être été injuste à ton égard en me montrant si formel. D'ailleurs, je peux te rassurer : sur mon honneur et ma conscience, je ne songe pas à faire une « affaire ».

– Tant mieux. Alors nous passons à la troisième hypothèse. C'est elle qui est amoureuse de toi, et toi tu n'éprouves à son égard pas plus d'amour que tout homme normal pour une femme normalement constituée; mais tu l'utilises, elle et son amour, pour assouvir tes désirs charnels. C'est humain, mais ça reste ignoble. On n'a pas le droit de faire ça! Parlons de nouveau comme Kant : ne jamais se servir d'un être humain, n'en jamais faire un « moyen »! C'est une ignominie!

Arvid Stjärnblom sentit qu'il pâlissait.

– Tu as tort. C'est plus complexe que tu le crois. Moi-même je n'arrive pas à y voir clair. Mais puisque nous avons abordé le sujet : qu'est-ce qui te fait croire qu'il y a quelque chose entre Mlle Randel et moi?

– De ta part, rien du tout. Tu ne parles jamais d'elle, et si, en ta présence, son nom surgit dans une conversation, tu te tais ou tu répètes sur un ton légèrement distrait « Mlle Randel ». Tu es discret et c'est *all right*. Mais à quoi ça sert, si elle est enfantine et imprudente, si elle t'envoie des fleurs, si elle vient te chercher ici? Les portiers en font déjà des gorges chaudes. À quoi sert ta discrétion? Tu ne veux pas te marier, tu n'en as pas non plus les moyens. Or, cela ne dépend pas de ce que l'on veut, ça

1. En tant que noumène (la chose en soi).

arrive tout seul. On ne choisit pas! On choisit aussi peu son destin que ses parents ou soi-même : ses forces, son caractère, la couleur de ses yeux ou les circonvolutions de son cerveau. Tout le monde le sait. Mais ce n'est pas tout : on ne choisit ni sa femme, ni sa maîtresse, ni ses enfants. On les a, on les garde et il arrive qu'on les perde. Mais on ne choisit pas!

Songeur, Arvid Stjärnblom rentrait chez lui. On ne choisit pas.

Il pensait à Markel qui avait dit ça. « On ne choisit pas. »

Célibataire, il était empêtré dans une vieille et malheureuse relation avec une femme qui, sans être très jeune, l'était cependant assez pour le tromper avec le premier venu.

*

L'été avançait.

Dagmar Randel passait les vacances avec ses parents – son père et sa belle-mère, car sa mère était morte –, dans leur propriété de l'archipel. Arvid Stjärnblom resta en ville durant presque tout l'été. Deux ou trois fois, il reçut une invitation pour aller à Randelsborg – leur petite villa sur le lac Värmdö –, mais il était pris par son travail. Plus exactement, il n'osait pas : il souhaitait rencontrer sa famille le moins possible. Non qu'elle fût antipathique ou déplaisante, mais il n'avait aucune confiance en la maîtrise de soi de Dagmar. Il craignait que par une parole inconsidérée, en le tutoyant par distraction, enfin, par tout son comportement à son égard, elle ne révélât ce qui devait rester secret.

De toute façon, elle venait en ville de temps en temps et ils pouvaient se voir.

Au mois d'août, il passa une quinzaine de jours dans la maison de son enfance dans le Värmland. Là-bas, rien n'avait changé. Les sarments de houblon tapissaient toujours le perron. Le vent murmurait toujours dans le feuillage des vieux arbres. Nulle part ailleurs les bouleaux n'étaient aussi grands et aussi beaux.

Il trouva le vieillard égal à lui-même, un peu plus blanc peut-être qu'il y a dix ans, et un peu plus taciturne. Les conversations entre le père et le fils prenaient le plus souvent l'allure d'interviews : de brèves questions suivies de réponses un peu plus longues.

– Comment va le petit ?

– Bien, il est vif et sage. Le relieur et sa femme l'adorent.

– Et sa mère ?

– Elle travaille dans sa boutique et n'a pas beaucoup de temps pour aller le voir. J'y vais plus souvent qu'elle : le relieur s'occupe aussi de mes livres.

– Comment t'appelle-t-il ? J'entends le gosse.

– Ces derniers temps, il a commencé à me dire papa. Avant, il appelait le relieur papa et moi tonton.

– Hum. Quel âge a-t-il déjà ? quatre ans. Bientôt il sera temps qu'il intègre une famille de la classe sociale de son père. J'aurais bien aimé le faire venir ici ; c'est un endroit sain, bénéfique pour un garçon. Mais je suis vieux, je vais bientôt mourir, et je crains que la vieille Sara n'entende pas grand-chose aux enfants. Elle en a eu un, mais ça remonte à plus de cinquante ans.

Sara, la vieille gouvernante, apporta le plateau avec le punch.

– À ta santé, Arvid.

– À ta santé, père.

Il y eut un silence.

– Au fait, qu'est-ce qui s'est passé ?

– J'étais amoureux. Pas d'elle, mais d'une jeune fille que je ne pouvais pas avoir parce que je n'avais pas les moyens d'entretenir une famille. Elle a épousé un homme riche, et elle a eu sans doute raison. Dans la maison où j'habitais j'avais une voisine, une fille assez jolie, vendeuse dans une boutique de mode masculine à Kungsbacken. J'y allais de temps en temps, et quelquefois, quand j'arrivais à l'heure de fermeture, nous rentrions ensemble. Nous nous embrassions un peu dans l'escalier. Le soir où celle dont j'étais amoureux fêta ses noces, j'ai voulu, moi aussi, fêter les miennes. Et je l'ai fait.

– Hum. Curieuse morale par les temps qui courent. D'ailleurs la morale a toujours été un peu curieuse.

– Je dois dire à son honneur, ajouta Arvid, qu'elle a aussitôt senti le côté fortuit et accidentel de l'affaire. Elle avait un « fiancé » qu'elle devait aimer à peu près autant que je l'aimais, peut-être moins... La femme comme l'homme sont parfois emportés par des instincts, des désirs, qui excluent toute explication morale ou rationnelle.

– Oui, oui, fit le vieux. Je me souviens d'en avoir entendu parler.

Il y eut un nouveau silence.

– Elle n'exigeait donc pas le mariage?

– Pas une seconde. Elle a pris ça comme un accident. Et lorsque je l'ai aidée, pas par mes propres moyens, tu le sais, père, l'affaire a été réglée. Maintenant, elle navigue dans sa propre mer et ne cherche jamais à me revoir. Son « fiancé », que je n'ai jamais rencontré et qui a changé d'adresse dès que ça a commencé à sentir le roussi, devait être un individu des plus ordinaires. Alors que moi, j'ai peut-être été pour elle une aventure, un conte de fées, que sais-je? Que sais-je des formes que la vie revêt dans les rêves d'une pauvre vendeuse? Non, elle n'a jamais cherché à me revoir.

– La croises-tu quelquefois?

– Rarement. Un jour nous nous sommes rencontrés à Sundbyberg. Elle m'a prié de ne pas faire mes courses dans la boutique où elle travaille. Elle voulait oublier, m'a-t-elle expliqué. Néanmoins, chaque année je lui envoie un petit cadeau de Noël.

– J'ai très envie de voir ton garçon, reprit le vieillard.

J'ai pensé à une chose. Tu sais que nous avons un nouveau pasteur. Il s'appelle Ljunberg. Marié depuis six ans, il n'a pas d'enfant. Il acceptera peut-être de prendre ton fils en pension pour la même somme que le relieur; s'il demande davantage, je payerai la différence. L'année passée, j'ai fini de rembourser mes vieilles dettes, de sorte que maintenant je m'en tire, et il m'en reste même un peu. Mais tu es libre-penseur et tu ne voudras peut-être pas que ton fils soit élevé dans la famille d'un ecclésiastique.

– Cela n'a pas d'importance si c'est un homme bien. Un enfant doit bénéficier de la même éducation que la majorité des enfants de son pays et de son époque. Je ne pense pas qu'il soit bon d'imposer à un enfant telle ou telle conception de la vie. Ça risque de se transformer en son contraire. Mieux vaut, en son temps, lui laisser éprouver ses forces et se débrouiller lui-même. Comment est ce pasteur?

– Un brave gars, pas du tout dévot, exactement comme tout le monde. Sa femme est un peu mélancolique, maladive, sinon c'est une personne charmante.

– Bon, on verra bien. Mais il y a un problème. Quand il s'agit d'enfants illégitimes, c'est la mère qui possède le droit parental. Le père ne fait que payer. Tout dépend donc de ce qu'elle en dira.

– Eh bien, écris et demande-lui!

Arvid écrivit à Alma Lindgren, exposa la situation et demanda son avis.

Entre-temps, le vieux aborda la question avec le pasteur et sa femme. Ils voulaient bien accueillir le garçon, mais comme leur propre fils, sans argent.

– Il n'y consentira jamais, répondit le maître des eaux et forêts. Il préférera le laisser chez le relieur!

Arvid se rendit au presbytère. Le pasteur, un quadragénaire solidement bâti, présentait un visage bienveillant et plein d'esprit. Sa femme paraissait agréable, quoique un peu maigre et pâle.

– Monsieur le pasteur, je suis né, j'ai grandi dans cette paroisse et je n'ignore pas que, malgré sa superficie, elle regroupe peu d'habitants; par conséquent, elle ne rapporte pas grand-chose. Je comprends d'autant plus que votre obligeance envers mon petit garçon est entièrement à mettre au compte de votre charité. Mais on a coutume de dire qu'un père doit pourvoir à l'entretien de ses enfants. Je l'ai fait jusqu'à présent et je veux continuer.

– Anna, cria le pasteur à sa femme, apporte du cognac et de l'eau, s'il te plaît!

L'entretien se déroulait dans la véranda tapissée de houblon.

– C'est une position que je comprends et respecte, dit le pasteur.

Ils tombèrent d'accord sur une somme de quarante couronnes par mois.

Arvid Stjärnblom interrogea son hôte sur les mœurs de ses ouailles.

– Excellentes. Pas d'assassinat depuis 1832. Le dernier meurtre date de 1896, mais ça tenait plus de l'accident. Les vols se produisent tous les quatre ans environ, les menus larcins, un peu plus souvent. La luxure est le seul péché qui fleurit dans cette paroisse avec autant de force que dans toutes les autres, mais cela simplifie les choses : on célèbre en même temps le mariage et la naissance. Du reste, je ne suis pas si décrépit qu'on ne puisse se tutoyer. À ta santé, frère!

– Merci. À ta santé!

Quelques jours plus tard, arriva la réponse d'Alma Lindgren.

« De toute façon, je représente peu de choses pour mon petit Ragnar. Il serait mauvais de ma part de m'opposer à ce qu'Arvid et son père veulent faire pour son bien. »

*

En septembre, il était de retour à Stockholm.

Dès le premier soir, Dagmar vint le voir. À peine arrivée, elle éclata en sanglots désespérés.

– Qu'y a-t-il, mon petit ? Qu'est-ce qu'il t'arrive ?

Elle ne faisait que pleurer.

Enfin elle s'apaisa assez pour parler :

– Ma belle-mère a entendu des ragots sur nous. Elle les a immédiatement rapportés à papa. Pas par méchanceté, elle n'est pas méchante, mais elle vit de commérages. Papa s'est terriblement fâché et m'a soumise à un interrogatoire. Bien entendu, je voulais nier, mais je me sentais si honteuse, si confondue ; j'ai compris que je n'en serais pas capable. Alors j'ai dit...

– Qu'as-tu dit ?

– Que nous étions fiancés en secret.

Il se taisait. Elle aussi.

– Que voulais-tu que je dise ?

– Non, non, rien... Tu ne pouvais sans doute rien dire d'autre. Comment a-t-il réagi ?

– Il m'a traitée de garce et d'un tas d'autres noms. Puis il s'est calmé et m'a dit que si on se mariait, il contribuerait pour deux mille par an. Il n'a pas dit de mal de toi.

Debout devant la fenêtre, les mains derrière le dos, il regardait tomber la nuit. « Fiancés en secret. » Une étoile solitaire scintillait dans le ciel pâle d'automne. Le voilà fiancé en secret. Surprenante nouvelle...

Elle glissa son bras autour de son cou et lui chuchota à l'oreille :

– Est-ce vraiment tout à fait impossible pour toi de te marier ?

– Tout à fait impossible.

Sa main se relâcha. Ils se taisaient. Il fixait le crépuscule qui s'assombrissait.

Soudain, il entendit des sanglots derrière lui. Étendue sur le lit, elle pleurait.

Il revint vers elle et prit sa tête entre ses mains :

– Ne pleure pas, mon petit, il ne faut pas pleurer! Nous allons essayer l'impossible...

Leurs bouches se joignirent dans un long baiser.

Quelques jours plus tard, Arvid Stjärnblom, en redingote, sonna à la porte de la famille Randel.

Dagmar l'attendait dans le vestibule. Elle avait préparé son père et sa belle-mère à cette visite.

Dans le grand salon, il fut accueilli par Mme Hilma Randel, la seconde femme du directeur Jacob Randel.

Quelques années auparavant, elle possédait un autre époux et portait un autre nom, mais dès que le directeur Randel fut veuf, elle se sépara de son mari et devint Mme Randel. À présent, frisant la quarantaine, brune, magnifique et opulente, elle était encore fort au goût de certains messieurs. On la voyait à toutes les premières, avec ou sans mari, à toutes les fêtes plus ou moins officielles; quelquefois même ses toilettes étaient mentionnées dans la presse. C'étaient là des moments de triomphe.

Elle n'avait pas d'enfant.

Mme Randel accueillit M. Stjärnblom avec un sourire maternel, quoique un peu ambigu :

– Notre petite Dagmar nous a prévenus de votre visite. C'est bien vrai, « il nous faut de l'amour, ne serait-ce qu'un petit peu... », comme Anna Norrie le chante dans *La Belle Hélène*. Mon mari vous attend dans son bureau. Par ici!

Elle passa devant pour montrer le chemin :

– Jacob! appela-t-elle. Ja-a-acob!

Le directeur Randel apparut sur le seuil :

– Soyez le bienvenu, monsieur Stjärnblom. Oui, Dagmar m'a dit où vous en êtes. Un verre de punch, monsieur Stjärnblom?

– Je vous remercie.

Le directeur Randel avait dépassé la soixantaine. Il portait une honorable barbe gris acier avec, sur la gauche, une touffe blanche. Ses cheveux étaient blancs.

– Eh bien, reprit-il, M. Stjärnblom est journaliste; il paraît qu'aujourd'hui ça rapporte davantage qu'autrefois. Cependant... deux mille quatre cents couronnes, j'y ajoute deux mille, cela fait quatre mille quatre cents, c'est un peu juste, en effet. Mais il ne faut pas avoir de trop grandes prétentions quand on est jeune. Pour commencer, nous pouvons passer au tutoiement. Appelle-moi tonton. À ta santé!

– À la vôtre.

– À la tienne. La feuille où tu écris, se porte-t-elle bien?

– Oui, pas mal.

– L'autre jour, j'ai rencontré Doncker à un dîner. Il voulait que j'achète des actions.

– Vous me mettez devant le soi-disant dilemme professionnel. En tant que collaborateur du journal, je devrais vous conseiller d'en acheter, en tant que votre futur gendre, je dois vous en dissuader.

– Bah, de toute façon, je n'ai pas de quoi les acheter! Je n'ai pas un sou! Les temps sont mauvais. Mais viens, je vais te montrer un tableau que j'ai acquis à Paris il y a quelques mois.

Il alluma une lampe électrique devant une toile représentant une femme nue sur un divan, une peinture vulgaire, sentant le faiseur.

– Exquise, n'est-ce pas? C'est d'un grand artiste.

– Ah bon...

– Veux-tu voir mes décorations?

Le directeur Randel se dirigea vers un secrétaire, baissa l'abattant et ouvrit un petit tiroir. Il possédait deux « vrais » ordres : celui de Vasa et celui de saint Olav, qu'il exhiba dans leur étui de chez Carlberg. À part ça, il était membre de plusieurs ordres privés : de Timmerman, de Coldinur, de Neptune... Les grands rubans et les étoiles qu'il sortait l'un après l'autre brillaient de toutes leurs couleurs.

– Et ça, c'est un tiroir secret! Il contient mes insignes

de franc-maçon. Mais tu ne peux pas les voir! Personne ne doit les voir!

– Je ne suis pas très curieux, remarqua Arvid.

– Tant mieux. Il faut cependant que tu entres dans la franc-maçonnerie; autant le faire quand on est jeune. Ça permet d'aller loin. Au fait, peux-tu m'expliquer pourquoi les Norvégiens font toutes ces histoires? Ils ont autant de liberté que nous, et même davantage; ils vivent trop bien, voilà leur problème. Je l'ai dit au roi à la réunion des francs-maçons un jour de cet hiver : « Votre Majesté devrait faire venir un demi-million de Norvégiens en Suède et y envoyer un demi-million de Suédois, des socialistes de préférence, les marier tous là-bas », comme ça, ce serait vraiment *une* nation!

– Et le roi, qu'a-t-il répondu?

– Il a ri, c'est tout. Hum. Mais laissons ça. As-tu des dettes?

– C'est insignifiant, j'ai honte d'en parler.

– Mais non, vas-y!

– Cher tonton, répondit Arvid, je n'ai pas envisagé un seul instant de vous donner le moindre souci à ce sujet. Je dois cinq cents couronnes à un de mes amis, c'est tout, et je voudrais que ça reste entre lui et moi.

– Pas question! Je vais m'en occuper. Mon gendre ne doit pas avoir de dettes! À qui as-tu emprunté?

– À Herman Freutiger...

– Ah, tu le connais... Un brave garçon, je l'ai rencontré aux réunions de la Société...

La tête de Mme Randel apparut dans l'entrebâillement de la porte :

– Alors, demanda-t-elle d'une voix mielleuse, vous avez fini, messieurs? Le souper est servi!

Le directeur Randel se leva avec gravité :

– Prie Dagmar de venir!

Dagmar entra, timide et rougissante.

– Eh bien, ma chérie, dit le directeur Randel, tu as eu

l'homme que tu voulais. J'espère que vous serez heureux ensemble, et je veux, avant tout, que vous enfermiez dans vos cœurs ce vers de l'ancien psaume : « Tu ne commettras pas l'adultère / Sous peine des plus terribles peines! » Ce sont là de saintes paroles, je le sais par expérience. Hum! Et maintenant, une soupe et un sandwich!

Les fiançailles furent annoncées lors d'un grand dîner chez le directeur Randel, le jour de la fête de Dagmar. L'invité principal, le ministre Lundström, parent éloigné de la mère de Dagmar, première épouse du directeur, mena à table la maîtresse de maison. Celui-ci avait également suggéré à Arvid d'inviter quelques-uns de ses collègues, ce qui expliquait la présence de Doncker et de Markel parmi les invités. Le reste se composait des enfants, des gendres, des belles-filles et d'autres parents de Jacob Randel. Le pasteur Harald Randel, le fils aîné, avec sa femme, née Platin, et ses riches beaux-parents, l'agent de change Platin et son épouse. Hugo Randel, l'architecte, avec sa femme et son riche beau-père. Les sœurs de Dagmar, Eva von Pestel avec son mari, lieutenant des hussards du prince héritier, et Margit Lindman avec son mari, jeune et prometteur agent de change. Et beaucoup d'autres... Freutiger était là, lui aussi.

Après le dîner, Markel essaya de questionner le ministre Lundström sur les affaires norvégiennes.

– Hum-hum, répondit ce dernier.

Les danses se succédaient...

Au retour, Arvid fit un bout de chemin avec Markel.

– Je me suis peut-être trompé sur la situation financière de ton beau-père, dit Markel. Je croyais qu'il pouvait craquer à tout moment. Il se peut cependant, grâce à sa famille et à ses relations, qu'il surnage encore un an ou deux. Pas longtemps, en tout cas...

Ils se séparèrent au coin d'une rue :

– Tu avais probablement raison, dit Arvid. On ne choisit pas!

– Oh, non. Bonsoir!

– Bonsoir.

Arvid Stjärnblom rentra.

Comme d'habitude, il sortit sa montre et l'accrocha à un petit clou au-dessus du lit. Il posa ses clés, son porte-monnaie, son portefeuille et son agenda sur la table de nuit. Un bout de papier glissa de l'agenda par terre. Il le ramassa. Un dessin au crayon. Un paysage plat d'automne : des saules nus, l'eau sombre et lisse et des oiseaux migrateurs sous le ciel bas. Sur l'autre face : *« Ud vil jeg, ud, o saa langt langt langt. »*

Il demeura songeur. Ce croquis et ces quelques mots l'avaient suivi année après année, passant d'un agenda à un autre; il avait bien dû en user au moins une cinquantaine, de ces agendas.

« Ud vil jeg, ud, o saa langt langt langt. »

Il prit la feuille et la rangea dans un tiroir de la table de nuit qui renfermait quelques petits souvenirs.

Le mariage eut lieu le 10 février; ce jour-là, les vendeurs de journaux parcouraient les rues sous une effroyable tempête de neige, hurlant le titre des numéros extraordinaires :

LE JAPON ATTAQUE LA RUSSIE.

III

Mais une fois dans cette pauvre vie, on a bien le droit d'essayer de trouver son *Taunitzer See...*

Arvid et Dagmar Stjärnblom menaient une vie heureuse. Une petite fille naquit en décembre 1904; elle reçut le prénom d'Anne-Marie. Le baptême fut marqué par un petit incident, vite réparé : une coupe de cristal, un cadeau de mariage, se dressait sur la table devant le pasteur – Harald Randel –, tandis que les invités formaient un demi-cercle derrière lui.

« Au nom du Père, du Fils et du Saint Esprit, *Amen* », commença le pasteur. Puis il s'arrêta et se pencha sur la coupe : « Il me semble qu'il devrait y avoir un peu d'eau... Ce qui, ajouta-t-il avec un sourire angélique, n'est pas exactement le cas; ça fait partie... » Arvid s'empara de la coupe et se précipita pour la remplir.

L'année suivante, ils eurent encore une petite fille. Elle fut baptisée Astrid et, cette fois, l'eau ne manqua pas..

Ce fut l'année où l'Union fut dissoute, où l'on vit le roi pleurer, où E. G. Boström perdit son poste, où son successeur, un homme trop réaliste et trop froid pour l'air du temps, fut désavoué et démissionna également, où, enfin, le petit-fils du vieux Jean-Baptiste monta sur le trône de Harald Hågfager sous le pseudonyme de Hakon VII!

*

Arvid Stjärnblom menait une vie heureuse avec sa femme. Pourtant, par moments, il ressentait une inquiétude cuisante pour l'avenir. Il décida, pour un temps, de ne plus mettre d'enfant au monde, se rappelant avec effroi le récit d'un père de « quatre filles non mariées qui prophétisaient » dans les Actes des apôtres. Son beau-père, Jacob Randel, maintenait ses affaires à flot, mais personne ne savait comment, et encore moins jusqu'à quand... Un jour, Arvid croisa Freutiger dans la rue. Ils ne s'étaient pas vus depuis longtemps. Arvid se sentait gêné à cause de sa vieille dette de cinq cents couronnes. Il demanda à Freutiger si son beau-père lui en avait parlé.

– Ha, il l'a fait, oui, en effet. Je l'ai rencontré à une réunion de la Société, et il m'a dit : « Stjärnblom te doit cinq cents couronnes, n'est-ce pas ? » « Bah, lui ai-je répondu, pas la peine d'en parler ! » « C'est ce que je pense, moi aussi ! » a dit Randel. Et nous n'en avons plus reparlé. Mais un peu plus tard dans la soirée, il m'a fait acheter pour dix mille couronnes d'actions du *Sveapalatset*. Je ne me rappelle pas clairement comment cela est arrivé et je crains que ce ne soit que du papier bon à jeter à la poubelle. Ses raisons étaient si belles, si éloquentes, elles respiraient le patriotisme.

Arvid se sentait parfois inquiet pour l'avenir. Pourtant son épouse s'était révélée une femme prudente, pratique et économe, et jusqu'à présent ils parvenaient à s'en tirer. Il avait, depuis longtemps, percé, pardonné et admiré son petit stratagème des « fiançailles secrètes », simple mais ingénieux. Après avoir atteint son but – dégoter un mari –, elle ne se souciait guère de lui. Ce qui était loin de lui déplaire :

« Pour une fois, songeait-il, un mariage a des chances de réussir. »

Il avait néanmoins, parfois, quelques petits sujets d'irritation. En tant qu'épouse d'un journaliste, elle s'arrogeait le droit de comprendre tout ce que, par son métier, il était obligé de faire semblant de comprendre, et dans la société – ce cercle restreint qu'ils ne pouvaient éviter de fréquenter –, elle énonçait son opinion sur la littérature, l'art et la musique avec un aplomb imperturbable. Et puis elle chantait. Elle possédait une belle voix, mais elle ne chantait pas toujours très juste. Et il était obligé de l'accompagner.

Un soir, au retour d'un dîner, elle était de mauvaise humeur. Elle avait chanté, mais n'avait pas obtenu de succès.

– Tu me suivais mal.

– Ce n'était guère facile, répliqua-t-il. La voix humaine, ta voix, du moins, est capable de chanter n'importe quelle note entre do majeur et ré bémol majeur. Or, le piano ne le peut pas! Par conséquent, le pianiste *ne peut pas* suivre!

Après de telles soirées, il lui arrivait de rester assis dans le lit, de fixer le noir, sans trouver le sommeil, pendant qu'elle dormait à ses côtés, et de murmurer pour lui-même :

– Ah, pouvoir être seul! Pouvoir être libre!

Pour le reste, ils menaient une vie très heureuse.

Et les années passaient.

Arvid Stjärnblom arpentait les pièces de leur petit appartement de Kungstengatan. Enfin il s'arrêta devant un miroir et noua sa cravate blanche.

Dagmar était déjà prête. Cela faisait partie de ses qualités : quand ils devaient sortir, elle était toujours prête de bonne heure. Ils allaient dîner chez le consul général Rubin. C'était un jour du début de décembre 1907.

– Alors, fit Dagmar, as-tu oublié ton alliance?

Arvid chercha, mais ne la trouva pas. Inexplicable! Il avait dû la laisser dans quelque endroit inhabituel. Ils fouillèrent partout, l'alliance avait disparu.

Le taxi attendait.

– Il ne faut pas que nous arrivions en retard chez Rubin. Pour une fois, tu te passeras d'alliance. On la retrouvera sans doute plus tard...

La voiture traversait en silence un triste crépuscule de décembre.

– Crois-tu que le roi va mourir? demanda Dagmar.

Le vieux roi se mourait.

– Ça en a l'air.

Les lumières des réverbères et des boutiques fuyaient devant les vitres du taxi, telles des mouches de feu.

L'appartement du consul général Rubin à Sturegatan – la partie « comme il faut » de Sturegatan, celle qui longe le jardin de Humlegården –, baignait dans la lumière. Un laquais et deux mignonnes serveuses circulaient avec des plateaux chargés de tartines au caviar et au foie gras, et de verres d'eau-de-vie de Lysholm. Le consul général comptait parmi les rares Suédois qui, après 1905, avaient le courage d'offrir à leurs invités de l'alcool norvégien. L'hôte distribua aux messieurs des cartons portant le nom de leurs voisines et un petit plan de table. « Mlle Marthe Brehm », disait la carte qu'il tendit à Arvid. Stjärnblom offrit le bras à une dame mince au visage fin, pâle et légèrement mélancolique. Aux sons de *Entrée des chanteurs*, joué par un orchestre à cordes installé dans le petit salon, on se dirigea vers la salle à manger.

Arvid regarda autour de lui. La voisine de leur hôte était Mlle Ellen Hej. Elle ressemblait à une vieille madone hâlée. La maîtresse de maison était assise à côté de P. A. von Gurkblad. C'était parfait : Mme la consul général, née Grothusen, appartenait à l'ancienne noblesse carolingienne. En face, en biais, il aperçut Freutiger qui lui fit un signe de la tête; il le lui rendit. Dagmar était la voisine de Freutiger. Tout au bout de la table, il reconnut le visage ravagé de Markel, ses moustaches tombantes commençant à blanchir... Pas très loin, se dessinait le profil de clown d'Henrik Rissler... Et à ses côtés, Mlle Elga Grothusen, le jeune écrivain, la belle nièce, admirée et contestée, de Mme Rubin...

Pendant qu'on servait la soupe – *potage à la chasseur* –, l'orchestre exécutait le menuet de *Don Juan*.

Arvid Stjärnblom leva son verre pour saluer sa voisine, Mlle Marthe Brehm. Elle leva le sien en inclinant légèrement la tête.

De quoi allait-il l'entretenir ? Il connaissait son histoire ou, du moins, croyait la connaître : une liaison amoureuse et un enfant... Mais il ne se rappela pas immédiatement ni où ni de qui il l'avait entendue. Il se souvenait qu'elle avait été amoureuse d'un jeune étudiant en médecine qui, après avoir changé d'idées et de vie, était devenu aumônier de marins à Hambourg... Il pouvait donc parler à peu près de tout, sauf des jeunes étudiants en médecine, des enfants illégitimes et des aumôniers...

– Êtes-vous apparentée au célèbre auteur de *La Vie des animaux*, mademoiselle ?

– Non.

Arvid se sentit rougir. Encore une de ces journées ratées, pensa-t-il. D'ailleurs, ça m'arrive chaque fois que je dois dîner quelque part. Je ne comprends pas pourquoi on m'invite. Je ne suis pas un commensal d'une folle gaieté...

Mlle Brehm vint à son secours :

– Connaissez-vous bien M. Henrik Rissler ?

– Non, très peu. Nous nous sommes rencontrés quelquefois à la rédaction.

– Quand je le regarde, poursuivit Mlle Brehm, j'ai du mal à établir un lien entre sa personne et ses livres.

– C'était peut-être, maintenant que j'y pense, ma première impression. Il est vrai aussi qu'il n'a jamais essayé de se faire passer pour un de ses personnages.

– Tout de même... Ses récits sont si tristes, tandis qu'il est toujours gai et animé, du moins les rares fois où je l'ai rencontré.

Arvid réfléchit.

– Oui, c'est possible. Cela vient peut-être de ce qu'il n'aime pas travailler. Chaque fois qu'il est obligé de s'y mettre, il voit tout en noir. Mais dès qu'il termine un livre, de préférence quelque chose de bien désolant et macabre, il retrouve la joie et la gaieté !

– Est-ce qu'un écrivain est vraiment comme ça ? demanda Mlle Brehm, songeuse.

– Je n'en sais rien. Je n'en suis pas un.

On servit le poisson : des truites au gratin. L'orchestre jouait *Die Forelle* [1] de Schubert.

Sa voisine de gauche était la charmante baronne Freutiger que le baron avait épousée quelques années auparavant.

Il entendit Dagmar interroger Freutiger :

– Êtes-vous jaloux, monsieur le baron ?

La question était assez indiscrète, mais Freutiger répondit vaillamment :

– Terriblement. Une fois, il y a très longtemps, j'avais une fiancée que je soupçonnais d'être un peu légère. Il ne s'agissait que d'une supposition; j'ignorais ce que je devais croire. Un jour du mois d'avril, je me promène à Karlavägen. Soudain, je vois ma fiancée qui arrive par Nybrogatan et s'engage dans Karlavägen, sans m'apercevoir. Naturellement, je pense la rattraper, puis je me ravise : il serait amusant de savoir où elle va. Voilà qu'elle disparaît derrière une porte! Alors là je vois rouge. Dans cette maison habitait un lieutenant, un de mes amis que je soupçonnais de faire la cour à la demoiselle. Il louait une garçonnière au rez-de-chaussée, dont les deux pièces donnaient sur la rue; je m'étais rendu chez lui plusieurs fois et connaissais par cœur l'emplacement de chaque meuble. Je m'arrête, ne sachant que faire. Je ne voulais pas passer devant ses fenêtres de peur d'être découvert et tourné en ridicule; en même temps je voulais savoir si les stores étaient baissés. Alors j'ai une idée. Un tramway passe; j'y saute et quand il passe devant la maison, je vois que les stores de la chambre à coucher sont baissés! Je ne doute plus de ce que je vais entreprendre. Je descends du tramway, consulte ma montre : ma fiancée ne se trouvait là que depuis quatre minutes. Trop tôt. Soyons patients deux, trois minutes encore. Par hasard, je tombe sur une connaissance, un folliculaire – hum, pardon, un journaliste –, je

1. *La Truite.*

l'aborde : « Tu seras mon témoin et tu auras un sujet amusant pour un article. » Il avait l'air un peu ahuri; je le traîne jusqu'à la fenêtre aux stores baissés, j'ôte mon manteau, en un clin d'œil le roule autour de ma main et de mon bras, cogne à la vitre – pang! –, passe mon autre main à l'intérieur et relève le store! Je ne décrirai pas le tableau qui... etc. La foule, le policier, l'imposant cortège jusqu'au poste de police le plus proche... L'affaire m'a valu cent cinquante couronnes d'amende. Mais dès lors j'avais une certitude, et j'ai invité le folliculaire – pardon, le journaliste –, ainsi que quelques amis à un formidable dîner qui s'est terminé par une gigantesque cuite!

Un silence respectueux s'établit parmi les dames autour de Freutiger.

– Est-il permis de demander, Arvid se tourna vers sa voisine de gauche, quelle morale on doit tirer de cette histoire, à votre avis?

Les paupières légèrement baissées, la baronne répondit avec un malicieux sourire :

– Qu'on doit veiller sur sa vertu – au rez-de-chaussée...

On entendait la valse vénitienne des *Contes d'Hoffmann*.

– Dites-moi, monsieur Stjärnblom, demanda Mlle Brehm, c'est par principe que vous ne portez pas d'alliance?

– Non, répondit Arvid. Par principe, je ne fais rien « par principe ». Je l'ai tout simplement oubliée.

– Peut-on oublier une telle chose?

– On peut oublier presque tout et n'importe quoi, répliqua-t-il.

Il la regarda à la dérobée. Et pour la première fois il la *vit*. Le fin profil entouré de boucles brunes. Les yeux baissés. La bouche vermeille et gourmande qui suçait la pointe d'une asperge. Les adorables petits seins qui respiraient dans le décolleté. Quel âge pouvait-elle avoir? La trentaine. Un peu fâcheux quand il s'agit d'une « jeune fille », pensa-t-il, mais pas si mauvais que ça en réalité... D'ailleurs, il s'agit plutôt d'une jeune veuve ou d'une jeune divorcée... Brusquement il se rappela clairement qui lui avait conté son « histoire » : Dagmar. Non, la toute première fois c'était Freutiger : un jour, au bar de cuir du *Rydberg* qui donne sur la place Gustave-Adolf, il lui avait glissé en termes très brefs : elle a eu un enfant avec un tel. Plus tard, Dagmar avait raconté avec plus de détails. Marthe Brehm était de ses amies d'enfance.

– À ta santé, Arvid! lança Freutiger. Dis donc, tu as mis ton alliance dans ta poche?

Arvid Stjärnblom retourna ses deux poches :

– Je ne l'ai pas mise dans ma poche. Je l'ai oubliée, égarée...

– C'est exact, confirma Dagmar. Mon mari n'est pas de ceux qui mettent leur alliance dans leur poche quand ça leur convient. À ta santé, Arvid!

– À ta santé, petite Dagmar!

Une confiance absolue régnait entre les époux; jamais une scène de jalousie. Elle ne pouvait envisager, ne serait-ce que comme une hypothèse invraisemblable, qu'il pût désirer une autre quand il l'avait, elle. Quant à lui, pour une tout autre raison, il n'éprouvait aucune jalousie à son égard.

– Je veux vous faire une petite confidence, monsieur Stjärnblom, dit Mlle Brehm. Dans le tiroir de mon bureau dorment quelques nouvelles. Je ne sais pas ce qu'elles valent, mais je serais contente de les voir publiées. Si je les envoie au *Nationalblad*, qui est-ce qui va les lire et décider de leur publication?

– Torsten Hedman. Mais en ce moment il est en Grèce, et je ne sais pas quand il reviendra. En son absence, c'est a moi qu'incombe la tâche, parmi tant d'autres, de trier les manuscrits littéraires.

– Auriez-vous de l'indulgence pour mes modestes essais?

– Sans aucun doute.

Il n'aurait pu dire s'il s'agissait d'une illusion ou d'une réalité : il crut sentir un petit pied de femme lui frôler légèrement le pied droit. Il tâcha de rendre la politesse aussi délicatement que possible, pendant qu'ils regardaient tous les deux devant eux d'un air rêveur...

La volaille arriva : des bécasses. L'orchestre entama la *Marche funèbre* de Chopin.

Un silence singulier tomba parmi les convives.

– Notre ami Rubin a parfois des idées bizarres, chuchota Freutiger.

Le maître d'hôtel, qui marchait sur la pointe des pieds, servait un vieux bordeaux.

– J'adore cette marche, fit Mlle Brehm.

– Oui, dit Arvid, seulement elle a été composée pour le piano, avec tous les effets spécifiques que permet l'instrument. Par conséquent, chaque fois qu'on la joue sur un instrument à cordes, on perd inévitablement quelque chose.

– C'est vrai, vous êtes critique musical...

– Hélas, oui. Je serai donc obligé de partir tout à l'heure, au moment le plus agréable. Mme Klarholm-Fibiger chante Senta dans *Le Vaisseau fantôme*; c'est la première fois qu'elle tente un grand rôle wagnérien, et je lui ai promis de ne pas le laisser passer inaperçu... Mais je n'ai pas besoin d'être à l'Opéra avant neuf heures, pour le second acte.

La Marche funèbre achevée, reprirent le bruit et les murmures. Et de nouveau Arvid Stjärnblom éprouva une curieuse sensation au pied droit, une sensation qui montait de plus en plus haut et le pénétrait jusqu'aux moelles... Ça doit être de la pacotille, ces nouvelles, pensa-t-il.

P. A. von Gurkblad interpréta la gratitude de l'assemblée par quelques phrases bien courtes et bien suédoises. Tout le monde se leva, certains avec effort; chacun conduisit sa voisine vers le « grand salon ».

Comme en vertu d'une loi naturelle, les messieurs se rassemblèrent autour des boîtes de cigares du consul général : des longs et minces Manuel García, des Upmann moyens et assez épais, et les petits et élégants Henry Claz.

Pour les invités qui n'aimaient pas ou ne supportaient pas les havanes, il y avait également d'excellents cigares locaux.

Arvid prit un Manuel García. Il calcula qu'il pourrait en fumer à peu près le tiers avant de partir pour l'Opéra. Puis il se rendit compte qu'il se trouvait au milieu d'un petit groupe formé par Mlle Hej, Henrik Rissler, Markel, Mlle Brehm et quelques autres.

Markel fumait lui aussi un Manuel García.

– Chère mademoiselle Hej, entendit-il la voix de Rissler, à table vous m'avez demandé pourquoi je n'ai pas signé la pétition pour la paix de1905, que vous avez lancée avec le maire Hindlagen; ma réponse s'est noyée dans le bruit et j'ai remarqué que vous ne l'aviez pas entendue. J'ai deux bonnes raisons. Je ne suis pas un homme belliqueux, ni sanguinaire, mais, avant tout, je suis connu en tant qu'auteur immoral; c'est ma principale caractéristique et elle ne me donne aucune autorité pour ce qui est des questions sérieuses, relativement sérieuses. Ensuite...

– Mon bon Henrik Rissler, Mlle Hej eut un sourire radieux, qu'est-ce que cela veut dire « un auteur immoral »? N'y a-t-il pas des situations où tous nous devons agir ensemble, quand l'enjeu en vaut la peine?

– Ensuite, poursuivit Rissler, il est des cas où le peuple doit accorder une confiance entière à ceux qui ont la responsabilité de le gouverner. En 1905 les Norvégiens l'ont fait, et c'était là leur force. C'est pourquoi j'ai refusé de participer à une action qui, dès le début, diminuait la marge de manœuvre de nos hommes politiques par rapport à celle dont bénéficiaient les Norvégiens. Depuis, mon opinion n'a guère changé: la guerre entre la Suède et la Norvège aurait été « le début de la fin » de l'histoire de deux peuples, ou du moins le début d'une longue déchéance. Néanmoins, je ne me voyais pas me précipiter sur l'avant-scène pour donner des leçons sur un point aussi évident. À mon avis, on n'avait qu'à faire confiance à la capacité de nos dirigeants de comprendre cela aussi bien que moi. Et il semble bien qu'ils l'aient fait!

– Je ne savais pas que vous vous intéressiez à la politique, monsieur Rissler, dit Marthe Brehm.

Rissler n'eut pas le temps de répondre. Markel le devança :

– Chère mademoiselle Brehm, ne savez-vous pas qu'il y a un an ou deux, Henrik Rissler a failli se faire arrêter pour incitation à la révolte?

– Tu exagères, comme d'habitude, protesta Rissler.

– Pas du tout. Cela s'est passé le soir après les élections. La place Gustave-Adolf grouillait de monde : on acclamait les résultats. Brusquement Rissler a l'idée de se mettre à la tête de la foule et de la conduire vers la rédaction de l'*Aftonpost*, pour rire! L'*Aftonpost* avait, comme d'habitude, tenté quelque petite turpitude et avait, comme d'habitude, échoué. Eh bien, Rissler se plante sur la place Gustave-Adolf et se met à hurler de toutes ses forces : « Nous – allons – main – te – nant – à – l'*Afton – post* – pour – rire! » Il lance ce mot d'ordre plusieurs fois et la foule se met en mouvement, descend Fredsgatan, passe devant l'académie des Beaux-Arts, arrive à l'*Aftonpost* et là Rissler scande, en brandissant sa canne pour donner la mesure : « Ha, ha, ha! » La foule enchaîne : « Ha, ha, ha! » Dans l'intervalle, inquiet, il se tourne vers moi : « Et si je suis arrêté et accusé d'incitation à la révolte? » « Évidemment, tu vas être arrêté, lui dis-je, seulement tu ne seras pas inculpé pour incitation à la révolte, mais uniquement pour avoir perturbé l'ordre public en état d'ivresse. » Alors il pâlit, s'éclipse, honteux, par une rue latérale, tandis que la foule continue à scander : « Ha, ha, ha! » jusqu'à l'arrivée de la police qui la disperse.

– Mon bon Markel, s'écria Henrik Rissler, quel écrivain j'aurais été si je savais mentir comme toi!

Arvid Stjärnblom observa son Manuel García. Il en avait fumé à peu près un tiers. Il était huit heures et demie.

L'heure de se lever et de gagner l'Opéra. Il comptait terminer son papier avant minuit. Il pourrait alors sauter dans un taxi, passer prendre Dagmar et rentrer.

Tandis qu'il enfilait son manteau dans le vestibule, la petite tête fine de Mlle Brehm apparut entre deux portières.

– Vous partez déjà ?

– Oui.

Elle écarta les tentures et vint tout près de lui :

– Vous n'oublierez pas votre promesse ?

Il la regarda, interrogateur :

– Qu'ai-je promis ?

– De m'aider à faire publier mes nouvelles dans votre journal.

Il ne se souvenait pas lui avoir fait une pareille promesse. Mais elle était si mignonne, elle se trouvait si près de lui, sa tête fine baissée, telle une Marie Madeleine repentante – mais pourquoi le serait-elle ? D'un regard rapide il s'assura que personne ne les voyait, prit la petite tête entre ses deux mains, l'inclina encore davantage et l'embrassa sur la nuque. Puis il la releva, l'embrassa sur la bouche, dit : « À bientôt ! » et sortit.

En cette soirée triste de décembre, une neige humide tombait. Il était à dix minutes à pied de l'Opéra. Prendre un taxi ? Une dépense inutile...

Il marchait en songeant à Marthe Brehm. Et à Dagmar.

Et si une fois dans cette pauvre vie je me permettais une passade ? On ne vit qu'une fois après tout. Dagmar est très bien. Mais ça devient lassant : la même femme jour après jour, nuit après nuit, année après année. Nous sommes mariés depuis bientôt quatre ans et pas une seule fois je n'ai été infidèle. *Mais...* je ne l'aime pas ! N'y a-t-il pas de place dans ma pauvre vie pour une intrigue amoureuse ? Dans ma première jeunesse, je me souviens d'avoir rêvé d'une place dans l'histoire de la Suède. Pour l'instant, cela semble plutôt compromis. Pourquoi ne pas profiter de ce qui est à portée de ma main? Bêtises! Dagmar devrait me suffire. Elle se soucie de préserver la blancheur des rideaux familiaux, moi aussi, je devrais en faire autant. Quant à Mlle Brehm... Elle veut faire publier ses nouvelles; c'est pour ça que j'ai eu droit à un baiser d'avance, grâce au voyage grec de Torsten Hedman; sinon, c'est lui qui l'aurait reçu. Peut-il y avoir un germe de *grande passion* [1] dans un pareil prélude? Qui vivra, verra... Il sentait encore sa petite langue pointue remuer comme une flamme...

Devant l'Opéra, sur le trottoir, il aperçut de loin des petits groupes compacts de passants collés à la « vitrine aux dépêches » de son journal. Au même instant, il croisa un journaliste qu'il connaissait, qui l'arrêta :

– Le roi est-il mort?

– Pas encore.

Il entra à l'Opéra. Il avait calculé juste : le premier acte venait de s'achever; il s'assit à sa place habituelle; le public commençait à remplir la salle. Un petit monsieur chauve et sa femme – une grande dame brune et mince, légèrement grisonnante – se glissèrent devant lui pour rejoindre leurs fauteuils.

Arvid la connaissait de nom et de vue. À cause d'elle, Markel avait dû faire un bref séjour en hôpital psychiatrique à la fin du siècle dernier. Il savait également qu'elle avait été témoin de ce que nul n'avait jamais vu : elle avait vu pleurer Markel. En son temps, on l'appelait « coupe ambulante ».

La salle était presque comble.

Des bribes de conversations lui parvenaient : un tel va divorcer et épouser une telle... Oui, oui, c'est sûr, je le tiens de bonne source...

À sa droite, deux places demeuraient libres. Au dernier moment, deux dames s'y glissèrent et s'assirent à l'instant même où la lumière s'éteignit.

1. En français dans le texte.

LYDIA.

Elle?... Oui, Lydia était assise à ses côtés. Tout près de lui. Il l'avait immédiatement reconnue. Leurs yeux se rencontrèrent dans la demi-obscurité. Ils se fixèrent pendant une longue seconde. Puis elle détourna la tête et écouta la musique, les yeux mi-clos.

La belle voix ample de Mme Klarholm-Fibiger emplissait la salle. Lydia écoutait, légèrement penchée en avant, le menton appuyé sur la main gauche. Il jeta un regard à la dérobée sur sa petite main et remarqua aussitôt qu'elle ne portait pas d'alliance, simplement une mince bague en platine avec une émeraude carrée sertie de deux petits diamants. Ça ne voulait rien dire, mais tout de même... Il savait que peu de temps après leur mariage son mari avait acheté une propriété dans le Södermanland; il imaginait que depuis ce jour elle menait une tranquille vie de famille entre sa petite fille et son mari. Il supposait qu'elle le respectait, l'estimait, peut-être l'aimait-elle même, car certains hommes âgés sont capables de gagner l'amour de jeunes femmes. Même si, dans neuf cas sur dix, il s'agit d'un faux-semblant qui cache une réalité très différente. D'ailleurs, elle portait également un collier de perles agrémenté d'une agrafe d'émeraude... Tout à fait comme il faut : le prix de l'amour!

Dans l'obscurité, il sentit qu'il devenait écarlate de honte. Il était assis à côté de son amour de jeunesse. Pour la première fois depuis presque dix ans. Et un collier de perles avec une agrafe d'émeraude suffisait pour lui inspirer des idées vulgaires et cyniques sur son compte. Qui suis-je et que suis-je en train de devenir? se demanda-t-il. Ne me suis-je pas vendu à Dagmar pour deux mille couronnes par an? Non, ce n'était pas du tout ça, mais vu de l'extérieur, ça en avait l'air... Et si c'était la même chose pour Lydia? Les apparences sont trompeuses.

Il la regarda à la dérobée. Seigneur, qu'elle était belle! Elle avait changé, d'une manière qu'il ne parvenait pas à définir. Elle était la même et une autre. Plus belle que jamais, mais d'une beauté inquiétante, fatale en quelque sorte. Elle offrait quelque chose de nouveau, d'étranger. Une voix intérieure lui dit : « Méfie-toi de cette inconnue! Pars, va à la rédaction, écris ton compte rendu, prends un taxi, va retrouver Dagmar chez les Rubin et rentre chez toi! »

Il ne bougea pas.

L'entracte arriva. Il l'entendit échanger quelques mots avec sa dame de compagnie ou ce que ça pouvait être. La dame se leva et s'éloigna. Lydia resta. Arvid aussi. Les fauteuils se vidèrent autour eux.

Leurs mains se cherchèrent et se trouvèrent.

Ils ne dirent rien. Puis, très bas, elle prononça :

– Es-tu heureux?

Il se tut un instant:

– Personne n'est vraiment heureux. Mais il faut vivre avec ce que l'on a.

– Oui, fit-elle. Il le faut.

La dame de compagnie revint.

Ils ne dirent plus rien.

Après l'Opéra, il se rendit à la rédaction et rédigea en grande hâte un compte rendu bref, mais hautement élogieux, sur la Senta de Mme Klarholm-Fibiger. Puis il appela un taxi et passa prendre Dagmar chez les Rubin. Il s'y déroulait une discussion animée autour des origines de la dynastie régnante. Freutiger soutenait qu'elles étaient juives.

– Non, ce ne sont pas des Juifs, objectait Markel. On n'a jamais vu des Juifs de cette taille! Il est plus probable que ce soient des Arabes. Il y avait une forte composante arabo-mauresque dans la population du Béarn. Du reste, ça n'a aucune importance. Pour ma part, je ne vois rien de honteux à appartenir à un peuple qui a découvert Dieu ou à celui qui a inventé les chiffres! Moi-même, j'ai un huitième de sang juif, poursuivit-il. Ma grand-mère était à moitié juive, par son père. Il avait adopté la vraie foi évangélique et cela pour une simple raison : pourquoi diable être juif et payer l'impôt à deux Églises quand on ne croit pas à une seule!

Arvid entraîna Dagmar et rentra.

Pendant qu'elle se déshabillait, il sortit du buffet du whisky et du soda, se prépara un punch et passa dans son bureau pour fumer un cigare. Il arpentait la pièce – un, deux, trois, demi-tour, un, deux, trois –, en murmurant un poème de Viktor Rydberg :

« Celui dont le cœur est volé par une fée
ne le reverra jamais.
Son âme s'abîme dans les rêves lunaires,
son amour fuit ses pareils... »

Dagmar apparut en chemise de nuit :
– Voilà ton alliance, je l'ai trouvée dans mon lit!
– Ah bon, fit-il.
Il arpentait toujours la pièce.

« Des années qui viennent, il n'attend qu'une chose :
il attend la civière et la mort... »

De nouveau, il entendit la voix de Dagmar :
– Tu viens?

Il s'arrêta devant le secrétaire. L'abattant était baissé. Distraitement, il ouvrit le petit tiroir où le vieux dessin au crayon traînait parmi d'autres bagatelles. Les squelettes des saules et les oiseaux migrateurs sous les lourds nuages d'automne. Il tourna la feuille : « *Ud vil jeg, ud, o saa langt langt langt.* » Ces mots étaient tracés en haut de la page. Plus bas, il avait lui-même ajouté – il ne se rappelait pas exactement quand – ce quatrain :

« L'eau grise et calme reflète les saules nus de l'automne,
les lourds nuages courent dans le ciel, les oiseaux volent
vers le sud.
Les larmes voilent mon regard à la vue de cette feuille
jaunie
que jadis j'ai reçue dans une lettre. Depuis c'est l'automne. »

Distraitement, il glissa le petit papier dans son agenda, comme autrefois.

Le lendemain, il fut réveillé par le grondement lourd et lointain de toutes les cloches de la ville.

Il se dressa dans son lit.

– Le roi est mort, dit-il à sa femme. Ce vieux monsieur qui a gouverné le pays depuis notre naissance...

Il alla à la fenêtre et leva le store. La journée s'annonçait brumeuse, sombre et grise. En face, sur l'École polytechnique, un vieux drapeau sale flottait à mi-hauteur. Les cloches sonnaient et tonnaient.

Un feu brûlait dans la cheminée de son bureau. Assis devant le secrétaire, il fumait son premier cigare de la journée. Dagmar dormait encore. Augusta, la bonne, entra, une lettre à la main.

Il reconnut immédiatement l'écriture de Lydia et déchira l'enveloppe.

« Arvid. J'écris de l'hôtel *Continental*, à peine rentrée de l'Opéra. Le portier m'a dit que tu recevrais ce billet dimanche matin. Si tu veux me rencontrer un instant – je rentre chez moi à Stjärnvik lundi matin; je suis venue à Stockholm pour quelques jours seulement, faire les achats de Noël –, je prendrai un thé au restaurant de l'hôtel à deux heures et demie.

Je n'ai pas de mots pour ce que j'ai ressenti hier. Après tant d'années...

P.S. : Brûle la lettre. »

Il demeura songeur. « Chez moi à Stjärnvik »... Depuis la veille il nourrissait l'espoir secret qu'elle eût quitté son mari et vécût maintenant à Stockholm.

« Chez moi à Stjärnvik »...

Il jeta la lettre au feu. Elle s'enflamma, se tordit, se carbonisa, devint noire.

Irai-je ou non au rendez-vous?

Il prit une pièce de deux couronnes dans son porte-monnaie.

Que le hasard décide. Si c'est face, j'y vais, si c'est pile, je n'y vais pas.

Il fit tournoyer la pièce sur le secrétaire. Pile. Une deuxième fois! Pile.

Bon, la troisième et dernière fois! Pile.

Il se fâcha, plus contre lui-même que contre la pièce têtue.

Quels enfantillages! Bien sûr que j'y vais.

Un épais brouillard noirâtre, imprégné de pluie, enveloppait la ville. À midi, il faisait presque nuit. Les cloches sonnaient le glas. Ce dimanche, les passants, muets, avançaient, tel un cortège funèbre. Devant l'École polytechnique, une rangée de peupliers spectraux montait la garde. Le Kungsbacke qui, par beau temps, offre une vue si charmante sur les trois clochers d'église au bout de Drottninggatan, était épouvantable ce jour-là. Le « château hanté » paraissait plus hideux que jamais. La lourde masse de l'académie des Sciences semblait assoupie. Drottninggatan descendait, noire et grise; malgré le son des cloches, tout semblait plongé dans un silence sépulcral.

Il gagna la rédaction. À présent, il occupait le bureau de Torsten Hedman qui passait la plupart de son temps en voyage. Quant à Henrik Rissler qui, pour l'instant, lui succédait comme critique théâtral, il ne travaillait presque jamais au journal, mais rédigeait ses comptes rendus concis et mordants au crayon à encre, sur des blocs-notes, au *Rydberg*. Depuis quelques semaines, Stjärnblom s'occupait aussi, par intérim, de la section étrangère. Il avait espéré devenir « ministre des affaires étrangères » pour la nouvelle année, mais malheureusement, pour l'instant, il ne se passait rien de particulier dans le monde. Quelques échos de l'affaire Eulenbourg et le procès de Moltke-Harden, ce fut tout. Il prit le *Zukunft* et le feuilleta. Un article de Harden attira son attention. Il s'installa devant la machine à écrire et commença à le traduire. Il avait presque terminé lorsque le portier annonça une dame qui désirait lui parler.

– Faites-la entrer...

C'était Mlle Brehm. L'espace d'une seconde, il avait cru que c'était Lydia, mais pourquoi viendrait-elle ici, si elle avait fixé rendez-vous au *Continental* ? Quant à Mlle Brehm, il l'avait complètement oubliée.

– À quoi puis-je vous être utile ? demanda-t-il, puis ajouta aussitôt : Ah ! oui, c'est vrai, les nouvelles ; les avez-vous apportées ?

Interloquée, confuse, elle se raidit :

– Oui, j'en ai apporté trois. Mais si je vous dérange le moins du monde...

– Oh, excusez-moi, j'étais absorbé par mon travail ; il arrive qu'on soit un peu distrait... Je les lirai avec plaisir, et vous donnerai la réponse demain ou après-demain.

– Je vous remercie. Adieu !

Elle fit un léger signe de tête et partit.

Au souvenir de la veille, Arvid Stjarnblom se sentit un peu honteux : il l'avait traitée d'une manière sèche et cassante. Il décida de lire ses nouvelles d'un œil aussi bienveillant que possible. Dès qu'il eût fini l'article de Harden auquel il ajouta une préface et quelques remarques en conclusion, il se plongea dans le manuscrit. La première histoire ne valait pas grand-chose, mais compte tenu de tout le fatras dont le quotidien vorace avait besoin pour remplir ses colonnes, ça pourrait aller en cas de nécessité. La seconde était illisible. Agréablement surpris, il trouva la troisième vraiment bonne. Il la gratifia aussitôt de l'imprimatur et l'envoya en bas. Après quoi il rédigea une lettre.

« Mademoiselle Marthe Brehm,

Je vais vous donner mon avis sur vos nouvelles dans l'ordre arbitraire où je les ai lues. *La Vieille Maisonnette* est utilisable, sans plus. *La Nuit au clair de lune* est inutilisable, en tout cas pour le *Nationalblad*. En revanche, *Le Canapé rouge* dénote, à mon humble avis, un vrai talent littéraire. C'est si bon que vous pouvez la signer de votre propre nom, si vous en avez envie.

Pour le *Nationalblad*, respectueusement.

A. Stjärnblom. »

Il consulta sa montre : deux heures dix.

Vingt minutes encore. Dans vingt minutes, il serait assis à côté de Lydia au restaurant du *Continental*.

Markel entra :

– Je n'en puis plus, Arvid ! Un petit vieux, tout pâle, assis dans la salle d'attente, souhaite rencontrer Doncker. Le portier lui dit : le Dr Doncker est occupé. « Ça ne fait rien, j'attendrai », répond le type. Il voit passer Lundqvist, le secrétaire de rédaction, et lui demande : « Le Dr Doncker reçoit-il ? » « Il est occupé », répond Lundqvist. Trois ou quatre de nos jeunes employés traversent le local, le visiteur demande à chacun si le Dr Doncker reçoit. Ils répondent tous : « Le Dr Doncker est occupé ! » Or, je viens d'apprendre par hasard que Doncker est parti pour Berlin depuis une semaine, et il n'est toujours pas revenu ! Il est donc absent depuis huit ou dix jours sans qu'une âme chrétienne, des garçons portiers jusqu'à moi-même, l'ait remarqué !

– En effet, c'est un peu fort...

Markel parcourait une épreuve qui se trouvait sur un bureau.

– Comment, encore! s'écria-t-il. Anton Ryge a écrit un dialogue dans lequel un des interlocuteurs appelle l'église Gustave-Vasa, l'église d'Oden. Le prote a dû croire qu'il s'agissait d'une erreur et l'a corrigée en mettant « l'église Gustave-Vasa »! Ça me rappelle l'histoire qui est arrivée à Gunnar Heilberg. Dans un article destiné à *Verdens Gang*, il avait analysé l'expression des gens au sortir de la messe : *Isär når de har spist sin gud.* Sur l'épreuve, il lit : *prist sin gud* [1]. Il corrige et demande une nouvelle épreuve. Il lit de nouveau la même chose. Il va voir le rédacteur en chef et lui expose le problème : *Dette her er jo meningslöst; der må väre en eller anden hellig idiot der inne på korrekturet! Priser sin gud gör folk jo hver gang de går i kirken, men spiser ham gör de ikke hver gang! – Det kan du rolig overlade til mig,* dit le chef, *jeg skal nog passe på at det blir « spist sin gud »* [2]. Heilberg rentre chez lui. Le lendemain il voit sur le journal : *prist sin gud.*

Arvid traversait le cimetière de l'église Sainte-Clara. Ici et là, les réverbères luisaient déjà dans le crachin. Comme il était en avance de quelques minutes, il n'avait pas pris le raccourci par Klara Vattugränd. Devant la tombe de Bellman [3], il s'arrêta un instant. La pluie dégouttait lentement des deux arbustes squelettiques qui gardaient la tombe.

1. La ressemblance phonétique entre les mots norvégiens *spise* (manger) et *prise* (louer) rend possible la confusion : « après avoir mangé leur Dieu » devient « après avoir loué leur Dieu ».

2. Cela n'a pas de sens; ça doit être un sacré imbécile, ce prote! Louer Dieu, c'est ce que les gens font chaque fois qu'ils vont à l'église, mais ce n'est pas chaque fois qu'ils le mangent! Pour cela, tu peux me faire confiance, dit le chef, je veillerai à ce que ce soit : manger leur Dieu.

3. Carl-Michael Bellman (1740-1795) : grand poète suédois.

Les cloches sonnaient et tonnaient.

Il emprunta Klarabergsgatan, tourna au coin, arriva au *Continental*, abandonna son manteau, son chapeau et sa canne au portier, entra dans la salle du restaurant et regarda autour de lui. C'était presque désert. À part deux messieurs qui occupaient une table près de la fenêtre, il n'y avait personne; la salle, éclairée seulement par deux ou trois veilleuses, baignait dans la pénombre. L'heure du déjeuner était passée, et le dîner était encore loin.

Arvid s'installa au fond de la salle et commanda un thé. Presque aussitôt Lydia arriva :

– Deux thés, rectifia-t-il, du beurre et des toasts.

Le serveur alluma une veilleuse sur leur table et s'éloigna sans bruit; l'épais tapis étouffait le son de ses pas. Ils échangèrent une poignée de mains brève et cérémonieuse. Il osait à peine la regarder.

Elle tenait un numéro du *Nationalblad*. Elle le déplia et désigna son compte rendu sur Mme Klarholm-Fibiger dans le rôle de Senta du *Hollandais* :

– Elle t'a fait une si forte impression?

– Je ne me souviens pas; qu'est-ce que j'ai écrit?

Elle lut : « La voix de Mme Klarholm-Fibiger est de celles qui éveillent des rêves et des illusions supérieurs à tout bonheur humain et terrestre, d'une volupté surpassant la volupté, d'une béatitude éternelle... »

– Ah bon? J'ai vraiment écrit ça hier soir? Probablement parce que je me trouvais à tes côtés en l'écoutant. Pour la première fois depuis dix ans, je me trouvais à tes côtés.

Le thé, le beurre et les toasts arrivèrent.

– Arvid?

– Lydia?

Elle demanda :

– Aimes-tu ta femme?

Après une seconde d'hésitation, il répondit :

– Je l'aime à la manière luthérienne.

– Qu'est-ce que cela veut dire?
– Peu importe.
Ils se taisaient, sirotant leur thé. Est-elle la même que jadis? Lydia que j'embrassais dans le berceau de lilas il y a presque dix ans? Est-ce que je l'aime toujours – puis-je l'aimer encore, depuis qu'elle s'est donnée à un autre? Peut-être même à plusieurs.
Il dit :
– Lydia, te souviens-tu de cet après-midi, il y a bientôt dix ans, dans le bureau de Torsten Hedman au *Nationalblad*?
– Oui, je me souviens... Pas très clairement. Mais je me souviens.
– Je t'avais posé une question; te souviens-tu de ta réponse?
– Oui... Non!
– Je t'avais posé une question. Je t'avais demandé quelque chose. Et tu m'as répondu : « je veux, mais je n'ose pas! ».
Elle eut un sourire rêveur :
– Ai-je vraiment dit cela?
– Oui.
– Ah bon... C'était alors...
Il hésita un instant :
– Peut-être es-tu devenue un peu plus courageuse?
Il chercha son regard, mais elle fixait la demi-obscurité de la salle, droit devant elle, le même sourire rêveur sur les lèvres.
– Peut-être.
Cette réponse le remplit à la fois d'angoisse et d'un désir violent.
Il se taisait, elle aussi.
– Peux-tu me dire, fit-elle enfin, où se trouve le *Taunitzer See*?
– *Taunitzer See*?
Le nom lui parut familier, mais il ne se rappela pas tout de suite où il l'avait lu ou entendu.

– Non, je ne sais pas... Cela doit se trouver quelque part en Allemagne ou en Suisse. Mais pourquoi? Tu veux y aller?

– Je voudrais bien. Si seulement je savais où c'est.

– Ça ne doit pas être difficile.

– J'ai l'impression que si. Cette nuit, je suis restée éveillée et je pensais à un passage de *Quand nous nous réveillerons d'entre les morts* [1]. Pendant tout ce temps, ça résonnait dans mes oreilles : « *Dejligt, dejligt var livet ved Taunitzer See!* » [2] Je me suis dit : certainement, ce lac n'existe pas. Et peut-être est-ce ça qui est bien.

– Alors là... Tu dois avoir raison : ce lac ne sera pas facile à trouver sur une carte.

Ils se turent.

Elle murmura, plus pour elle-même qu'à son intention à lui :

– Mais une fois dans cette pauvre vie, on a bien le droit d'essayer de trouver son *Taunitzer See*...

Muet, il lui caressa la main.

– Lydia, murmura-t-il, petite Lydia...

Après une pause, il demanda :

– Comment ça va entre toi et ton mari?

– Très bien.

Elle ajouta avec un sourire teinté d'amertume :

– C'est si instructif d'être avec lui. Il connaît tant de choses.

– Avez-vous fait un grand voyage de noces?

– Oui. Copenhague, Hambourg, Brême, la Hollande, la Belgique, Paris! La Riviera, Milan, Florence, Rome! Puis de Brindisi en Égypte, aux Pyramides. Trois mille ans, ou peut-être quatre ou six – je ne me rappelle plus –, regardaient de là-haut la petite Lydia Stille. Puis le retour par Venise, Vienne, Prague, Dresde, Berlin et Trelleborg...

1. Drame d'Ibsen (1899).
2. « Belle, belle est la vie près du Taunitzer See! »

– Mais vous n'avez donc pas été jusqu'à *Taunitzer See*?
– Non. Il n'est pas dans le Baedeker.
Ils étaient seuls dans la salle : les deux messieurs de la table près de la fenêtre étaient partis.
Dehors sonnait le glas.
Il gardait toujours la main gauche de Lydia dans sa main droite. Il la leva et regarda la bague à l'émeraude :
– Une jolie bague.
– Oui. Markus me l'a offerte le jour où je lui ai dit oui.
Il hésita un instant :
– Était-il si sûr de ton « oui » qu'il ait acheté un joyau si coûteux avant même de l'avoir obtenu?
– Non, il l'avait déjà. Il m'a raconté à son sujet une petite histoire romantique qui à l'époque m'a impressionnée. Il avait aimé une femme, il y a de cela vingt ou trente ans, et c'est pour elle qu'il l'avait achetée. Mais elle l'avait trahi, avant même de la recevoir. Il m'a fait promettre de ne plus jamais porter ce bijou si un jour je le trahissais.
– Et tu as tenu la promesse?
Le regard dans le vide, elle se taisait.
Enfin elle reprit la parole :
– Il se peut qu'un jour j'aie envie de te parler de ma vie. Pas maintenant. Plus tard peut-être. Dans une lettre, probablement. Les soirées d'hiver sont si longues à Stjärnvik. Il se peut que je t'écrive de temps en temps. Mais tu ne répondras pas : il est jaloux et note le courrier que je reçois. Il ne l'ouvre pas, il ne demande pas à le lire. Mais il en prend note.
– Alors, ça ne va pas très bien entre vous? Lydia?
– Il nous arrive parfois d'évoquer le divorce; les soirées d'hiver sont si longues à Stjärnvik! Mais nous prenons la chose avec calme et sang-froid. Et la chanson se termine toujours de la même façon : je reste. Il est plus fort dans le débat. Il est le père de ma petite fille. Et il a l'argent.
Il prit sa main et se la passa sur les yeux. Personne ne les vit.

De nouveaux clients s'installèrent sur une banquette pas très loin d'eux.

Il ouvrit son agenda, en sortit le petit croquis au crayon et le posa devant elle :

– Te souviens-tu ?

Lentement, elle inclina la tête.

– Oui. Dire que tu l'as gardé...

– Plusieurs années durant, je l'avais toujours sur moi, dans mon agenda.

Elle retourna la feuille et vit le quatrain qu'il avait rajouté au-dessous de sa propre écriture délavée. Elle demeura songeuse, le regard éperdu.

– Tu as eu ce que tu voulais, reprit-il. Tu es partie loin, si loin. Peut-être veux-tu aller plus loin encore ?

Pour toute réponse, elle murmura les derniers mots de son poème : « depuis c'est l'automne... ».

– Quand as-tu écrit cela ?

– Il y a quelques années. Peu de temps après mon mariage, sans doute.

Elle réfléchit.

– Non, dit-elle en réponse à sa question. Non, je ne veux pas aller plus loin. Je voudrais changer ma phrase : je veux rentrer, rentrer à la maison, chez moi ! Mais je ne sais pas où aller. Je ne sais pas où est ma vraie maison. Je me suis perdue moi-même. Vendu mon âme. Mais la tentation n'était pas mince : il m'a amenée au sommet d'une montagne et m'a montré le monde entier ! Me voilà donc la pauvre épouse de luxe d'un vieillard cousu d'or. Comme le poète disait vrai : « de longues années répareront ce que l'instant a rompu » ! Arvid, que ce soit déjà l'automne pour nous deux ! Nous sommes encore jeunes...

Il prit le croquis et le rangea dans son agenda.

– Oui, pour nous l'automne a été précoce.

La salle qui s'était peu à peu remplie, baignait à présent dans la pleine lumière. Il appela le serveur et régla.

Ils s'attardaient encore à leur place.

– L'automne a été précoce, murmura-t-il. Mais, en fin de compte, il ne tient qu'à nous de l'accepter ou de nous offrir un été indien...

Elle le dévisagea, les yeux grands ouverts :

– Est-il possible, est-il encore possible que tu aies de l'affection pour moi ?

Il la regarda dans les yeux :

– Jamais, jamais dans ma vie je n'aurai de l'affection pour une autre que toi.

Elle pâlit, mais sa pâleur rayonnait :

– Est-ce vrai ?

Trop ému pour répondre, il sentit sa gorge se serrer dans un sanglot, l'ancien sanglot qu'il n'avait pas connu depuis bientôt dix ans.

Immobiles et corrects comme deux mannequins, ils fixaient le vide.

– Il ne manquerait plus, entendit-il son murmure qui lui parvint comme dans un rêve, il ne manquerait plus que j'eusse vécu sans avoir jamais été à toi !

Comme dans un rêve, il la vit faire lentement glisser la bague à l'émeraude de son doigt dans son sac.

– Viens, chuchota-t-elle.

Il se ressaisit aussitôt :

– Non, non, pas comme ça. Nous ne pouvons pas monter les escaliers et traverser le couloir ensemble. Quel est le numéro de ta chambre ?

– Le 12.

– Au premier étage ?

– Oui.

– Je vais sortir et passer dans la bibliothèque. Reste assise quelques minutes, puis monte dans ta chambre. Je me tiendrai sur le seuil de la bibliothèque pour voir où tu vas. J'attendrai le moment où il n'y aura personne dans le couloir et je te rejoindrai.

– Oui...

Il attendait sur le seuil de la bibliothèque. Elle monta

les escaliers et gagna sa chambre. Une femme de ménage passa à l'autre bout du couloir et disparut par une porte.

Il était dans la chambre et tourna la clé dans la serrure.

– Il ne manquerait plus, l'entendit-il sangloter, la tête contre sa poitrine, il ne manquerait plus...

Dehors, dans le crépuscule de décembre, les cloches sonnaient le glas.

IV

Moi, tu peux m'aimer à la manière païenne.

Les espérances qu'Arvid Stjärnblom nourrissait de devenir le « chargé des affaires étrangères » au *Nationalblad*, se réalisèrent au début de l'année 1908, et comme il continuait simultanément d'assurer la critique musicale, il gagnait à présent un peu plus de cinq mille couronnes par an. Il en avait besoin. La contribution de son beau-père avait cessé l'année précédente. Le sens pratique et l'esprit d'économie de Dagmar – ainsi qu'un prêt bancaire de deux mille couronnes avec Doncker et Freutiger comme garants –, aidant, il parvenait à joindre les deux bouts.

Le vieux Jacob Randel se maintenait cependant toujours à flot. Mais il n'avait plus ni sa vigueur d'antan, ni son don de persuasion. Il lui arrivait encore – lorsqu'un bon repas le mettait de bonne humeur –, de jurer que le jour où notre Seigneur déciderait de l'appeler à Lui, il laisserait au moins cent mille à chacun de ses enfants, alors que cinq minutes plus tard il annonçait : « Dans une semaine je serai ruiné, que diable! » Cependant huit jours passaient et il donnait un grand dîner, avec le ministre Lundström en vedette. Après avoir suivi avec une aversion amusée l'expérience puérile du premier gouvernement de gauche, ce monsieur avait retrouvé sa place naturelle au conseil de sa majesté.

Après un de ces repas, Arvid, que le vin rendit courageux, demanda son avis concernant le droit de vote pour les femmes :

– Hum-hum, répondit le ministre Lundström.

Puis il ajouta sur un ton plus aimable :

– *Ministre*, hum-hum...

Arvid renonça à chercher le sens de cet oracle. Plus tard, Dagmar lui expliqua que cela signifiait qu'il voulait qu'on l'appelât « tonton », comme elle le faisait, elle, car après tout il était cousin de sa défunte mère. Quand il était invité chez le directeur Randel, il prononçait toujours un aimable petit discours. Cette fois-là également, il frappa son verre :

– Hum-hum. Il y a des hauts et des bas dans ce monde pour notre ami Jacob Randel. Mum-mum. Parfois ça monte et parfois ça descend. En ce moment, à en juger d'après cette chère magnifique et ces vins exquis, ça a l'air de monter. Hum-hum. Pour cette raison, j'invite tous les convives ici présents à se joindre à moi pour porter un toast à la santé du maître et de la maîtresse de maison! Hum-hum... je voulais dire : la maîtresse et le maître!

Dagmar avait été navrée quand, pour la première fois, la contribution de son père n'avait pas été versée. Il l'avait consolée :

– Ma chère Dagmar, à vrai dire, quand nous nous sommes mariés, je ne croyais pas beaucoup à ces deux mille annuelles; tout au plus espérais-je les avoir la première année, et je n'envisageais guère de perspective plus lointaine. Nous les avons eues pendant trois ans; c'est déjà beaucoup, et je n'ai rien à reprocher à ton père. Je ne me faisais pas d'illusions.

Un jour, au début du mois de janvier, il reçut une lettre de Lydia, une longue lettre. Suivant leur accord, elle l'avait adressée à la rédaction, et non pas à son adresse personnelle.

« Arvid, écrivait-elle, je joins à ce billet quelques extraits de mon ancien journal. Je n'en ai jamais tenu réellement sur une période assez longue, je ne faisais que prendre des notes de temps en temps. Lis-en la première page avant de continuer. »

Il prit la feuille écrite au crayon, visiblement arrachée d'un carnet et marquée au coin d'un « 1 » à l'encre.

« Paris, le 23 février, 09.

Je me suis dit qu'il faut quand même que je tienne un journal pendant mon grand voyage, mais jusqu'ici il n'en a rien été.

Nous sommes arrivés à Paris avant-hier après-midi. Hier je suis allée avec Markus au Luxembourg chercher le Vieux pin de l'archipel de papa. L'ayant enfin découvert dans un coin perdu, j'ai versé quelques larmes, évidemment.

Aujourd'hui, le Louvre. Hélas, que me reste-t-il de toutes ces merveilles dans les galeries infinies ?... Si, un tableau : un Florentin (je crois) dans le Salon carré : Portrait d'un jeune homme. D'un inconnu [1], *d'après le catalogue. « Maître inconnu ». Markus dit qu'on l'attribue à – comment c'était déjà? – à Franciabigio ou quelque chose comme ça... Je suis restée longtemps devant ce tableau. Il me faisait penser à quelqu'un que j'ai connu... Markus a remarqué qu'il m'intéressait et m'a demandé si je voulais une reproduction. Oui, j'en voulais une.*

Après une promenade au bois de Boulogne, nous avons dîné au Café anglais en compagnie d'un vieux monsieur de l'académie des Inscriptions... »

Arvid mit la feuille de côté et reprit la lettre.

« Tu m'a demandé la dernière fois comment ça allait entre mon mari et moi. Il n'est pas facile de répondre. Mais je vais essayer.

Je n'ai pas besoin de te dire que je n'étais pas amoureuse de lui quand je l'ai épousé. Il avait cinquante et un an, et moi, dix-neuf. Cela ne signifie pas qu'il ne pouvait obtenir l'amour d'une jeune femme. Il aurait peut-être pu gagner le mien, si ce n'était... Mais tu verras par la suite.

J'éprouvais à son égard une grande affection. Surtout pendant notre long voyage de noces. C'est, comme tu le sais, un archéologue très célèbre, ce n'est pourtant nullement un " universitaire " : il est au courant de tout, il s'intéresse aux choses les plus diverses; où que nous arrivions, il avait des amis et des connaissances remarquables. Partout, quelle que soit la compagnie, il en devenait naturellement le centre. Je ne l'aimais pas. J'éprouvais cependant de la fierté à être sa femme – je ne le nie pas. Il me faisait découvrir un monde vaste et inconnu, nouveau pour moi...

Mais...

Mais je suis une femme et je voulais un enfant. Et je ne pouvais pas ne pas me rendre compte que lors de nos

1. En français dans le texte.

rapports conjugaux, excuse-moi, Arvid, mais il faut que je l'expose clairement, il faisait en sorte qu'il ne pût y en avoir. Un jour, je lui ai demandé : " Pourquoi fais-tu cela ? " Il a répondu : " Parce que je ne veux pas d'enfant. " " Pourquoi n'en veux-tu pas ? " " Parce que je suis un génie, ceci dit entre nous, il ne faut pas en parler, mais je *suis* un génie. Et souvent les enfants de génie sont idiots. C'est pourquoi je n'en veux pas. " J'ai réfléchi un long moment. " Mais, il se pourrait que l'enfant tienne davantage de moi, qui ne suis pas un génie... Et il ne serait pas nécessairement idiot... " Je crois que cette nuit-là, dans un hôtel de Venise, ma petite Marianne, qui a huit ans et demi maintenant, a été conçue.

Après notre retour – j'étais enceinte de quelques mois –, j'ai remarqué que mon état suscitait chez lui une évidente aversion. Je ne l'ai pas perçu immédiatement, mais à mesure que le temps passait, il devenait de plus en plus irascible et nerveux ; je ne l'avais jamais connu ainsi. Il s'enfermait dans son bureau et prenait ses repas seul. Alors que ma grossesse arrivait à terme, il est parti en voyage sous prétexte d'étudier un document quelconque dans une bibliothèque ou aux archives à Berlin. Il n'est rentré qu'après réception du télégramme lui annonçant que tout s'était bien passé.

Cela m'a fait réfléchir. Je ne sais pas si tu peux comprendre combien je me suis sentie blessée, profondément, irrémédiablement. J'ai commencé à soupçonner que sa crainte d'être le père d'un enfant anormal n'était qu'un faux-semblant. Il m'avait achetée pour être sa maîtresse légale. La grossesse et les enfants ne figuraient pas à son programme.

Je crois pouvoir affirmer m'être engagée dans la vie conjugale avec la volonté sincère d'être loyale envers mon mari. Mais après cela, je ne me sentais plus aucune obligation à son égard – aucune ! Quelques années plus tard lorsque la tentation s'est présentée et que j'ai rencontré un homme qui me désirait et qui me séduisait, j'ai succombé.

En lisant ces lignes, tu penses probablement à la bague à l'émeraude; tu te demandes si j'ai tenu la promesse de ne plus jamais la porter. Hélas, tu sais déjà que non. Une des idées favorites de Markus est que la vérité est nuisible, alors que les illusions et les mensonges ont toujours été à l'origine de tout ce qui s'est fait de grand dans le monde, le noyau de ce qu'on appelle le bonheur. Je lui ai appliqué sa propre théorie en le laissant dans l'illusion.

Ne me questionne jamais sur celui que j'ai aimé. Ô, Arvid, le mot " aimer " t'a fait mal ? C'est inévitable. Parce que c'est vrai. Ou plutôt : *c'était* vrai.

Il y a dix ans je t'aimais, et je t'aime aujourd'hui. Mais alors – il y a un peu plus de quatre ans –, tu étais depuis si longtemps absent. Je venais de lire l'annonce de tes fiançailles dans un journal. Et j'avais moi aussi envie de vivre un peu. Je ne dirai plus rien sur ce sujet. Si, je peux ajouter que cette liaison n'a pas duré longtemps. Un an environ.

La seconde feuille du journal date de l'époque où c'était fini. »

Il prit le petit papier :

« 1904, septembre.

Ainsi, c'est fini. Ce n'était donc que ça ? Rien d'autre ? Rien de plus ?

Dehors, le vent soulève des tourbillons de feuilles mortes. En retombant, elles recouvrent les allées du parc. Des asters ornent mon bureau. Une feuille morte, entrée par la fenêtre, s'est posée sur le papier.

Rien d'autre – Rien de plus... »

Il reprit la lettre :

« Maintenant, Arvid, à toi de juger. Je remets ma cause entre tes mains, condamne-moi ou acquitte-moi comme bon te semble. Ne m'écris pas; un simple envoi sous bande, un journal ou n'importe quoi d'autre me confirmera que tu as reçu ma lettre. Si tu me condamnes, si tu ne veux plus de moi, mets le timbre sens dessus dessous. Si tu m'acquittes, place-le correctement.

Lydia. »

Arvid s'abîma dans ses pensées.

Naturellement, il ne songea pas un instant à coller le timbre sens dessus dessous. Il réfléchissait à autre chose.

Markus Roslin. Ce remarquable historien et archéologue, dont il suivait les travaux avec l'admiration muette du profane. Commandeur de l'Étoile polaire, officier de la Légion d'honneur, membre de l'académie des Sciences, « un des dix-huit », etc. Et Lydia.

Lydia. L'amour de ma jeunesse. Mon seul amour. Elle a donc fait, sans trop d'embarras, ce grand savant cocu. Et voilà qu'après avoir pris connaissance du dossier, je dois l'acquitter... Plus exactement, j'ai eu connaissance des arguments de l'une des parties seulement... Je ne connaîtrai probablement jamais ceux de l'autre. Les hommes sont plus secrets que les femmes dans ce genre d'affaires.

Peut-on envisager un avenir pour nous deux? Pour moi et pour Lydia? Alors, je dois commencer par le divorce. C'est si facile quand on a beaucoup d'argent! Elle peut certainement divorcer sans problème, son mari est riche. Mais moi? Mes revenus ne me permettent pas le partage. Et Dagmar? Que lui dirais-je? Que je ne l'aime pas, que je ne l'ai jamais aimée? Pour elle, ce sera un *Crépuscule des dieux* et une *Apocalypse*! Lui rappeler notre promesse de liberté?

Le souvenir de ce serment puéril le fit sourire. Lors des fiançailles, peu avant leur mariage, ils s'étaient solennellement jurés que le jour où l'un d'entre eux désirerait reprendre sa liberté, l'autre n'y ferait pas obstacle. C'est elle qui l'avait exigé : à l'époque, ce genre d'engagement était une pratique courante lors des fiançailles et des mariages, mais dès qu'il fallait passer aux actes, ce n'étaient plus que paroles creuses.

Et Anne-Marie? Et la petite Astrid? Vont-elles grandir sans père? Auront-elles un « nouveau papa »?

Non. Il rejeta l'hypothèse du divorce; c'était impensable. D'ailleurs, dans sa lettre, Lydia n'y faisait aucune allusion, pas plus qu'à l'éventualité de se séparer de son mari.

Il repensa à son récit. Il avait été à peine surpris d'apprendre qu'elle avait eu un amant. Son instinct le lui avait déjà chuchoté la dernière fois qu'ils étaient ensemble, à l'hôtel, un jour de décembre.

« Et maintenant, à toi de juger. » Je ne suis certainement pas le mieux placé pour le faire.

Il prit un journal français qui traînait sur son bureau, en fit un envoi sous bande et tapa son nom et son adresse. Il colla le timbre dans le bon sens.

*

– Que tu es taciturne et distrait aujourd'hui, dit Dagmar au dîner. As-tu des ennuis?

– Non.

Un instant plus tard, il ajouta :

– Je suis en train de penser que je vais être obligé d'apprendre le russe.

Jusqu'à présent, il avait réussi à utiliser les bons offices de Kaj Linder, un jeune homme qui connaissait cette langue et venait à la rédaction deux fois par semaine pour voir s'il trouvait des informations intéressantes dans le *Novoïe Vremia*; si c'était le cas, il les traduisait pour lui.

*

Désormais, presque un jour sur deux, une lettre de Lydia l'attendait sur son bureau quand il arrivait à la rédaction.

Dans une de ces lettres, elle écrivit :

« Hier, Markus a lui-même amené la conversation sur le divorce. Il a commencé ainsi : “ J'ai l'impression que tu ne te sens pas bien ici. Tu préférerais sans doute vivre à Stockholm ? ” “ Sans doute ”, lui ai-je répondu. “ Pourquoi ? À cause des théâtres, de la vie mondaine, etc. ? ” “ Cela aussi, mais ce n'est pas l'essentiel. L'essentiel c'est que je ne t'aime pas et que vivre avec toi est pour moi un supplice. ” “ *Aimer*, m'imita-t-il avec ce sourire hautain, paternel, que les années m'ont appris à détester par-dessus tout, ma petite Lydia, je suis presque un vieillard, mais je ne suis pas un imbécile. T'ai-je jamais demandé si tu *m'aimais* ? ” Non, il a raison. Il ne m'a jamais posé la question. Il est trop malin.

Il a poursuivi : “ Nous avons quelquefois parlé de divorce. J'y ai beaucoup réfléchi et je veux te faire une proposition. Je ne peux pas me séparer de notre petite Marianne, elle restera ici. Toi, tu seras libre. Tu auras cinq mille couronnes par an à une condition : chaque année, tu passeras ici trois mois, deux en été et un à Noël. Durant ces périodes, tout sera entre nous comme avant. ”

J'ai répondu : “ Je me sentirais la femme la plus heureuse du monde si tu me donnais deux mille couronnes, mais sans condition. ”

Sans dire un mot, il s'est retiré chez lui et il a fermé la porte à clé. Comme s'il craignait que j'essaie d'entrer de force.

Mais je crois avoir pris ma résolution. Même si j'hésite encore... »

Le lendemain une autre lettre :

« Oui, j'ai pris ma résolution. Nulle loi ne peut forcer une femme à vivre avec son mari, si elle ne le veut pas. Mais dans ce cas, il n'est plus obligé de l'entretenir. J'ai trois mille couronnes en banque, l'héritage de mon père. Et puis j'ai mes bijoux. Ils m'ont été offerts, ils sont à moi – j'ai failli dire que je les ai bien payés... Payés de mes dix années de jeunesse, cela ne suffit-il pas ? Le collier de perles vaut sûrement plusieurs milliers de couronnes. J'ai donc assez pour tenir quelques années, et bien entendu, j'essayerai de trouver un travail.

Une chose, Arvid : *toi*, tu ne dois prendre aucune mesure pour divorcer à cause de moi. Aujourd'hui, pas plus qu'autrefois, je ne veux t'être un fardeau. Je tâcherai d'oublier que tu as une femme, des enfants, tout un monde qui n'est pas le mien. Nous aurons bien la grâce de quelques instants durant lesquels nous oublierons tout ce qui n'est pas nous, nous deux...

Lydia. »

Deux jours plus tard, une nouvelle lettre :

« Ô, Arvid, tu ne peux imaginer avec quelle joie je me suis réveillée ! Dans le parc, les arbres ployaient sous la neige étincelante. Le soleil dans le ciel haut et bleu ! Quand j'ai levé les stores, un bouvreuil était perché sur une branche en face de la fenêtre; je croyais voir sa gorge rouge et duveteuse palpiter, soulevée par les battements de son cœur...

Markus a brusquement changé. Ces derniers jours, nous avons à peine échangé un mot et il a pris tous les repas chez lui. Mais hier, au dîner, il s'est installé à table, gentil et aimable comme il peut l'être quand il veut. Le repas terminé, il m'a demandé de me mettre au piano. J'ai joué la *Pathétique*. Il écoutait, assis dans un grand fauteuil près du feu, Marianne debout à mes côtés. Le grand salon était plongé dans la pénombre, seules, deux bougies brûlaient sur le piano, et le feu dans la cheminée... Il m'a priée de continuer à jouer; j'ai interprété quelques préludes de Chopin... Puis Marianne est partie se coucher, il était neuf heures.

Nous étions seuls. “ Viens t’asseoir ici ”, m’a-t-il dit. Je me suis installée dans un fauteuil près du feu. “ Petite Lydia... Tu auras ce que tu veux. ” Je me taisais. Je ne trouvais rien à répondre, et je voulais savoir s’il avait autre chose à ajouter.

“ D’après ce qui se passe entre nous, ma petite Lydia, poursuivit-il, surtout depuis ton voyage à Stockholm avant Noël, je ne puis plus douter que tu sois tombée amoureuse. N’en parlons pas. Mais il s’ensuit inévitablement que tu dois, chaque jour et à chaque instant, souhaiter que je sois mort et enterré. N’est-ce pas? Non, tu n’es pas obligée de te défendre. Je ne veux pas être la cause, même indirecte, d’une quelconque pensée dangereuse et criminelle qui pourrait un jour naître dans ta chère petite tête. Je t’ai beaucoup aimée, petite Lydia, je t’aime toujours beaucoup. Tu auras ce que tu veux. ”

Je ne trouvais pas de mots. J’ai pris sa main et l’ai mouillée de larmes et de baisers. J’ai embrassé ses cheveux blancs. Ils sont devenus tout à fait blancs cette dernière année.

“ Il va de soi, a-t-il ajouté, que si quelquefois tu as envie de venir ici voir ta petite Marianne et ta vieille maison, tu seras la bienvenue. ”

J’ai pu à peine articuler “ merci ”.

Nous sommes restés longtemps à fixer le feu qui s’éteignait. Puis nous nous sommes souhaité bonne nuit et chacun est allé se coucher de son côté.

Aujourd’hui, après le déjeuner, nous avons réglé les détails pratiques. Il souhaitait me donner cinq mille couronnes par an sans condition, mais je tenais à ma décision : deux mille. De son argent, je ne veux avoir que ce qui est indispensable. Il a objecté qu’une pension aussi modeste ferait naître bruits et ragots : que j’avais manqué à mes devoirs conjugaux, que j’avais été répudiée avec un simple morceau de pain... Mais j'ai tenu bon. Je ne me soucie pas du qu'en-dira-t-on. Je ne veux pas obtenir plus que ce que je considère avoir mérité, en quelque sorte... " Je ne me suis jamais souciée du luxe. Un petit appartement de deux pièces à Stockholm et de quoi le meubler, c'est tout ce que je désire ", ai-je dit. Alors, il a insisté pour payer les meubles. J'ai accepté en le remerciant.

Nous avons décidé qu'au début de la semaine prochaine, je partirai pour Copenhague en compagnie d'Ester. Ester Roslin, une parente de Markus qui est plus mon amie que la sienne – c'est elle qui m'accompagnait à l'Opéra – et dans quinze jours au plus tard je serai libre. Libre! »

*

Une semaine s'écoula. Puis arriva une carte postale de Copenhague : la place du Rådhus et le *Bristol*, accompagnés de brèves amitiés. Quelques jours plus tard, une nouvelle lettre :

« Arvid. Tout est arrangé. J'arrive à Stockholm dans quelques jours. Ne viens pas me chercher à la gare, je serai en compagnie d'Ester. Nous devons être très prudents : il faut que je veille sur ma réputation à cause de ma fille. À cause de Markus aussi : il a été si magnanime avec moi, je ne voudrais pas lui faire inutilement de la peine. Il vaut mieux qu'on ne se voie pas avant que j'aie fini de m'installer dans mon appartement. Je cherche un petit logement avec eau courante, gaz, etc. dans le couloir d'entrée. Mais alors! Arvid, la soif de cet amour qui s'est accumulée au cours de tant d'années, longues et vides, elle t'attend!

Lydia. »

Arvid Stjärnblom demeura songeur, la lettre à la main. Il se sentit soudain si petit devant ce qui l'attendait. Assouvir un pareil désir, ce n'est pas une vétille...

Mais c'est Lydia. Et je l'aime.

*

C'était un jour de mars, le jour de l'équinoxe. La veille de l'Annonciation. Les journaux ne paraissaient pas; il était libre : toute la journée et toute la nuit.

Dans la matinée, il avait reçu une carte postale :

« Cher ami,

Te rappelles-tu ta promesse de passer un jour chez moi voir mes toiles? Tu seras le bienvenu cet après-midi; tu pourras dormir à la maison; le dernier train part à onze heures et demie, alors que c'est le meilleur moment de la soirée. Il y aura également quelques copains.

Amitiés,

Hans Bergling. »

La carte venait de Lydia. L'ami Bergling n'existait pas plus que son nom. Ils avaient convenus qu'elle rédigerait une carte d'après le brouillon qu'il avait préparé, en tâchant de contrefaire, autant que faire se pouvait, une écriture masculine, large et épaisse. Il avait également pris soin de parler quelquefois à Dagmar de son ami Bergling : ils s'étaient connus au Club des libres-penseurs. Ce jeune peintre talentueux vivait à la campagne du côté du Saltsjöbadehåll; célibataire, il ne pouvait recevoir les dames. L'invitation ne fut donc pas une surprise pour Dagmar :

– Bon voyage, dit-elle, amuse-toi bien!

Il lui répugnait de se rendre chez Lydia directement après le repas familial; c'est pourquoi il inventa un prétexte pour dîner seul au *Continental*. Il obtint la table où il était assis avec Lydia le jour de décembre où les cloches sonnaient le glas pour le feu roi.

Durant ce repas solitaire, il songeait :

J'ai trente-trois ans, elle en a vingt-huit, non, vingt-neuf, depuis quelques semaines... Je l'aime et la vie est belle!

Pourtant, le jour viendra où il ne restera de tout ça qu'un souvenir. Je serai un vieillard calfeutré devant son âtre, et je murmurerai en regardant le feu éteint : *« Dejligt, dejligt var livet ved Taunitzer See! »*

Mais tout de même. Tout de même! Est-il vraiment si absolument impossible qu'il nous soit octroyé de vivre et de vieillir ensemble? Ne peut-on pas envisager que Dagmar tombe amoureuse et propose elle-même le divorce? Sottises! Non qu'il fût impensable que Dagmar tombât amoureuse, il n'était pas assez fat pour exclure une telle hypothèse, mais qu'elle le lui avouât et proposât le divorce, voilà qui semblait parfaitement irréaliste...

Elle agirait plutôt à peu près comme moi.

À six heures moins dix, il héla un fiacre couvert pour éviter le risque de tomber sur une connaissance ou, tout simplement, pour ne pas rencontrer Dagmar dans la rue. Lydia avait réussi à trouver un appartement de deux pièces rue Johannesgatan, au dernier étage. Lentement, il gravit les escaliers, en s'arrêtant à chaque palier pour lire les noms sur les portes et voir s'il ne connaissait pas de ses voisins. Il arriva au quatrième étage; avant même qu'il sonne, Lydia ouvrit la porte :

– Je guettais à la fenêtre, je t'ai vu arriver, chuchota-t-elle.

Les pièces n'étaient pas grandes. La chambre à coucher paraissait même très petite. Chacune ne possédait qu'une fenêtre, mais elles offraient une belle vue dégagée. Auréolant le clocher de l'église en brique émaillée et les squelettes des arbres du cimetière, la voûte céleste était de ce bleu glacé particulier aux crépuscules de mars. Par-delà les toits de Döbelnsgatan, le regard atteignait jusqu'au Kungsholm.

D'anciens meubles en acajou ornaient le salon. Il y remarqua également la jolie petite commode du même bois qui venait de la maison de famille, celle dans le style Karl Johan. Au-dessus du piano – un instrument à queue, ancien, de ce modèle qu'on voit de moins en moins et que certainement on ne fabrique plus –, dans leurs étroits cadres noirs, s'alignaient dix ou douze petits portraits de compositeurs célèbres : Haendel, Beethoven, Schumann, Schubert, Chopin, Wagner, Bizet, puis, au bout, Grieg et Sjögren. Les surmontant, trônait une esquisse de son père : la petite maison rouge de pêcheurs entre les pins noueux de l'archipel *Sous le soleil après l'ondée.*

– Veux-tu que j'allume?

Un clair-obscur régnait dans la pièce.

– Non, pas encore, répondit-il.

Elle n'avait ni lumière électrique, ni lampes à pétrole. On avait installé l'électricité, mais elle n'aimait guère cette lumière et ne voulait pas s'en servir. Quant aux lampes à pétrole, elles étaient trop salissantes et désagréables. Deux anciens candélabres en argent, chacun avec trois bougies, se dressaient sur son bureau. Deux chandeliers en ancien « bronze doré » étaient posés devant un miroir Empire sur la vieille commode de son enfance. À cela s'ajoutaient deux bougies dans les petits abat-jour de soie verte, sur le piano.

– La nuit tombe. Peux-tu distinguer le cahier de musique ouvert sur le piano?

C'était une chanson de Tosti. *Quando cadran le foglio...* Quand les feuilles tomberont...

– Bien sûr, dit-il.

– T'en souviens-tu?

Oui. Il se souvenait. Il l'avait chantonnée un jour, il y

avait plus de dix ans, dans le berceau de lilas d'un petit jardin.

Elle s'assit au piano et chanta de sa voix pure et grêle, légèrement tremblante d'émotion :

« Quand les arbres perdront leurs feuilles,
tu viendras t'arrêter devant ma tombe –
la petite croix qui se trouve tout au bout,
la butte, verte et ornée de fleurs...

Si alors tu cueilles, pour parer tes cheveux,
de ces fleurs qui poussent de mon cœur,
sache-le, ce sont les chansons que j'ai voulu écrire,
les paroles d'amour que je ne t'ai jamais dites. »

Debout derrière elle, il lui caressait doucement les cheveux. Quand elle eut fini, il dit :

– Je m'en souviens. À l'époque, cet air courait les rues. C'était sans doute Sven Scholander qui l'avait lancé. On ne l'entend presque plus.

Ils étaient assis devant la fenêtre, dans l'obscurité. Un nuage solitaire, d'un violet sombre, glissait lentement bien au-dessus de la flèche de l'église. Dans la ville étalée à leurs pieds, des lampadaires s'allumaient. Aucun enfant ne jouait plus entre les tombes du cimetière. Les étoiles brillaient, l'une après l'autre. À l'ouest, tout près du nuage violet, Vénus scintillait; au sud, au-dessus du Kungsholm, Mars la rouge brillait.

Elle lui tendit sa main droite :

– Dis-moi une chose. Comment t'es-tu marié?

Il répondit, un peu évasif :

– Comme la plupart des gens. L'homme a besoin d'une femme, la femme a besoin d'un homme. C'était une jolie jeune femme et elle l'est toujours.

Lydia demeura silencieuse, le regard perdu dans le bleu qui s'assombrissait.

– Je ne l'ai jamais vue, finit-elle par dire. Et je n'en ai pas envie. Est-elle blonde ou brune?

– Blonde.

– Peu importe...

Ils se turent de nouveau.

– Ah oui, reprit-elle, j'ai complètement oublié de te remercier de ce que tu m'as envoyé ce matin. J'ai tout mis sur la table, dans la chambre.

Il lui avait envoyé quelques poires françaises, quelques grappes de raisin noir, quelques bonbons, du chocolat praliné et deux bouteilles de Haut-Sauternes. Auparavant, il lui avait demandé quel vin elle préférait. Elle avait répondu que ça lui était égal, mais s'il fallait absolument une réponse, elle préférait le Haut-Sauternes.

Ils gardaient le silence. Elle avait toujours sa main droite dans les siennes. Il faisait de plus en plus sombre. Le clocher rouge émaillé se dessinait, noir contre le ciel bleu et glacé de mars.

– Te souviens-tu de l'après-midi au *Continental*, en décembre? dit-elle.

– Si je m'en souviens...

– Comment ai-je osé? Dans un hôtel si correct, si distingué! Je devais être complètement folle. À tout moment quelqu'un, Ester par exemple, aurait pu venir me chercher. La porte fermée et personne ne répond. Qu'est-ce que nous aurions fait? Qu'est-ce que j'aurais fait?

– Oui, ce n'est pas facile de répondre...

– Arvid, nous devons être terriblement prudents. Nous ne devons plus jamais nous permettre des folies pareilles. Il ne faut pas que tu viennes ici trop souvent : les voisins pourraient le remarquer. Nous ne pourrons jamais envisager de sortir ensemble, même pas de nous arrêter dans la rue pour bavarder un instant, si par hasard nous nous rencontrons.

– Non, bien entendu.

Ils se turent. En bas, les lampadaires à gaz vacillaient

entre les branches nues des vieux arbres. En haut, dans le bleu froid, Mars et Vénus brillaient.

Elle rompit le silence :

– Te souviens-tu que je t'ai demandé, l'après-midi au *Continental*, si tu aimais ta femme ?

– Oui...

– Te souviens-tu de m'avoir répondu : « Je l'aime à la manière luthérienne » ?

– Oui.

– Et que j'ai demandé : « Qu'est-ce que cela signifie ? »

Arvid Stjärnblom réfléchit :

– Oui, je m'en souviens très bien. Le docteur Martin Luther soutenait, il y a bientôt quatre cents ans, que le véritable amour naît tout seul entre les époux qui accomplissent le rituel propre à la nature et à l'amour. Parfois, ça arrive. Mais ça ne vaut pas grand-chose.

Lydia garda longtemps le silence.

– Non, murmura-t-elle, non... Pas beaucoup...

– Non, ajouta-t-il, cela fait penser à la pratique des Zinzerdorff, la Congrégation des frères, un ou deux siècles plus tard : dans cette secte, la coutume était de tirer au sort les épouses et les époux. Ainsi s'exprimait la volonté divine, tandis que toute sympathie, tout désir, tout amour venait du diable. D'ailleurs, selon Luther, l'amour ne pouvait exister en dehors du mariage, car alors ce n'était plus que luxure, fornication et je ne sais quoi encore de vilain qui méritait une température particulièrement élevée en enfer...

Lydia pâlit. Mais sa pâleur était lumineuse.

– Viens, dit-elle. Moi, tu peux m'aimer à la manière païenne !

Elle l'attira dans la chambre, puis alluma deux bougies posées devant le miroir.

Deux bougies. Il eut la sensation troublante qu'il s'agissait d'une cérémonie religieuse.

Il n'y avait pas de stores à baisser ; elle ne s'en était pas encore préoccupée. Elle n'en avait pas besoin d'ailleurs : pas de voisins en face qui pussent les voir. Seulement le clocher de l'église en brique émaillée, les ramures dépouillées des arbres grands et vénérables, et le ciel bleu sombre du mois de mars, éclairé par deux grosses étoiles. Mais les autres étoiles s'ouvraient, l'une après l'autre...

Lentement, comme dans un rêve, elle commença à ôter ses vêtements.

Une petite chambre avec un grand lit. Deux bougies allumées devant un miroir. Une fenêtre donnant sur l'infini et les étoiles.

Il dit :

– Lydia, je pensais à quelque chose, en venant ici.

– À quoi pensais-tu ?

– Je pensais : est-ce vraiment si impossible pour nous deux d'envisager un jour de vivre et de vieillir ensemble ? Qu'un jour, je puisse mourir, ma tête sur tes genoux ?

Elle se redressa dans le lit :

– Tu as une femme que tu aimes « à la manière luthérienne ».

Il dit :

– Je pourrais peut-être me séparer d'elle. Pour l'instant, ce n'est pas possible. Son père, qui a été riche, est à présent ruiné. Je te l'ai raconté. Cela ferait très mauvais effet si juste maintenant je demandais le divorce.

– Oui, oui. Du reste, je n'y ai jamais fait la moindre allusion. Tu es très englué, je le sais. Je dois me contenter de ce que j'ai. Je t'aime. Je n'ai posé aucune condition, tu ne m'as pas prise avec « la promesse de mariage ». Nous n'avons qu'à accepter la situation telle qu'elle est. Je suis contente d'avoir retrouvé mon nom et moi-même : je suis redevenue Lydia Stille. J'ai l'impression d'avoir récupéré une partie de moi-même, un morceau que j'avais perdu ou laissé s'égarer par négligence. As-tu vu la plaque de cuivre sur la porte ? *Lydia Stille.* Rien de plus, rien d'autre !

Il n'y aura jamais rien d'autre sur ma porte – ni Roslin, ni Stjärnblom, ni aucun autre nom!

Il demeura songeur :

– Je n'attache pas beaucoup d'importance à un nom sur une porte. Mais parfois je rêve d'un avenir pour nous deux. Ensemble. Je voulais savoir si toi aussi tu l'envisageais. Ce n'est pas le cas.

Elle chuchota dans la nuit :

– Je t'aime.

Après un temps de sommeil, elle se réveilla :

– As-tu faim?

– Et toi?

– Oui. Il y a des provisions.

Elle se leva et s'enveloppa dans un peignoir. Un instant plus tard, elle servait du beurre, du pain, du rôti de porc froid et diverses nourritures. Il restait des poires françaises, du raisin et du chocolat. Et ils n'avaient bu qu'une seule bouteille de Haut-Sauternes.

– Il n'est que minuit et demi, dit-elle.

Il remplirent les verres. Gaiement, ils trinquèrent :

– À ta santé, ami Bergling!

Elle faillit s'étouffer de rire :

– Pendant que j'écrivais cette carte, « Hans Bergling » est devenu pour moi un être presque réel. J'ai même imaginé son physique : petit de taille, gros, trapu, des cheveux noirs hérissés, une moustache tombante d'un gris jaunâtre. Vêtu d'une veste tachée de peinture.

– Et si on le dotait d'une barbiche?

– Non, elle réfléchit un instant, non, ce n'est pas son genre.

– Au fait, dit Arvid, n'avons-nous pas emprunté l'« ami Bergling » à une nouvelle d'Anatole France? *Putois*?

– Je n'y ai pas pensé. Maintenant que tu le dis, ça me semble possible. L'« ami Bergling » a vraiment quelque chose de Putois...

Les deux bougies devant le miroir s'étaient presque consumées. Elle en apporta deux autres, les alluma et éteignit les deux premières.

Et de nouveau...

Les yeux dilatés, Lydia avait un regard grave, immobile; sa bouche entrouverte laissait voir ses dents serrées qui luisaient dans l'obscurité.

Ils se réveillèrent au même moment et se dressèrent dans le lit. Deux visages qui leur ressemblaient, telles deux ombres, les observaient dans le miroir derrière les bougies; ils paraissaient infiniment lointains, bien que la pièce fût très exiguë.

Il était presque cinq heures.

– Veux-tu qu'on se mette à la fenêtre pour voir le ciel? demanda-t-elle.

Elle lui prêta un peignoir; elle-même s'enveloppa dans sa pelisse.

On ne voyait plus d'étoiles : les deux grandes s'étaient couchées, et les petites s'étaient déjà éteintes dans le crépuscule pâlissant. Au sud-ouest, tout près de la flèche de l'église, apparaissait le disque de la lune, jaune sur le fond bleu de plomb.

Ils se tenaient par la main.

La tête légèrement inclinée, elle fixait le vide.

– Tout à l'heure, la lune se trouvait à gauche du clocher. Maintenant elle va se cacher derrière la flèche pour ressurgir aussitôt sur sa droite. J'ai observé ce phénomène tant de fois : la lune se déplace de gauche à droite. Un jour – cela se passait quelque part sur la Riviera –, j'en parlai à Markus. Il dit qu'en réalité, la lune se déplace de droite à gauche. Il m'expliqua pourquoi; je croyais avoir compris, mais j'ai oublié.

Arvid réfléchit. Autrefois, à Uppsala, il avait passé un examen d'astronomie et obtenu presque la meilleure note : *non sine laude.* Heureusement que l'être humain a la capacité d'oublier, sinon comment vivrait-il? Pourtant, il lui semblait se souvenir à peu près du phénomène, mais il n'était pas sûr de parvenir à l'expliquer succinctement.

– Ce n'est pas seulement la lune, commença-t-il, qui se déplace de gauche à droite dans le ciel. Il en est de même pour le soleil et les étoiles. Si tu considères de près le mouvement de la lune, non pas pendant un bref instant comme maintenant, mais semaine après semaine, ou simplement nuit après nuit, tu verras toi-même qu'elle se déplace de droite à gauche. Hier à cette heure-ci, elle se trouvait bien plus à gauche. Lève-toi demain matin à cinq heures moins dix, et tu constatera que depuis aujourd'hui, elle aura fait un bon bout de chemin dans cette direction.

Il s'arrêta. Il pensa à une explication encore plus judicieuse. Mais il se retint de l'énoncer; lui revinrent brusquement les paroles bienveillantes du vieux proviseur : « un professeur né ». Il préféra se taire.

Leurs joues se touchaient.

– Qu'est-ce que le bonheur? chuchota-t-elle.

– Nul ne le sait. Ou alors c'est quelque chose auquel on croit et qui n'existe pas. Comment l'imaginer d'ailleurs? Comment imaginer une félicité éternelle, permanente? Il faut pourtant qu'elle le soit, sinon elle serait empoisonnée par l'appréhension de la fin. Tes perles et tes pierres précieuses ne t'ont pas procuré le bonheur?

Elle eut un pâle sourire.

– Non...

– Lorsque l'auteur de l'*Apocalypse* veut décrire l'éternelle béatitude, il la représente comme une ville – il a dû être citadin – qui descend du ciel, une nouvelle Jérusalem, dont les maisons sont en or pur, les murailles de jaspe, et les douze portes de douze pierres précieuses et semi-précieuses différentes. Comme l'imagination est pauvre quand il s'agit du bonheur suprême, de la béatitude éternelle!

Ils se turent.

– N'as-tu pas froid? demanda-t-elle.

– Si, un peu.

Ils se glissèrent de nouveau dans le lit.

La fin mars et le début avril connurent un printemps magnifique. Il y avait une vibration dans la lumière, dans l'ambiance et dans l'air qui rappelait un printemps très lointain... Peut-être ce jour de printemps, il y a dix ans, où il se promenait avec Philippe Stille dans le Kungsträdgård et avait vu passer le feu roi; ensuite, il avait rencontré Freutiger, place Gustave-Adolf, l'avait accompagné au *Rydberg* et là, avait découvert l'annonce des fiançailles dans l'*Aftonpost*...

Un des derniers jours de mars, vers cinq heures, il remontait Drottninggatan en rentrant chez lui. Il venait de croiser Lydia : elle marchait en compagnie de Mlle Ester sur le trottoir opposé; ils avaient échangé un salut figé et formel.

Il s'arrêta devant la vitrine d'un bijoutier. Dans un coin, il aperçut une broche en argent, ou en or blanc peut-être, surmontée d'une pierre rouge sang qui lui semblait un rubis. Il consulta le prix : 18, 50 couronnes. Ça ne peut pas être de l'or blanc, se dit-il, tout au plus de l'argent. Mais la pierre? Trop bon marché pour un rubis et trop cher pour un morceau de verre. Par curiosité, il entra et demanda comment s'appelait la pierre. Un rubis amalgamé, fut la réponse.

Il décida de l'acheter pour Dagmar.

Pauvre Dagmar, songeait-il en marchant, pauvre petite Dagmar... En ce moment, elle doit être à la maison, insouciante, de bonne humeur, sûre de moi, comme Luther de la Bible; elle ne se doute de rien, ne soupçonne rien, ne craint rien. J'ai toujours cru – on se connaît si peu! – j'ai toujours cru néanmoins que j'étais une nature franche. Sans exagération, bien entendu; je ne me jette pas sur mes relations dans la rue pour leur dire leurs quatre vérités. Mais j'ai toujours imaginé que la franchise et un certain amour désintéressé de la vérité faisaient intrinsèquement partie de mon caractère. Et me voici impliqué dans une liaison qui fait du mensonge, de la ruse et de la dissimulation des nécessités presque quotidiennes – et je découvre à ma grande surprise que je n'y suis pas si mauvais que ça...

La nuit précédente, il était rentré chez lui à six heures du matin.

Il avait cependant téléphoné à Dagmar de la rédaction pour lui dire que Hans Bergling était venu en ville et qu'ils allaient fêter ça. Elle savait donc qu'il ne rentrerait pas tôt.

Dagmar fut heureuse et surprise par le cadeau.

– Est-ce un rubis?

– Non.

– Ah, ce n'est pas une pierre précieuse?

– Si, semi-précieuse. Les chimistes ont trouver un moyen d'amalgamer un grand nombre de minuscules rubis – si petits que séparément ils n'ont presque aucune valeur –, pour en faire un grand. Ça s'appelle un rubis « amalgamé ».

– Curieux, fit-elle. On ne peut donc pas le distinguer d'un vrai?

– Je ne sais pas, moi je n'y arrive pas.

Puis ils bavardèrent à bâtons rompus. De « tonton » Lundström et d'autres parents...

– Ça fait plaisir de te revoir de bonne humeur, dit Dagmar. Tu ne te rends pas compte à quel point tu as été revêche et impossible ces derniers mois. Et si un jour on invitait Bergling à la maison?

– Heu, oui... Un jour...

Il ajouta un instant plus tard :

– Hans Bergling est un individu bizarre. Seules l'intéressent dans ce monde la peinture et la boisson. Après avoir bu un verre ou deux, il se met à philosopher. Il ne supporte pas la compagnie des femmes, il ne sait pas se comporter en leur présence, il n'a aucune idée des expressions de la langue suédoise qui conviennent à une conversation avec les femmes, ni de celles qui ne conviennent pas. Pourtant, il est très courtois avec elles : il les salue si bas que ses épais cheveux noirs lui tombent sur les yeux, tandis que ses petites moustaches jaunâtres dégouttent de punch ou de whisky. Bref, c'est un original. Je doute qu'il se sente vraiment à l'aise dans notre milieu. De plus, en ce moment, il souffre de mégalomanie : il a réussi à vendre un tableau au banquier Steel. Il expose à la galerie Steelska! Ce n'est pas une bagatelle! Il vaut sûrement mieux que nous attendions que la première ivresse se dissipe pour l'inviter dans notre modeste demeure.

– D'accord, nous attendrons, dit Dagmar.

Juin fut doux et fleuri.

Le 2 juin, Arvid accompagna en taxi Dagmar, Anne-Marie, la petite Astrid et la bonne à la gare Centrale; elles allaient comme d'habitude passer l'été à Dalby, chez son père. Lui-même les rejoindrait plus tard, lorsqu'il aurait son congé. C'est du moins ce qu'il avait dit à Dagmar. Il avait promis à Lydia de trouver un prétexte pour rester en ville.

À la Pentecôte, il fit un voyage à Strängnäs avec elle. Ce n'était pas sans risque, mais ils n'en pouvaient plus de ces précautions. Il avait retenu par téléphone une chambre à l'hôtel de la ville au nom du peintre Bergling et de son épouse; néanmoins, un incident se produisit qui faillit leur être fatal. Le portier de l'hôtel le reconnut :

– Mais c'est monsieur Stjärnblom! s'écria-t-il avec un sourire.

Arvid chercha fiévreusement dans sa mémoire et se rappela que ce jeune homme devait être portier au *Nationalblad* dix ans auparavant.

– Vous êtes bien Oscar? Excusez-moi, j'ai oublié votre nom de famille...

– Larsson.

– Bien sûr. Dites-moi, monsieur Larsson, n'y a-t-il pas une chambre retenue au nom du peintre Bergling?

– Oui, en effet...

– Il m'a prié de vous dire qu'il a eu un empêchement au dernier moment. Mais nous pouvons prendre sa réservation.

– C'est parfait.

Au crépuscule, ils erraient par la petite ville. L'air était doux et humide. Il avait plu, mais de nouveau le temps s'était éclairci. Dans les jardins, les lilas et les merisiers répandaient leur parfum. Le clocher rude et austère de l'ancienne cathédrale se dessinait en noir sur le ciel clair de juin. Le Mälar s'étalait, calme, clair et lisse; sa surface vide reflétait le vide bleu du firmament.

Le lendemain, jour de Pentecôte, ils assistèrent à la messe solennelle. Pieusement, ils chantaient *Grand est Dieu dans le ciel.* Avec les paroissiens, ils avouaient, tête baissée : *Moi, pauvre pécheur...* Ils écoutaient le sermon. Un vieux pasteur vénérable – peut-être l'évêque lui-même, en raison de la fête –, parlait du Saint-Esprit descendu sur les apôtres. Il s'arrêta longuement sur la grandeur du miracle : les apôtres, ces pauvres ignorants, reçurent, grâce au Saint-Esprit, le don de parler les langues dont usaient les Parthes, les Mèdes et les Élamites, ainsi que les habitants de la Mésopotamie, la Judée, la Cappadoce, le Pont, l'Asie et la Pamphylie, l'Égypte et la Cyrénaïque, les étrangers de Rome, les Juifs et les prosélytes, les Crétois et les Arabes...

Arvid sentit la tête de Lydia peser sur son épaule. Il avait lui-même un peu sommeil. Il perçut cependant que le pasteur abordait les langues modernes :

– En tant que Chrétiens, nous ne pouvons nullement douter de la capacité du Seigneur tout-puissant de faire aujourd'hui le même miracle qu'alors, ou d'en faire un différent. Mais Dieu n'accomplit jamais de prodiges inutiles. Par l'intermédiaire du Saint-Esprit, il octroya aux apôtres le don de parler à tous les peuples pour communiquer la bonne parole. Cela n'a pu avoir lieu que grâce à un miracle – un miracle véritablement grand, vrai, riche de sens! Or, si un Suédois qui prêche des hommes et des femmes suédois, se met subitement à parler mésopotamien, il s'agira sans doute – à condition que ce soit *vraiment* du mésopotamien, une langue dont même les plus instruits n'ont qu'une maigre connaissance de nos jours – d'un miracle, mais d'un miracle dont le sens et la signification ne seront pas facilement discernables...

Peu à peu, Arvid lui aussi commença à dodeliner de la tête... La nuit précédente, ils n'avaient pas beaucoup dormi.

Le grondement puissant de l'orgue les réveilla. Abasourdis, ils se joignirent au chant :

« Esprit de Dieu, rends-moi l'espérance de la vie,
Rallume dans mon cœur l'amour avec la foi!
Que mon âme au péché cessant d'être asservie
N'ait plus d'autre désir que de garder la loi.

Esprit de force! En toi je puis, dans ma faiblesse,
Du monde et de l'enfer être rendu vainqueur!
Le péché me poursuit, il m'assiège, il me presse;
Viens combattre pour moi! Triomphe dans mon cœur!

Esprit de charité! Fais-moi sentir ta flamme,
Et du divin amour allume en moi le feu!
Viens, consumant le mal, purifier mon âme,
Pour en faire à jamais le temple de son Dieu!

Esprit consolateur, dans mes jours de souffrance,
Que ton puissant secours ne m'abandonne pas!
Ranime mon espoir, et que, plein d'assurance,
Je m'avance, joyeux, au-devant du trépas! »

Après la messe, ils admirèrent le tombeau de Sten Sture l'Ancien, les mules de l'évêque Rogger et quelques autres reliques historiques. Une fois sortis de la cathédrale, ils s'installèrent sur un banc à l'ombre de ses vieux murs en brique rouge. On enterrait un pauvre : un jeune pasteur pâle et bourgeonnant, suivi de quelques assistants modestement vêtus, passèrent devant eux. Le Mälar, calme et lisse, reflétait le ciel bleu, vide, sans un nuage.

– Dis-moi, demanda Lydia, quel est au juste le rôle du Saint-Esprit ?

– Ce n'est pas facile à expliquer en deux mots. Dans presque toutes les religions anciennes qui ont contribué à la formation de ce qu'on appelle aujourd'hui le « christianisme », on retrouve les traces d'une trinité, comprenant le père, la mère et l'enfant. Or, les « premiers chrétiens » étaient possédés par la haine et le mépris de la femme – pour des raisons que je ne me rappelle plus... Il leur répugnait de lui donner une place parmi les divinités. Sinon, la Vierge Marie, mère de Dieu, s'y serait sans doute retrouvée. Mais c'était une femme et donc hors de question. Il fallait pourtant recomposer la Trinité. Alors on a fait appel au Saint-Esprit : ça s'est passé lors d'un concile œcuménique. Voici les dernières *fashionable news* du royaume céleste : un pécheur meurt; il arrive au paradis, frappe à la porte et dit à saint Pierre : « Excusez-moi, en fait, je dois aller ailleurs, mais permettez-moi de jeter un coup d'œil par le judas. » « Volontiers », répond saint Pierre. Il lui indique les personnalités les plus importantes : « Celui-ci, c'est Dieu le père, celui-là, Jésus », etc. « Et là-bas, demande le pécheur, qui est ce monsieur, assis un peu à l'écart, qui a l'air si triste et mélancolique ? » « C'est le Saint-Esprit. » « Pourquoi a-t-il l'air si désolé ? » « C'est que, lui chuchote saint Pierre à l'oreille, il est en train de méditer sur le concile œcuménique de Nicée où, à la suite d'un vote, il a été promu à la troisième place dans la Trinité, avec une faible majorité et peut-être non sans fraude. Il est, soit dit entre nous, l'unique divinité qui le soit jamais devenue grâce à une élection. Ça le rend songeur. »

Lydia sourit :

– Je me souviens avoir été troublée par le Saint-Esprit quand je préparais ma communion solennelle. Après tout, Dieu le Père était un esprit, et un esprit saint, de même que le fils. À quoi servait alors un « saint esprit » en plus ?

– Peut-être qu'à l'époque les croyants n'arrivaient pas à se représenter le Père et le Fils comme des esprits sans corps. Et ce n'est pas certain qu'ils y parviennent aujourd'hui.

La verdure tendre de juin les encerclait, les campanules frissonnaient dans l'herbe, les abeilles bourdonnaient et les cloches de la cathédrale sonnaient le glas pour le mort qu'on venait d'enterrer.

Souvent, au crépuscule, ils restaient assis à sa fenêtre, chez elle; le bruit de la ville semblait si lointain qu'on entendait le vent souffler dans le feuillage des vieux arbres.

Un de ces soirs elle dit :

– Aujourd'hui j'ai rencontré celui que j'ai aimé.

Il ne répondit rien. Mais il lâcha la main qu'il tenait dans les siennes.

– Non, chuchota-t-elle, ce n'est pas pour te faire mal que j'en parle. Nous nous sommes rencontrés par hasard, nous avons fait quelques pas ensemble, en bavardant. Quand nous nous sommes quittés, je ne comprenais pas comment un jour j'avais pu l'aimer.

À ces paroles, une vague de joie, tel un afflux de sang, monta vers son cerveau. Mais cela ne dura qu'un instant. Presque aussitôt il devint songeur.

Ils se turent.

– À quoi penses-tu ? demanda-t-elle.

– À rien...

– C'est-à-dire à quelque chose que je n'ai pas le droit de savoir ?

– Je pensais à ce qui peut arriver. Mais ce qui n'est pas encore arrivé n'existe pas.

Elle l'interrogea du regard.

– Tu ne dois pas avoir des pensées si laides, si bêtes.

Ils s'unirent dans un baiser.

– Chante pour moi.

Elle alluma deux bougies posées sur le piano, s'assit et entama *O Sonnenschein* de Schumann.

Deux papillons de nuit entrés par la fenêtre ouverte, voltigèrent autour des flammes tant que dura son chant.

*

L'été avançait.

Un jour, Dagmar lui écrivit que son père à lui était malade. Cette dernière année, sa santé, jadis si robuste, avait chancelé, mais peu de temps auparavant il était encore debout. À présent il gardait le lit, et on doutait qu'il pût jamais se relever. Il avait soixante-quatorze ans, après tout.

Arvid se précipita chez Lydia avec la lettre.

– Ah, c'est toi ? s'étonna-t-elle en ouvrant la porte. Puis, avec une dureté dans la voix qu'il ne lui avait jamais connue : je t'ai pourtant demandé de ne pas venir ici sans me prévenir. Quelqu'un peut se trouver chez moi en visite, Ester Roslin ou quelqu'un d'autre.

Il se figea.

– Aujourd'hui, c'est particulier. Mon père est malade. Il va peut-être mourir. Je dois aller le voir.

– Assieds-toi, pria-t-elle, et excuse-moi de t'avoir parlé ainsi. Il ne faut jamais être dur envers ceux qu'on aime...

D'une main, elle lui caressa les cheveux.

– Est-il très malade ?

– Ça en a l'air. Il a soixante-quatorze ans, et jamais auparavant il n'a gardé le lit.

– Tu dois donc y aller. Quand pars-tu ?

– Demain matin.

Elle avait des larmes dans les yeux.

– Le rêve annonçait la vérité... murmura-t-elle comme pour personne.

Il la fixa, interrogateur.

– J'étais si heureuse, poursuivit-elle, à la pensée que nous passerions ce court été ensemble.

– Mais, chérie, on se reverra.

– Qui sait?

Il prit sa main et la passa sur ses yeux :

– Personne n'a pouvoir sur la vie et sur la mort. Cela mis à part, je ne connais rien qui puisse nous séparer.

Soudain elle s'effondra :

– Arvid, ne pars pas! Pas maintenant, pas demain matin! Attends un peu pour voir si c'est vraiment urgent. Je suis sûre que ta femme en rajoute pour t'attirer là-bas!

– Non, Lydia, non. Sa lettre est très simple, sans emphase. Le seul fait que mon père soit alité, démontre la gravité de la situation.

Longtemps elle ne dit rien. Puis elle se leva et alla à la fenêtre. Le ciel était légèrement couvert.

– Bon, finit-elle par dire, pars. Le devoir avant tout. Vas-y, pars! Adieu!

– Lydia, fit-il. Lydia?

Soudain, elle se radoucit. Elle se tourna vers lui :

– Non, nous n'allons pas nous séparer *comme ça...*

Les yeux pleins de larmes, elle noua les bras autour de son cou :

– Veux-tu passer cette nuit avec moi?

– Bien sûr.

Elle chuchota :

– Nous ne serons plus jamais – jamais! – comme nous avons été cet été. Quand tu reviendras, tu auras de nouveau ta femme et tes enfants avec toi. Tu as ton travail, tes amis, tes camarades, tout un monde qui m'est interdit. Le jour viendra où je te donnerai plus de soucis que de joie.

– Lydia, qu'est-ce que tu racontes là? Tu n'as pas tous tes esprits. Je m'en vais, mais je reviendrai; je t'aime, pourquoi ne s'aimerait-on pas toujours, toujours?

Elle sourit à travers les larmes :

– Bien sûr, toujours. Ou du moins jusqu'à demain matin!

Il retourna à la rédaction, prit les arrangements nécessaires, passa chez lui préparer ses bagages, dîna en ville et se rendit chez Lydia.

Le lendemain, il se leva trop tard pour attraper le train qu'il souhaitait prendre. Il dut partir par le train du soir.
Sur le pont du Chemin de fer, Lydia agitait son mouchoir.

Le vieux gisait sur son lit de mort; il le savait. Assis sur une chaise à ses côtés, Arvid échangeait de temps en temps quelques mots avec lui. La fenêtre restait ouverte. Dehors, entre les collines couvertes de sapins, coulait le Klarälv. Le docteur – un médecin de province, assez jeune, tout nouveau à ce poste et inconnu d'Arvid –, venait de partir. Il avait déclaré que la fin ne saurait tarder, quelques jours ou semaines tout au plus. Dans un coin, Dagmar travaillait à son ouvrage. Anne-Marie et la petite Astrid jouaient dans le jardin.

Les pensées du vieillard revenaient sans cesse à ce fils absent, parti vers des pays inconnus pour y disparaître sans laisser de traces :

– Crois-tu qu'il soit en vie?

– Difficile à dire, répondit Arvid.

Les filles, dehors, poussaient des cris de joie : leur demi-frère de neuf ans, Ragnar, apparut sur le chemin aux côtés du pasteur Ljungberg, son père adoptif. Ragnar, le grand frère, confectionnait pour les filles des bateaux en écorce et leur racontait des histoires.

Le pasteur entra. Arvid lui céda sa place près du lit.

– Comment ça va aujourd'hui, cher ami? Souffres-tu beaucoup?

– Je ne souffre pas, répondit le vieux.

– Je suis ici non pas en tant que directeur de conscience, mais seulement en tant que vieil ami. Quant aux fins dernières, nous en savons autant l'un que l'autre.

– Je ne pense pas aux fins dernières, objecta le vieux, mais aux vivants, à ceux que je laisse dans ce monde. Surtout à celui dont je ne sais s'il est vivant ou s'il est mort. J'ai peut-être été trop dur avec lui. À l'époque, j'étais certain d'avoir fait ce que je pouvais faire pour lui. Mais j'ai peut-être été trop dur.

Il ferma les yeux et sembla s'assoupir.

Lorsque la respiration régulière du vieillard confirma qu'il dormait, le pasteur dit à voix basse à Arvid :

– Je n'aurais jamais l'idée de venir exercer mon ministère chez un homme comme ton père. Il a toujours été son propre directeur de conscience. Il m'arrive pourtant de me rendre chez les pauvres paysans quand ils en sont à la dernière extrémité. S'ils me posent la question, je leur dis que l'enfer, ce n'est pas si grave que ça. Du reste, ils ne m'en savent pas toujours gré. L'un d'eux, mort il y a un an ou deux, en est devenu fou de rage : « Comment, moi qui me réjouissais tant qu'Olle Eric de Likenäs fût en enfer ! » L'année dernière, une vieille s'est confessée sur son lit de mort. Je peux en parler, car il ne s'agit pas d'un crime commis, mais d'un crime qui n'a pas eu lieu. Elle m'a avoué que, cinquante ans auparavant – à l'époque, elle avait une trentaine d'années et était mariée à un vieillard –, elle avait fort envie d'administrer à son mari une dose d'arsenic. Elle confessa ensuite – et c'est ça qui est important – que si elle ne l'avait pas fait, c'était *uniquement* par pour : de la hache du bourreau, si elle avait été découverte; de l'enfer, si elle ne l'avait pas été. Elle m'a demandé ensuite si elle allait être damnée à cause de ses pensées criminelles et de ses désirs.

– Qu'as-tu répondu ?

– Que personne n'évite tout à fait les pensées et les désirs criminels et que l'enfer existe plus pour les vivants que pour les morts. Alors elle s'est dressée dans son lit, blanche comme la craie : « Si seulement je l'avais su il y a cinquante ans quand Eric Pers de Ransby me pressait de l'épouser ! »

Arvid demeura songeur.

– D'après ta démonstration, l'enfer pourrait donc avoir une importance « morale » réelle pour ceux qui y croient.

– Rien n'est moins sûr. On n'a qu'à revenir deux ou trois siècles en arrière : à l'époque où pratiquement tout le monde y croyait, les gens péchaient tout autant qu'aujourd'hui, sinon plus. Je connaissais la vieille dont je t'ai parlé depuis des années et je peux certifier que c'était une brave femme, une excellente personne. À mon avis, ce qui l'a vraiment empêchée de commettre ce meurtre, c'est tout autre chose, qu'elle-même ne comprenait pas très bien, et que moi aussi j'ai du mal à définir. Il est toujours difficile de formuler ces notions. De trouver des mots pour l'essentiel, pour ce qui est décisif. En vieillissant, je m'en rends compte de plus en plus. Et puis, mon expérience me dit que des cas pareils sont extrêmement rares. Le plus souvent mes paroissiens considèrent l'enfer avec beaucoup de détachement sans que j'y sois pour beaucoup. Dans ces contrées, le paysan est souvent aussi intelligent que le pasteur. La dévotion recule. Les piétistes vieillissent et meurent, la plupart de leurs enfants désertent : leur enfance est si triste, si malheureuse... quand ils deviennent grands et peuvent en décider, ils se dédommagent...

Il se leva pour partir :

– Les Värmlandais sont des gens vifs et éveillés. Si l'on en croit un rapport de 1634, à cette époque déjà, presque tous les garçons et les filles de la région savaient lire et écrire. Ils ont un amour inné pour la musique, la danse et la chanson. Chez un peuple pareil, la dévotion et la crainte de l'enfer peuvent, de temps en temps, se déclarer comme des épidémies, mais elles ne poussent jamais de racines profondes.

Par la fenêtre ouverte, on entendait Ragnar qui chantait de sa claire voix d'enfant :

« On trouve encore dans la vieille Suède
la bravoure et des hommes vaillants,
aux bras d'acier, au cœur courageux,
à l'âme intrépide et ardente.

Des yeux bleus vous sourient
ça et là, dans les plaines fleuries,
tour à tour farouches comme la tempête en mer
et doux comme une larme sur la tombe. »

*

Depuis son départ, Arvid n'avait reçu qu'une seule lettre de Lydia. Mais ce court billet contenait une ligne, une phrase, qui lui donnait envie de ne s'en séparer jamais. Il l'avait constamment sur lui. Une fois seul, il la relisait sans cesse.

Or, ces deux dernières semaines, il n'avait rien reçu d'elle. Était-elle malade? Pourquoi ne répondait-elle pas à ses lettres? Chaque après-midi, le courrier arrivait, des journaux vieux de deux jours; il les parcourait fiévreusement en s'arrêtant avec angoisse à chaque annonce d'accident ou de mort. Une fois, terrassé par la panique, il lut le prénom « Lydia » dans une annonce de décès... Mais il s'agissait d'une petite fille de trois mois. Dans la même livraison, parmi les faire-part de mariage et les diverses annonces, il tomba sur ceci : « Passe devant ta fenêtre ch. matin. Si les pensées affectueuses pouvaient se materialiser, en ce moment ta chambre se remplirait de roses. Lydia. »

Il sourit : ce prénom semble loin d'être aussi rare que je le croyais...

Son regard glissa sur l'annonce placée juste au-dessous : « PROFESSEUR DE LYCÉE souh. ép. Dame cultivée (préf. institutrice) env. 30 ans, b. santé (y compris dents!), taille moy., aimt musique. Rép. av. photo, marquée " Suède 1908 " à... »

Pauvre diable, pensa-t-il, enterré sans doute dans quelque trou de province...

Un peu plus bas, une petite notification : « Je viendrai à 9 h. – S. »

Quelle mine pour un écrivain, ces pages d'annonces, combien de petites tragi-comédies, de nouvelles de Boccace et de contes de Maupassant! Mais je ne suis pas écrivain et je n'ai nulle envie de l'être... Tout plutôt que cela!

Il poursuivit sa réflexion.

Qu'est-ce que cette étrange double vie que je mène? Ça ne peut pas durer. J'aime une femme et je suis marié à une autre. L'autre, Dagmar, ne se doute de rien. Ce n'est pas une vie pour un homme. Ce genre d'existence serait, à la rigueur, excusable si j'étais écrivain, car on pardonne à peu près tout à un artiste. Nul ne sait pourquoi, mais c'est ainsi. Ces êtres-là ne sont pas entièrement responsables de leurs actes.

Il n'était pas totalement exempt d'une légère jalousie teintée de mépris, rarement notée et cependant fort répandue chez les journalistes à l'égard des poètes et des écrivains de renom. Ceux-là, quand ils condescendent à rédiger un article pour un journal, on les paie davantage pour leur nom que pour ce qu'ils écrivent. Ils sont au cœur des histoires et des ragots, on fête leurs anniversaires et jubilés, et ils planent dans des sphères élevées, au-dessus de la morale commune. Ils se livrent à des « expériences » pour trouver « matière à écrire » et servent ensuite leurs trouvailles indigentes et banales agrémentées de la sauce appropriée pour faciliter la digestion de leur public...

Non, vraiment, pensa-t-il, je mène l'existence d'un artiste. Et je n'en ai pas le droit; je suis un être humain, un homme, et nullement un artiste! C'est insupportable, c'est contraire à ma nature. Je ne peux plus vivre dans cette dissimulation quotidienne vis-à-vis de celle que j'ai promis d'aimer pour le meilleur et pour le pire. Je n'ai pas tenu ma promesse, je l'ai déjà rompue. Il faut avouer. La convaincre que chacun doit suivre son chemin, qu'il faut se séparer. Je dois mettre de l'ordre et de la clarté dans ma vie; je ne peux pas supporter cette existence dédoublée...

À ce point de son raisonnement, il dut s'arrêter. Les détails, la dimension pratique de l'affaire, ce qu'il dirait à Dagmar, l'aspect financier – loin d'être le plus facile –, tout s'embrouillait en un écheveau dont il ne parvenait pas à saisir le fil.

Arvid jouait avec un crayon. Devant lui, sur le bureau, se trouvait une feuille de papier. Ses pensées suivaient Lydia et il essaya de dessiner son profil de mémoire. Le croquis lui parut à la fois ressemblant et non ressemblant. Il effaça, corrigea, redessina. Enfin, il eut l'impression d'avoir réussi : c'était elle, Lydia, vivante, pareille à elle-même!

Il rangea le dessin dans son agenda et sortit faire sa promenade du soir le long du fleuve. Il avait plu toute la journée, mais le temps s'était un peu dégagé. La Branäsberg, sombre montagne hérissée de sapins, se reflétait dans le flot transparent et rapide.

Il songeait à Lydia.

Où est-elle? Que fait-elle? Joue-t-elle du Beethoven dans la solitude du crépuscule? Se promène-t-elle sur un des chemins qu'ils avaient suivis ensemble? Est-elle assise à sa fenêtre fixant le vide?

Il sortit le portrait qu'il venait de dessiner et l'examina.

Non, ça ne lui ressemblait pas. Comment avait-il pu penser que c'était elle? Absolument pas. C'était une étrangère. Il froissa la feuille, en fit une boule que le courant emporta.

*

On était déjà début septembre. Les journées étaient nuageuses et humides, les soirées, longues et noires.

Il semblait que le vieillard allait s'en tirer. Après avoir passé un jour ou deux dans un état proche de la léthargie, il se réveilla un après-midi. Il prononça quelques phrases courtes, à peine audibles, mais il parla. Il plaisanta même :

– De l'endroit où je me trouve, dit-il à Eric, je vois que la Grande Ourse avance à reculons, comme d'habitude. Par rapport à elle, je progresse – comme le mouvement est relatif!

Quant à Arvid, il lui chuchota :

– Mon petit garçon, je crains que tu ne sois faible avec les femmes. En soi, ce n'est pas déshonorant pour un homme. Mais cela peut l'abaisser. Entraver sa carrière, lui barrer la route.

Il dit cela en regardant les étoiles et comme en passant, comme s'il n'attachait pas d'importance à ces paroles. Personne, à part Arvid, ne les entendit.

Vers dix heures, il se rendormit, sa respiration devint lente et profonde.

Eric resta près de lui; les autres partirent se coucher. Peut-être s'assoupit-il dans son fauteuil.

Quand la maison se réveilla le lendemain matin, le vieil homme était mort.

L'automne vint, froid et humide.

Un jour d'octobre, au crépuscule, Arvid Stjärnblom remontait Drottninggatan en rentrant chez lui. Il songeait à Lydia. Après la mort de son père, il avait reçu une lettre d'elle, brève et assez conventionnelle; on pouvait en déduire que ses pensées la menaient très loin de lui, mais rien n'obligeait à faire de telles déductions. Il n'était pas allé la voir; elle tenait beaucoup à ce qu'il ne vînt jamais sans la prévenir. Il lui avait cependant envoyé un billet notifiant son retour.

Depuis, quelques semaines s'étaient écoulées.

Deux fois, au crépuscule, il était passé par le cimetière de l'église Saint-Jean et avait regardé sa fenêtre. La première fois elle était noire, la seconde il y brillait une faible lumière.

Il marchait et se posait des questions. Elle s'était peut-être lassée de sa vie indépendante et solitaire. Elle était presque toujours seule : à part lui, elle ne voyait que Mlle Ester Roslin... Elle s'ennuyait peut-être de son ancienne maison, de sa fille, de son époux, si savant et si sage? Elle leur avait peut-être rendu visite au cours de l'automne, mais ne voulait pas lui en parler?

Il était arrivé au coin de Tunnelgatan. Il l'avait toujours considérée comme la rue la plus sinistre de Stockholm.

En dépit de cela, il s'engagea dans le passage sombre, étroit, sale et puant à cause des brasseries, des moulins à tabac et autres établissements du même genre. Il déboucha sur l'ouverture du tunnel de Brunkeberg, monta les escaliers, sortit dans Malmskillnadsgatan, tourna à gauche et se retrouva entre les anciennes tombes et les arbres dégarnis du paisible cimetière.

Non, il n'y avait pas de lumière à sa fenêtre.

Il éprouva une soudaine répugnance à rentrer dîner à la maison. D'un bureau de tabac à Malmskillnadsgatan il téléphona à Dagmar et lui annonça qu'il prendrait son repas en ville avec des amis.

Quand il ressortit, il tomba face à face avec Lydia.

L'espace d'une seconde, ils restèrent muets d'embarras.

– Es-tu monté chez moi ?

– Non, dit-il. Ce serait contraire à notre accord. Mais je passais par le cimetière pour voir s'il y avait de la lumière à ta fenêtre.

Elle ne répondit pas tout de suite. Cheminant côte à côte, ils regagnèrent le cimetière en silence.

– Dis-moi, fit-elle enfin. Est-ce vrai que je compte encore pour toi ?

– As-tu besoin de le demander ?

Elle se taisait.

– Étais-tu à Stockholm pendant mon absence ? demanda-t-il un instant plus tard.

– Bien sûr. Où aurais-je pu être ?

Ils pénétrèrent dans une sombre allée latérale et s'arrêtèrent dans l'ombre de l'ancien campanile de bois peint en rouge. Elle rejeta la tête en arrière sous son baiser.

Reprenant ses esprits, il ajouta :

– Je pensais que tu étais peut-être retournée voir ton ancienne maison.

Elle eut un pâle sourire :

– Non. Je ne l'ai pas fait.

Le vent agitait les feuilles mortes.

– M'aimes-tu encore un peu ? demanda-t-il.

Elle avait les yeux pleins de larmes :

– Un peu, peut-être.

Elle lui prit la tête entre les deux mains et chercha son regard :

– Mais toi, tu ne devrais pas m'aimer autant. C'est peut-être bête de ta part.

– Bien sûr, c'est bête. Soudain, il sentit une folle joie l'envahir. Dans cette vie il ne nous reste qu'un seul plaisir : faire des bêtises !

Elle ne se laissa pas gagner par sa bonne humeur. Grave, le regard absent, elle se taisait.

Il dit :

– J'allais rentrer pour dîner, comme d'habitude. Mais sans m'en rendre compte, je me suis retrouvé ici à regarder ta fenêtre. Il n'y avait pas de lumière. Je n'ai plus eu envie de rentrer. S'il y avait eu de la lumière aurais-je davantage eu envie de rentrer ?... Quoi qu'il en soit, j'ai téléphoné à la maison, du bureau de tabac à Malmskillnadsgatan, et j'ai prévenu que je souperais en ville avec des amis. Tant pis pour ce souper. Montons-nous chez toi ?

Elle semblait soupeser quelque chose de très important ; le silence se prolongea.

– Non. Non, pas maintenant. Pas aujourd'hui.

– Pourquoi ?

– Je ne peux pas te le dire comme ça, à la hâte. Mais tu le sauras.

Il demeura confondu, déconcerté.

– Ah bon, balbutia-t-il, il me faut donc trouver un endroit pour manger...

– Oui, il le faut...

Ils se séparèrent après une légère poignée de mains.

Il prit son repas au *Continental*. Le hasard voulut qu'il eût la table qu'il appelait en lui-même « la table de Lydia ». Ensuite, il alla ailleurs et rencontra des amis et des connaissances. Au *Rydberg*, il tomba sur Markel et Henrik

Rissler. Ce dernier lui inspirait une légère antipathie qu'il n'arrivait pas à s'expliquer. Il n'en avait jamais laissé rien paraître et lorsque Markel l'invita à s'asseoir à leur table, il ne se fit pas prier.

– Mon noble ami, dit Markel à Stjärnblom, tu ignores probablement que Henrik Rissler a changé de métier : il est devenu explorateur. Lors d'une expédition à Copenhague, il a découvert un nouveau whisky qui porte le nom de « Cheval blanc » – White Horse. Tu vas m'aider à le déguster; Rissler l'a déjà introduit ici.

– Pour moi, tous les whiskies ont plus ou moins le même goût, dit Stjärnblom. Je n'ai pas eu l'occasion de devenir expert en la matière.

– Il va falloir que tu te lèves tôt le matin pour te perfectionner, remarqua Markel. Mais – il se tourna vers Rissler –, quelle est donc ton histoire de l'affût aux lièvres?

– Êtes-vous aussi chasseur? demanda Stjärnblom à son tour. Je l'ignorais!

– Pas du tout. À l'âge de douze ans, j'ai réussi à tuer un écureuil avec une fronde. Il a été touché, mais quand j'ai voulu le prendre, il m'a fichu un tel coup de griffe, que j'ai dû le lâcher. N'étant pas en mesure de vaincre un écureuil, je me suis par la suite abstenu de tenter de rivaliser avec l'empereur Guillaume qui, selon Tolstoï « se postait à l'affût derrière un poteau pour surprendre un lièvre ». L'autre jour pourtant, j'étais invité à un dîner et j'avais pour voisine de table une propriétaire terrienne, une célèbre chasseresse. Elle me demanda : « Y a-t-il de bons affûts aux lièvres, chez vous à l'Östermalm? » Je répondis : « Oui, il y en a un excellent, au croisement des rues Karlavägen et Jungfrugatan. » J'eus l'impression que ça la rendait un peu rêveuse et notre conversation s'arrêta là. Plus tard dans la soirée, je reçus une gentille remontrance de la part de la maîtresse de maison parce que j'avais entretenu une dame de sujets scabreux! Elle croyait que j'avais voulu dire une indécence! Elle s'attendait peut-être à ce que je répondisse : « Hélas, non, madame, nous n'avons pas d'affût au lièvre à Östermalm ! »

– Je soupçonne tout de même, remarqua Markel, que tu avais choisi « Jungfrugatan » [1] pour susciter chez la dame certaines associations inconscientes; ce qui expliquerait le malentendu.

Arvid écoutait distraitement. Ses pensées étaient ailleurs. Lydia. Qu'était donc cette chose dont elle ne pouvait lui parler « comme ça, à la hâte », mais qu'il « allait savoir »? Qu'est-ce que ça signifiait? Elle avait l'air si grave...

Il sursauta : quelqu'un trinquait avec lui. C'était Rissler.

– À la vôtre, répondit Arvid. À propos, j'ai souvent eu envie de vous poser une question. Si vous la trouvez trop indiscrète, vous n'êtes pas obligé d'y répondre. Y a-t-il une expérience vécue derrière votre premier livre?

– Aucune. Il s'agissait de choses que je désirais et craignais à la fois. C'est probablement pour cela qu'il paraît plus véridique que tout ce que j'ai écrit par la suite.

– C'est ça, intervint Markel. Le mensonge est plus vraisemblable quand il est gratuit. Alors que la vérité est souvent si incroyable qu'elle paraît inventée.

– Exactement, fit Rissler. Pourtant, dans ma vie privée, cette vraisemblance eut de bien tristes conséquences. À l'époque, j'étais amoureux d'une jeune fille. J'ignore ce qu'elle pensait de moi, je n'ai jamais osé la questionner là-dessus. Un soir, après une conférence d'Olof Levini à l'École des hautes études, je la raccompagnai jusqu'à sa porte et lui demandai ce qu'elle pensait de mon livre. Elle ne l'aimait pas du tout, me répondit-elle. J'en conclus qu'elle ne m'aimait pas non plus, et nous nous quittâmes assez froidement. Ce n'est que très longtemps après que je compris ce qui s'était passé : elle avait cru, bien entendu, que le livre était une « confession ». C'était l'histoire d'un jeune homme qui séduisait deux jeunes filles et signait un

1. Littéralement : rue des Vierges.

faux papier pour une somme ridicule de trois cents couronnes; elle ne pouvait donc pas avoir une bonne opinion de lui... Du reste, les critiques ne doutèrent pas un instant que chaque mot du roman ne fût la pure réalité. Qui aurait cru cela de la part de ces vieux renards? Et pourtant c'est ainsi. Que peut-on alors exiger d'une jeune fille de vingt ans?

Rissler avala une grande gorgée de punch et poursuivit :

– Le principal reproche que j'adresse à Strindberg, c'est d'avoir habitué le public à se demander pour chaque nouveau roman : « Qui est celui-ci, qui est celui-là, et celle-ci, et celle-là, et combien y a-t-il de " vrai " dans tout ça? » Il a habitué le lecteur à l'idée qu'aujourd'hui nul écrivain n'est capable d'inventer une histoire. Depuis, écrire des romans et des pièces de théâtre est devenu un enfer. Je n'en puis plus. Je composerais volontiers un opuscule pour dire ce que je pense de cette vie, à condition que ce soit à la première personne, sans passer par des personnages, sans trompe-l'œil ni fioritures. Les romans et les pièces de théâtre – le diable les emporte! Du reste, il n'y a qu'une forme d'existence digne de l'homme : ne rien faire.

Ils discutèrent le phénomène Strindberg. À minuit, Arvid Stjärnblom se leva :

– Excusez-moi, il faut que j'aille au journal voir les télégrammes de cette nuit. Le prince Ferdinand de Bulgarie a transformé le titre de Caesar à la manière slave : tsar. Je ne crois pas que ça veuille dire grand-chose, mais on ne sait jamais... Bonsoir!

Lorsque le lendemain matin il arriva à la rédaction, il trouva une lettre de Lydia dans son courrier. Il déchira l'enveloppe :

« Arvid.

Pendant ton absence, je me suis donnée à un autre. Ce n'était pas de l'amour, ce n'était pas non plus " autre chose "; je ne sais pas moi-même ce que c'était. Après ton départ, je me suis sentie si seule, abandonnée de Dieu et du monde entier. Je t'imaginais avec ta femme, sans cesse, c'était devenu insupportable; j'ai cherché un remède. Peut-être était-ce aussi le désir de savoir si je pouvais intervenir dans le destin d'une personne.

Tout est fini; c'était déjà fini avant ton retour. Je ne crois pas que tu me repousseras pour cela. C'est à toi de décider pourtant.

Je voulais que tu le saches avant que nous nous revoyons. Je n'aurais jamais pu l'avouer de vive voix.

Lydia. »

Il demeura pétrifié, la feuille à la main.

Non. Ça ne pouvait pas être vrai. Ce n'était pas possible.

Non. Je rêve. Elle a inventé cette histoire pour me mettre à l'épreuve. C'est ça. Quand on se reverra, elle me regardera dans les yeux : « Chéri, comment as-tu pu croire un seul instant que c'était vrai ? »

Non, ce serait pire, encore plus cruel. D'ailleurs, la lettre parle pour elle-même.

C'était donc vrai. Vrai et clair.

Soudain, il eut un haut-le-cœur. Il fourra la lettre dans sa poche et se précipita aux toilettes. Il vomit.

Assis devant son grand bureau, il s'abîmait dans ses pensées. Son regard glissait, sans les voir, sur les titres des grands quotidiens : *Times*, *Le Matin*, *B.Z. am Mittag*...

Son premier mouvement fut de ne pas répondre. Mais il ne se croyait pas assez fort pour en supporter les conséquences : ne plus jamais aller chez elle. Jamais plus. *Nevermore*. Non, cette idée lui paraissait proprement insupportable. Impensable, elle ôtait tout espoir de continuer à vivre.

Il déplia la lettre pour la relire.

« ... je me suis donnée à un autre pendant ton absence... t'imaginais avec ta femme, sans cesse... »

« Peut-être était-ce aussi le désir de savoir si je pouvais intervenir dans le destin d'une personne. »

Qu'est-ce que ça signifiait ? Le destin de qui : le mien ou celui de l'autre ? Bien sûr qu'on peut toujours intervenir dans le destin d'une personne. N'importe quel bandit peut le faire. Et il se peut qu'il soit plus difficile de s'en abstenir.

« ...donnée à un autre... »

Non, il n'y a pas de réponse à renvoyer à ce billet. S'il me reste la moindre étincelle d'honneur, je le jette à la poubelle et je ne la revois plus, je ne la reconnais plus dans la rue !

Et pourtant... *Nevermore*. Jamais plus... Passer devant elle comme un étranger devant une étrangère... Sans même la saluer...

« ... t'imaginais avec ta femme, sans cesse... insupportable... »

Il comprit : le salut! Le pont à jeter par-dessus le précipice. Le moyen de se réconcilier.

Elle l'avait trahi par jalousie! Donc par amour. Pourquoi ne pas tirer un trait sur toute cette histoire?

Il prit un stylo et écrivit :

« Lydia.

J'ai trahi et je suis trahi. J'ai trahi ma femme avec toi et toi avec ma femme. Il ne manque plus que ma femme me trahisse, et même alors je n'aurai pas le droit de me plaindre. Naturellement, j'avais imaginé que ce qui se passait entre toi et moi était quelque chose de particulier, d'exceptionnel, au-dessus des lois mesquines de la réciprocité. Naturellement, lorsqu'un jour de septembre j'enterrais mon vieux père dans le petit cimetière de notre église, je ne m'attendais pas à ce que tu passes ton temps en aventures galantes. Mais il faut s'y faire. Il faut prendre les choses telles qu'elles sont, même si quelquefois on en est un peu surpris; il faut que je t'accepte telle que tu es. Je viendrai te voir demain soir à 9 h. si tu m'accordes l'honneur de me recevoir.

Mais permets-moi, ma petite Lydia, de te faire remarquer ceci : quand il est question des amants d'une femme, on a coutume de recourir à l'arithmétique des aborigènes australiens : on compte jusqu'à trois; tout ce qui est audessus, c'est « beaucoup ».

Arvid. »

Il relut la lettre avant de l'envoyer. Ce ton ironique et dótaché n'exprimait guère ses sentiments réels, mais puisqu'ils se refusaient à toute expression, il laissa la lettre telle quelle et l'expédia.

Puis il relut encore celle de Lydia, en s'attardant de nouveau sur les mots :

« Peut-être était-ce aussi le désir de savoir si je pouvais intervenir dans le destin d'une personne... »

Le lendemain à neuf heures, il se trouvait au cimetière de l'église Saint-Jean, le regard levé vers sa fenêtre. Une faible lumière brillait. Il monta les quatre étages et sonna. Personne n'ouvrit.

Il sonna de nouveau. Personne ne vint.

Il sonna pour la troisième fois. Personne.

Il alla dans un bistrot et se soûla la gueule.

Lorsque plus tard dans son existence Arvid Stjärnblom repensait à cette période, l'automne 1908, il la qualifiait de « tunnel ». Il avait l'impression de suivre un long et sinueux passage qui se rétrécissait tant que, à la fin, il était obligé de ramper. Il ne voyait aucune issue, pas le moindre rayon de lumière. Du coup il s'était senti vieux. Il avait l'impression de vieillir d'un an à chaque jour qui passait.

Le lendemain du soir où il avait en vain sonné à la porte de Lydia, il reçut d'elle un court billet :

« Arvid. Excuse-moi de ne pas t'avoir ouvert hier soir. Je venais de recevoir ta lettre peu auparavant et je n'avais nulle envie de te rencontrer. Une femme qui a des « aventures galantes » sur la conscience ne peut rien représenter pour toi.

Je m'attendais à des reproches, mais pas de ce genre. Maintenant je veux être tranquille. Ne cherche pas à me revoir.

Lydia. »

Blême, terrassé, il fixait les mots fatals.

Le jour s'écoula, et ce n'est qu'au soir qu'il réussit à se ressaisir et à répondre.

« Lydia. Ma lettre précédente ne peut te donner aucune idée de ce que j'ai éprouvé en lisant cette phrase : " Pendant ton absence, je me suis donnée à un autre "! J'ai eu un malaise. J'ai dû me précipiter aux toilettes, ta lettre à la main. Et j'ai vomi.

Quand j'ai rédigé ma réponse, une ou deux heures s'étaient écoulées. Je m'emporte facilement, mais je ne suis pas mesquin et, en t'écrivant, je t'avais déjà pardonné. Qui suis-je pour te juger? Simplement, je ne comprends pas pourquoi tu as si mal pris l'expression " aventures galantes ". Comment appelles-tu cela? Ce n'était pas de l'amour, m'as-tu dit. Dans ce cas, ça s'appelle " aventures galantes ", je n'y peux rien. "Je m'attendais à des reproches ", écris-tu. Encore heureux que tu ne t'attendisses pas à des compliments!

Sois sûre d'une chose : tu ne me verras plus devant ta porte comme un misérable mendiant de l'amour. J'en ai assez.

Arvid. »

Au bout de deux jours, longs comme l'éternité, sa réponse arriva.

« Arvid. Je te remercie pour ton " pardon ", mais je n'en ai que faire. Tu ne me verras pas en Madeleine repentie.

Je m'attendais à des reproches, oui, mais pas à cette ironie sur des aventures galantes et l'arithmétique australienne.

Jamais, jamais je n'aurais cru que tu pouvais m'écrire de la sorte.

Lydia. »

Pâle d'amertume, il lut la lettre, la chiffonna et la jeta au feu.

Courbé comme un vieillard, les yeux baissés, il marchait dans les rues, en se rendant au journal ou en rentrant chez lui. Il évitait ses connaissances, évitait de s'arrêter pour leur parler. Un jour, il se rendit compte qu'il avait ainsi croisé Lydia, sans voir son visage, sans la saluer. Mais ce n'était que par fatigue, par sourd désespoir. Il ne parvenait pas à lever le regard et à soulever son chapeau. Il lui semblait également que cette vaine cérémonie entre deux êtres qui avaient été si proches et qui s'étaient tant éloignés l'un de l'autre, n'avait pas d'importance.

Il passait des nuits blanches. De terribles visions et des cauchemars hantaient son demi-sommeil. Il la voyait sans cesse devant lui : nue, avec un homme inconnu, nu également. L'étranger avait une tête, mais pas de visage. Arvid gémissait. Souvent, Dagmar se réveillait et lui demandait s'il était malade.

La pensée qu'il allait bientôt mourir le poursuivait et il s'en réjouissait. Il ne voyait guère d'autre façon de dénouer l'écheveau embrouillé de son existence. Il ne songeait pas au suicide au sens premier du terme, car il avait contracté une assurance et possédait un reste de sollicitude pour les siens. Mais il avait trouvé un moyen d'en finir qui, du point de vue juridique, ne serait pas considéré comme un suicide. Au cours de l'hiver – qui ne tarderait pas –, avec la neige et les nuits froides, il s'achèterait une bouteille d'eau-de-vie – de l'eau-de-vie ordinaire – et prendrait un chemin menant hors de la ville; à l'orée de quelque forêt, il viderait la bouteille, ou en boirait autant qu'il pourrait, et se coucherait dans la neige. De ce sommeil il ne se réveillerait sans doute jamais.

Pendant la journée, il marchait comme un somnambule. À la rédaction, c'était un automate. À la maison, il se montrait taciturne et revêche. Loin de l'avoir rapproché de Dagmar, sa rupture avec Lydia la lui rendait encore plus étrangère et indifférente que jamais. Tout ce qu'elle entreprenait l'agaçait. Il ne l'avait jamais aimée avec passion; néanmoins ils s'étaient toujours « bien entendus ». C'était différent à présent : elle était devenue l'obstacle vivant à la réalisation de son rêve. Il sentait même qu'il s'éloignait de ses filles, Anne-Marie et la petite Astrid. Il les caressait distraitement, il écoutait distraitement leur babillage. Un jour qu'il berçait Astrid sur son genou, il fut surpris de sa propre pensée : Que deviendras-tu, ma chérie, quand tu seras grande ? Une Dagmar qui prend un homme au piège et se retire chez elle avec sa proie, ou une Lydia qui séduit un homme après l'autre, sans trêve, jusqu'à ce que la vieillesse ou la mort mettent fin à ses entreprises ?...

Il était certain d'une chose : celui à qui elle s'était « donnée » – quel qu'il fût –, ne l'avait pas séduite, mais l'avait été lui-même. Une autre de ses certitudes : « il » était plus jeune que lui, peut-être même plus jeune que Lydia ; il ne savait pas très bien d'où elle lui venait. Il n'avait pas la moindre idée de l'identité de cet homme. Et c'est peut-être pour cela qu'il lui apparaissait avec une tête sans visage dans ses visions nocturnes.

Parfois, poussé par une force plus puissante que sa volonté, il se retrouvait au cimetière de l'église Saint-Jean. Là, il s'arrêtait souvent devant la tombe de Döbeln et demeurait un bon moment à la fixer, à relire l'inscription sur la dalle :

BARON
GEORG CARL VON DÖBELN
Les batailles de Porosalmi, Sikajoki,
Ny Carleby, Lappo et Juutas
témoignent de son courage dans la défense de sa
Patrie.

Et au-dessus, dans le cercle qui entourait ses armes de noblesse :

HONNEUR – DEVOIR – VOLONTÉ

De nouveau, il levait les yeux vers la fenêtre de Lydia. Une faible lumière y brillait.

Novembre passa. Les ténèbres grignotaient chaque jour un peu plus la ville prisonnière de l'hiver.

Par une journée de décembre, peu avant Noël, il reçut des livres de chez le relieur. S'y trouvait *L'Iliade* dans la vieille traduction de J.F.R. Johansson.

Toute une histoire s'y rattachait; en fait, il était destiné à Lydia. Au début de l'été – cette période courte et heureuse, mais à présent morte et lointaine, comme si elle n'avait jamais existé –, leur conversation était tombée sur *L'Iliade.* Elle ne l'avait jamais lu, mais en avait très envie. Par un heureux hasard, il l'avait déniché quelques jours plus tard chez un bouquiniste. Il l'avait acheté pour lui offrir; mais l'édition, ancienne, jaunie et loqueteuse, avait besoin d'être remise en état. Il venait de la recevoir : deux volumes reliés en cuir gris clair rehaussé de simples vignettes dorées sur le dos : un heaume, une lyre.

Les lui enverrait-il après ce qui s'était passé? Elle pourrait y voir un prétexte à rapprochement, une façon de mendier son amour.

Pourtant, il l'avait promis. Il en fit un paquet et l'expédia par commissionnaire.

Le jour même, il la croisa à Drottninggatan à la tombée de la nuit. Elle s'arrêta et lui tendit la main :

– Merci pour les livres.

– De rien...

Ils tournèrent dans une rue latérale.

– Que tu aies pris la peine de me les envoyer...

Il ne répondit pas tout de suite. Il luttait contre un sanglot. Il ne fallait pas qu'elle s'en aperçût.

Quand il crut pouvoir parler sans que sa voix tremblât, il répondit :

– Ce sont tes livres. Je les avais achetés cet été. Mais le relieur vient juste d'achever son travail.

Il y eut un silence.

– Bon, fit-elle enfin, je vais rentrer. Adieu.

– Adieu.

Le lendemain, il la rencontra de nouveau à la même heure et presque au même coin de rue, dans le même crépuscule d'un après-midi d'hiver, sous la neige mêlée de pluie. En se croisant, ils échangèrent un salut bref et glacé.

Le soir du même jour, il lui écrivit une lettre.

« Lydia.

Ça ne peut plus durer. Je me rends.

Je ne te comprends pas, mais cela viendra avec le temps. Tu as été si profondément offensée par mes lettres du mois d'octobre. Si j'avais rassemblé les mots les plus violents, les plus grossiers de la langue suédoise pour te les jeter à la figure – je ne l'ai pas fait, je n'en ai même pas éprouvé la tentation –, *si* je l'avais fait, cela n'aurait pas contrebalancé cette seule petite ligne de ta lettre : " pendant ton absence, je me suis donnée à un autre ".

Mais tu te sens blessée, et je te demande pardon. Tu es toute ma vie. Je ne puis imaginer l'existence sans toi. Je ne puis imaginer que désormais nous nous croiserons dans la rue comme deux étrangers.

Tu n'avais que faire de mon pardon. Tu t'en es moquée. Mais je veux avoir le tien! Pardonne-moi!

Arvid. »

Il rédigea cette lettre quelques jours avant Noël.

Il n'y eut pas de réponse.

*

Enfin la neige tomba, la veille même de Noël.

Arvid Stjärnblom était en congé. Dès le matin, il prépara des petits cadeaux de Noël pour Dagmar, les enfants et la bonne. Jadis, pour chaque paquet, il composait des vers de circonstance. Cette année, il n'inscrivit que les noms.

Depuis la fin de la matinée, il errait sous la neige blanche et légère qui tombait sans discontinuer.

Au coin d'une rue, il échangea un bref salut avec Philippe Stille :

– Joyeux Noël, dit Philippe.

– Merci, toi aussi... Et bonjour à ta femme!

Depuis quelques années, Philippe Stille était marié à Elin Blucher. Ils n'avaient pas d'enfants. Ils n'en avaient pas les moyens, lui avait expliqué Philippe à quelque occasion...

Place Gustave-Adolf, il rencontra Henrik Rissler; par distraction, il faillit soulever son chapeau, mais se rattrapa à temps et fit un signe de tête. L'autre soir, ils étaient passés au tutoiement. Depuis, c'était comme si Rissler lui était devenu un peu moins antipathique.

– Joyeux Noël! dit Henrik Rissler.

– Merci, toi aussi...

– Viens prendre un punch au *Rydberg*!

– Pourquoi pas...

On leur attribua une table avec vue sur la place.

– Par un temps pareil, la façade du château royal offre une jolie toile de fond, dit Stjärnblom.

– Oui, mais celui qui n'a pas connu cette façade avant la restauration, il y a dix ou douze ans, ne l'a jamais vue. Il faudra un siècle pour qu'elle retrouve sa beauté.

Silencieux, ils observaient le jeu des ombres, dehors, les passants qui s'arrêtaient pour échanger des vœux.

– Dans une de tes nouvelles, dit Stjärnblom, tu cites Shakespeare : « Trop attardé dans ce monde, je ne trouve plus le chemin de la maison »; d'où vient cette citation?

– *Antoine et Cléopâtre*, répondit Rissler. Quand il composa cette pièce, il était épris d'une dame brune, *the dark lady*. Il a cependant fini par retrouver le chemin de sa maison, le chemin qui l'a conduit dans ce trou de province où il était né et où il voulait mourir. Il a même eu le temps d'acquérir une demeure, quelques terres et un titre de noblesse des plus insignifiants, de sorte qu'après avoir mené une vie de comédien et d'auteur mal famé, il est descendu dans la tombe en homme respectable.

Arvid fixait le jeu des ombres, dehors. Là-bas passait Lidner, le col du manteau relevé.

Kaj Lidner, un collaborateur de la section politique étrangère, qui connaissait le russe, était un jeune homme profondément mélancolique d'environ vingt-cinq ans. Au printemps dernier, il avait confié à Stjärnblom qu'il n'attendait qu'un prétexte convenable pour mettre fin à ses jours. Très pauvre, il avait du mal à percer, mais il ne considérait pas cela comme un « prétexte convenable ». Il se déclarait nihiliste et anarchiste. Arvid se souvint qu'une fois – le dimanche de la Pentecôte à Strängnäs? – il en avait parlé à Lydia. Quand il avait mentionné ses idées de suicide, elle avait remarqué : « Des paroles en l'air, sans doute! Mais il a un joli nom. Kaj Lidner. Ça sonne bien... »

Il s'abîma dans ses rêveries, d'où il fut tiré par Rissler :

– C'est tout de même curieux, cette condamnation de Wicksell! Un professeur d'économie qui, déjà dans sa jeunesse, a fait de la prison pour « blasphème », connu pour son amour quasi pathologique de la vérité, récidive brusquement et tient devant un public de jeunes socialistes une conférence au cours de laquelle il fait quelques plaisanteries, un peu osées, sur la virginité de la Vierge Marie.

Les journaux ne rapportent même pas ses propos, uniquement qu'il a dit des cochonneries. Et voilà qu'une demi-douzaine de folliculaires, dont pas un seul – je ne fais pas d'exception pour l'ami Krigsberg – n'a plus de sensibilité religieuse que la girouette d'une église, se mettent à vociférer que ça passe les bornes, que le coupable doit être traîné en justice et condamné! Et effectivement, il est jugé et *condamné*! Qu'est-ce que c'est que ces tribunaux? Selon la loi, pour être poursuivi, il faut avoir provoqué un « mécontentement général ». Or il n'a provoqué aucun mécontentement au sein de son public – au contraire, les jeunes socialistes jubilaient! Il a provoqué le « mécontentement général » de Krigsberg et quelques autres! Ou plus exactement, Krigsberg et quelques autres se sont chargés de provoquer le mécontentement général! Et Wicksell a été condamné!

– Oui, fit Arvid, c'est curieux en effet...

– Au fait, comment te sens-tu au *Nationalblad*? Maintenant qu'Olof Levini est mort, que le Pr Löök lui a succédé, que von Gurkblad et Torsten Hedman sont trop célèbres pour écrire dans les journaux? Ils ne signent plus au *Nationalblad*. Markel est passé au *Dagens post*, en face, dans la même rue. Et son successeur s'appelle Krigsberg! Doncker, le seul de l'équipe de 1897, est toujours à bord! *Aber die Katz' die Katz' ist gerettet*[1].

– Oui, dit Stjärnblom, il y a eu pas mal de changements depuis 1897. Il faut cependant que je m'en aille. Tu restes?

– Oui, un peu. Au revoir. Non, attends : le Pr Löök, n'a-t-il pas écrit un papier sur Pascal, l'autre jour? Qu'il était un apôtre du doute ou quelque chose du même genre? Il a hérité Pascal d'Olof Levini. C'est vraiment tout ce qu'il a hérité de lui. Alors que Pascal, si on en croit la biographie écrite par sa sœur, n'a pas douté un seul instant d'aucune

1. « Mais le chat, le chat, est sauvé. » Allusion à un poème de H. Heine dans *Romanzero* (1851).

des « vérités sacrées ». Sa constitution maladive et délicate le prédestinait à la religion. En même temps c'était un enfant prodige en mathématiques et en physique, ce qui explique le rôle qu'il a joué en tant qu'apologiste. Quand un prêtre ordinaire fait l'éloge de notre Seigneur, personne n'y prête attention : c'est son métier. Mais quand l'éloge vient de mathématiciens et de savants tels Pascal, Newton et Swedenborg, les partisans de « notre Seigneur » ne manquent jamais d'en tirer profit!

Arvid Stjärnblom errait dans les rues, sous la neige.

Le dîner était encore loin. Chez eux, la veille de Noël, on ne se mettait pas à table avant sept heures. Il alla au *Café du Nord* manger un morceau.

Un poète et deux comédiens se groupaient autour d'une table près de la fenêtre. Arvid, qui se trouvait à proximité, entendit le poète conter l'histoire de son amour de jeunesse :

– Ça se passait au début des années soixante-dix. Je brûlais d'amour pour une jeune fille, vendeuse de cigares à Näckströmsgatan; nous nous entendions vraiment bien. Mais voilà qu'un autre poète surgit et me la prend, un poète propriétaire d'une grosse bourse et d'une pelisse de fourrure! C'était Edvard Bäckström! Eh bien, je l'ai laissée tomber. Un soir, cependant, je la rencontre par hasard, et nous faisons ensemble un bout de promenade vers Skeppsholm; il y avait un splendide clair de lune. Je lui reproche son infidélité. Tout à coup, elle saute sur le parapet et ouvre ses bras : « Je jure que de toute ma vie je n'ai aimé un autre que toi! » À ces mots, elle se jette à l'eau!

– Et toi, tu t'y précipites pour la repêcher, sans doute? demanda un de ses interlocuteurs.

– Bah, répondit le poète, après tout, je l'avais déjà eue! Néanmoins, je me mets à plat ventre sur le quai; d'une main je m'agrippe à l'anneau de fer et tends l'autre à la fille. Puis je l'installe dans un fiacre et l'amène chez sa maman. Tandis que je rends compte de l'affaire, Edvard Bäckström arrive, enveloppé dans sa foutue pelisse. La vieille me désigne : « Ce jeune homme a sauvé Lydia ! » Edvard Bäckström esquisse un geste vers son portefeuille. Alors, je lui lance : « Monsieur Bäckström, je suis poète moi aussi ! » Et je m'en vais !

Arvid écoutait, songeur. « Lydia ». Il y avait donc une Lydia dans les années soixante-dix... Eh oui, il y en a toujours eue, il y en aura toujours. Elle est éternelle comme la nature.

Il errait à nouveau sous la neige qui tombait sans discontinuer. Une impulsion le poussa vers le cimetière de l'église Saint-Jean. Il en avait honte, mais ses pas l'y menaient contre son gré. Il se retrouva devant le tombeau de Döbeln à fixer l'or terni de l'inscription :

HONNEUR – DEVOIR – VOLONTÉ

Sans qu'il sût comment ni pourquoi, ses pensées allèrent à Kaj Lidner. « Ça sonne bien », avait-elle dit. Il avait été si irrégulier dans son service durant l'automne, ce Kaj Lidner. Les dernières semaines on l'avait à peine vu. Il se disait malade, et il en avait l'air. Doncker avait parlé de le licencier. Il avait glissé devant la fenêtre du *Rydberg* comme l'ombre d'une ombre, tout à l'heure.

– Arvid.

Il se retourna : Lydia.

– J'ai cru te reconnaître de ma fenêtre. Mais je n'étais pas sûre.

Il se taisait.

Elle chuchota :

– Viens chez moi.

Il hocha la tête :

– Non. Tu as trop tardé. Tu m'as fait souffrir trop cruellement, et trop longtemps.

– Pardonne-moi, murmura-t-elle. Viens, maintenant que je t'en prie. Je suis si seule, si désespérée. C'est la dernière fois que je t'en prie.

Il la suivit.

Assis à la fenêtre, ils regardaient la neige tomber.

Ses yeux semblaient agrandis par les larmes.

– Dis-moi... Tu as écrit dans ta lettre que tu voulais savoir si tu avais le pouvoir d'intervenir dans le destin d'une personne. Qu'est-ce que cela voulait dire?

– Oh, rien...

– N'importe qui possède ce pouvoir. On devrait pourtant en user avec prudence, n'est-ce pas?

– Peut-être. Laissons donc la neige tomber sur tout cela!

– Oui, laissons la neige tomber.

Joue contre joue, ils regardaient dehors. La neige tombait.

Il reconnut *L'Iliade* posé sur la table et demanda :

– L'as-tu commencé?

– Non, mais tu peux me lire un passage.

Il prit un des volumes, le second, le feuilleta, trouva le chant quatorze et lui lut les pages où la belle Junon aux yeux lumineux emprunte la ceinture de Vénus pour séduire Jupiter afin de l'intéresser à ses projets politiques :

« Vénus, au doux sourire, lui répond :
" Il n'est ni permis, ni convenable de vous refuser,
vous dans les mains de qui repose le grand Jupiter. "
Elle dit, et elle détache de sa poitrine sa ceinture
diversement brodée : là se trouvaient tous les attraits,
là c'est l'amour, là c'est le désir, là c'est les douces paroles
qui surprennent et dérobent le cœur même des plus sages.

Junon monte légèrement sur la cime du Gargare
qui est le sommet le plus élevé de l'Ida.
Jupiter, le roi des nuées, l'aperçoit, et aussitôt l'amour
s'empare de son cœur prudent, comme le jour où

pour la première fois, ils s'unirent dans les embrassements mutuels,
à l'insu de leurs parents. Il se tint debout devant elle,
et lui parla ainsi : " Junon, où allez-vous ainsi loin de l'Olympe ?

– – –

Présentement viens dans mes bras;
car jamais déesse ou femme n'a répandu dans ma poitrine
un si violent amour... " »[1]

Le soir s'approchait. La neige tombait toujours. Lydia se leva, lui caressa les cheveux, prit le livre et le posa sur la table.

– Viens, dit-elle.

Elle entra dans sa chambre et alluma deux bougies devant le miroir. Lentement, silencieusement, elle commença à enlever ses vêtements.

La nuit d'hiver descendit sur les arbres du cimetière. Les deux flammes devant le miroir brillaient, immobiles et sereines.

Soudain, on sonna à la porte. Ils se dressèrent dans le lit et écoutèrent. On sonna de nouveau. Ils retinrent leur souffle. Après un long silence, on sonna pour la troisième fois.

Il chuchota :

– Aie au moins la gentillesse d'éteindre les bougies. Ça lui évitera de voir la lumière à ta fenêtre quand il rejoindra le cimetière et se retournera...

Elle répondit :

– Oh, il a déjà dû voir que c'est allumé. Ça vaut mieux ainsi. Mieux vaut qu'il comprenne une fois pour toutes que je suis perdue pour lui.

Et elle laissa les bougies.

1. Traduction française par Mme Dacier (1699).

Toujours dressée dans le lit, elle écoutait. Mais on n'entendit plus rien.

– Dis-moi, que signifie « Até »?

Il réfléchit un instant.

– Até est une divinité grecque, une divinité mineure. Une personnification de la destinée. Une déesse du malheur. On la considérait comme l'incarnation de l'aveuglement tragique. Pourquoi demandes-tu cela?

– Peu importe...

Le menton au creux de sa main, elle fixait le vide.

Allongé, les yeux fermés, il réfléchissait. Pourquoi cette question? C'est peut-être « lui » qui l'avait appelée ainsi. Dans une lettre, qui sait... Il se souvint d'avoir aperçu, en entrant, une enveloppe qui traînait sur la table et qu'elle avait vite rangée dans un tiroir. Kaj Lidner réapparut dans ses pensées.

Lidner n'excellait pas seulement en russe, il était également très versé dans la langue grecque...

– Dis, répéta-t-il, pourquoi cette question sur Até?

Le regard dans le vide, elle se taisait.

Le lendemain de Noël, Arvid Stjärnblom reprit son travail à la rédaction. Toutes les conversations des employés tournaient autour de l'événement : la veille même de Noël, Kaj Lidner s'était tiré une balle dans la tête dans le parc de Haga. Le lendemain, on avait découvert son corps recouvert de neige sur les marches du temple d'Écho.

L'enterrement suivit de près le décès. Les collaborateurs du journal firent tous acte de présence et le Dr Doncker prononça un petit discours.

Le soir, Arvid se rendit chez Lydia. Il y alla sans prévenir, mais il croyait devoir le faire.

Elle ouvrit, pâle.

– Ah, tu es venu. Je n'osais pas te le demander. Je craignais trop un refus.

Ils s'installèrent chacun sur sa chaise devant le feu presque éteint. Les yeux secs, elle fixait les braises.

– Es-tu allé à l'enterrement? chuchota-t-elle.

– Oui.

Il nota qu'elle évitait de nommer le mort par son nom.

Ils se turent longtemps. Puis il dit sans la regarder :

– C'était donc lui.

Elle baissa la tête en silence.

Recroquevillée sur sa chaise, elle paraissait si petite, si pâle. C'était comme si elle voulait se cacher, disparaître.

– Comme il a eu raison! murmura-t-elle. J'aurais souhaité faire comme lui.

Il attira sa tête contre sa poitrine, lui caressa la joue et les cheveux :

– Lydia, murmura-t-il, ma petite Lydia...

Le barrage qui retenait ses larmes céda enfin; elle pleura doucement.

– Qu'ai-je fait? sanglotait-elle. Il était si gentil...

– Oui, oui. Mais il y a beaucoup de gentils garçons, et tu ne peux pas jouer avec tous...

Blottie contre sa poitrine, elle s'abandonna à son chagrin.

V

Plus près de Toi, mon Dieu!

Ce fut une période de calme et d'apaisement.

La neige tomba, abondante. Elle était la bienvenue pour Arvid et Lydia. Cet hiver-là, ils avaient besoin de plus de neige que d'habitude.

Il lui semblait qu'elle s'était enfin apaisée, qu'elle ne « cherchait » plus. Elle paraissait si *petite* cet hiver et se montrait plus que jamais tendre et affectueuse. Il l'aimait toujours plus et se croyait aimé d'elle; certains instants dans leurs rapports rendaient cette illusion excusable... Pourtant, il ne songeait plus à divorcer, ni à briser sa famille à cause d'elle. Chaque fois que sa réflexion esquissait un pas dans cette direction, le souvenir de ce qui s'était passé ressurgissait – malgré toute la neige tombée... Il laissa les événements aller, s'abandonnant au provisoire.

De son côté, jamais, par aucune parole ni allusion, elle ne laissait entendre qu'elle envisageait de devenir sa femme. Au contraire.

– Je ne me remarierai jamais, dit-elle un soir qu'ils étaient assis à la fenêtre. *Une* fois, c'est assez. Et même trop!

Il finit par s'habituer à son étrange existence double, telle qu'elle était à présent établie.

Et l'hiver passa, et le soleil revint, et la neige fondit et ce fut de nouveau le printemps.

*

Dans la lumière rose du crépuscule, ils erraient à côté l'un de l'autre, un soir, entre les tombeaux du Nouveau cimetière. Lydia avait acheté une petite couronne de primevères à une vieille pauvresse qui les vendait à l'entrée. Elle voulait la déposer sur la tombe de Kaj Lidner. Mais ils ne réussirent pas à la trouver dans cette grande ville des morts, tellement plus peuplée que la petite ville des vivants. Finalement, elle laissa la couronne sur la tombe de son père.

Ils parlaient des morts qu'ils avaient connus et Arvid évoqua le nom d'Olof Levini :

– Il y a plusieurs années, il m'a invité chez lui, et aujourd'hui encore je regrette d'avoir été pris ce jour-là. Nul autre que lui ne faisait preuve de tant de délicatesse, d'égards et de camaraderie envers nous, gratte-papier subalternes. Il était à l'aise dans presque tous les domaines, à l'exception du problème de l'Union. Un jour, il me dit : « Comprenez-vous pourquoi ces Norvégiens se décarcassent tant ? » « Oui, lui répondis-je, pour faire appliquer le premier paragraphe de leur constitution, celui qui proclame que la Norvège est un " royaume libre et indépendant ". La politique extérieure norvégienne est conduite par notre ministre des Affaires étrangères, responsable uniquement devant notre parlement. Cela s'appelle " autonomie ", et non pas " souveraineté ", ni " indépendance ". Même si notre ministre des Affaires étrangères fait de son mieux, comme je l'espère, cela n'arrange rien : nous, les Suédois, nous serions peu fiers si notre politique extérieure était subordonnée, par exemple, au ministre des Affaires étrangères de la Russie, même s'il s'en acquittait comme l'ange du bon Dieu. » « Ah bon, c'est vraiment comme ça ? » répliqua-t-il.

– On prétend, dit Lydia, que sa mort fut un suicide dû à un amour malheureux. Qu'en penses-tu ?

– Je n'étais pas son intime, mais je n'y crois pas. Il était artiste. J'ai passé du temps à étudier cette race et j'en suis arrivé à la conclusion que, dans l'histoire de la littérature mondiale, on pourrait à grand-peine citer l'exemple d'un artiste – authentique et important –, qui se soit suicidé à cause d'une déception amoureuse. Ces gens-là disposent d'autres ressources : ils peuvent se délivrer de leur souffrance dans un cycle de poèmes, un roman, une pièce. Le « cas » Werther est typique. Après avoir connu, dans sa jeunesse, un amour embrouillé, Goethe compose un roman qui se termine par le suicide du héros. À l'époque, ce livre a provoqué une véritable épidémie de suicides – malheureusement pas parmi les écrivains! J'ignore le sentiment que cet événement a inspiré au vénérable Goethe, probablement une joie triomphale d'avoir aidé l'humanité à se débarrasser d'un seul coup de tant d'individus inaptes à la vie! Lui-même continuait tranquillement la sienne; il est devenu conseiller à la cour, puis ministre, il a vécu terriblement vieux et a connu une fin digne et bienheureuse. Olof Levini est mort par accident, purement et simplement. S'il avait voulu mettre fin à ses jours, il n'aurait pas choisi d'avaler un verre de gargarisme qui n'a d'effet toxique que dans des cas rarissimes. Il souffrait d'une grippe accompagnée d'une forte fièvre, et dans un moment de délire, assoiffé, il a *bu* le gargarisme. Comme par hasard, il était précisément allergique à ce produit, par ailleurs anodin. Un autre à sa place n'aurait rien eu.

Elle marchait en silence à ses côtés dans le rose pâlissant du crépuscule printanier.

– Les artistes, poursuivit-il, sont une espèce à part; je te conseille de t'en méfier! C'est une race robuste, qui se sert de ses faiblesses comme d'un déguisement. Un artiste survivra à un coup de massue qui assommerait un homme ordinaire. Non qu'il soit insensible à la douleur, mais elle ne lui fait pas de mal, au contraire : il la transpose dans son œuvre et en tire profit! Regarde Strindberg. Ce n'est pas ce qui lui est arrivé qui est l'origine de tout ce qu'il y a de maladif, d'affreux et de trouble dans ses écrits. Il semble y croire, mais c'est faux. Au contraire, ce qu'il y a de maladif, d'affreux et de trouble dans sa propre nature, explique la façon dont il a vécu et senti. Quel homme ordinaire – qui d'autre qu'un grand écrivain –, aurait pu se tirer à si peu de frais de ce dont *lui* a fait l'expérience, et en sortir indemne? Non seulement indemne, mais raffermi! Les souffrances qu'il a endurées lui ont *servi* : de matière, d'aliment, de remède. De santé, presque! Je l'ai croisé l'autre jour, en allant à la rédaction, et je ne connais aucun autre homme qui, la soixantaine passée, ait l'air aussi frais, aussi robuste et heureux.

Lydia avançait à ses côtés, les yeux légèrement plissés. Le soir pâlissant virait au bleu.

Elle dit :

– Tout de même, peut-être aimerais-tu être artiste...

– Je veux être un être humain et un homme. Je ne veux pas être artiste si ça dépend de moi!

Elle marchait, rêveuse, la tête baissée.

– Mais *si* tu étais écrivain, pourrais-tu faire comme Goethe, Strindberg et tant d'autres, moins grands, pourrais-tu faire de la « littérature » avec ce qui un jour a été ta propre vie, ta réalité, ton bonheur et ton malheur? Le pourrais-tu?

– Jamais.

Leurs regards se rencontrèrent, graves et intenses.

Il ajouta après un instant de silence :

– Je ne crois d'ailleurs pas qu'il soit possible, même pour un écrivain, de faire de la littérature avec son amour tant que cet amour possède encore une étincelle de vie. Il faut qu'il soit parfaitement mort avant qu'il puisse l'embaumer.

Ils cheminaient en silence.

– Puisque tu ne veux pas être artiste, reprit-elle, que voudrais-tu être?

– Je n'ose pas te l'avouer, tu vas te moquer de moi.

– Oh non! Tu n'as rien à craindre. Vas-y, dis-le, que voudrais-tu être?

– Ce n'est pas facile à formuler. Je voudrais être quelque chose qui sans doute n'existe pas. Je voudrais être « l'âme universelle ». Celui qui sait et comprend tout.

Il faisait de plus en plus sombre. En ville, les réverbères s'allumaient.

Les années passèrent.

Abdul Hamid fut déposé à Constantinople, à peu près à la même époque où le diable partagea ce même sort lors d'une réunion à la Maison du peuple de Stockholm, sous l'approbation enthousiaste d'une partie du clergé [1]. Le beau-frère aîné d'Arvid, Harald Randel, était du nombre. Pour le pasteur Randel, Dieu était une sorte de personnage folklorique, imposant et édifiant, dont les gens, y compris lui-même, pouvaient encore tirer beaucoup de réconfort et de force. En revanche, le diable lui apparaissait irrécupérablement démodé. Naturellement, il ne le proclamait pas du haut de sa chaire, car il faisait partie des jeunes ecclésiastiques libéraux qui appliquaient le conseil du professeur Vitalis Norström [2] : « Grâce à une simple modulation de *ton*, on peut abolir beaucoup de notions désuètes, depuis longtemps vouées à la disparition. » Le shah de Perse abdiqua; le tsar et la tsarine de Russie rendirent visite à Gustave V à Stockholm; un socialiste radical, qui rata l'occasion de les assassiner, tua par dépit un général suédois...

1. Allusion au débat qui eut lieu en février et mars 1900, suscité par la publication de l'ouvrage sur le christianisme de A. Nyström, et qui déboucha, entre autres, sur un appel à « dédiaboliser » l'Église, à rejeter le « dogme du diable ».

2. Philosophe et théologien suédois (1856-1916).

Les hommes apprirent à voler! Blériot traversa la Manche en aéroplane!

Le janvier de l'année suivante vit apparaître une terrible comète suivie d'une longue queue. Un soir, Arvid et Lydia l'observèrent depuis la colline de l'Observatoire. Plus tard, dans la même année, le Portugal chassa son jeune et charmant roi et se proclama république; un énorme nuage noir se leva du côté du Maroc : les grandes puissances montraient les dents, mais personne n'osait mordre le premier!

Au cours des deux dernières années, pendant ses moments de loisir, Arvid Stjärnblom avait travaillé à une monographie sur Chopin. À l'automne 1910, enfin achevée, elle fut publiée, enrichie d'une vaste iconographie. Bien accueillie par les mélomanes, elle bénéficia même d'une seconde édition.

– Que veux-tu que je t'écrive comme dédicace? demanda-t-il à Lydia en lui apportant le volume.

– Ce que tu veux, mais prends un crayon, afin que je puisse l'effacer si Ester veut un jour l'emprunter.

Il écrivit : « Pour ce pauvre Chopin qu'elle pianote, / Lydia mériterait une calotte! »

Il pouvait se permettre cette boutade : ils étaient si bons amis qu'elle tolérait même la plaisanterie, une qualité si rare chez les femmes. En réalité, elle jouait très bien.

Le même jour, en soirée, ils allèrent ensemble à l'Opéra. On donnait *Carmen* avec Mme Claussen. Ils éprouvaient tous les deux un amour presque fanatique pour cet opéra. Bien entendu, leurs places n'étaient pas voisines : elle occupait un fauteuil devant lui. Et ils ne se parlerent pas à l'entracte.

Après la représentation, il devait retourner au journal, mais il la raccompagna d'abord chez elle. Comme tant de fois auparavant, ils s'arrêtèrent à l'abri de l'ancien campanile. Par cette nuit mouvementée d'automne, la lune, blême et malade, naviguait entre des lambeaux de nuages. Le vent agitait le feuillage clairsemé des arbres.

Ils se taisaient.

– En ce moment, dit-il, le pauvre José doit être déjà pendu.

– A-t-il été pendu?

– Oui, dans la nouvelle de Mérimée.

Elle devint rêveuse :

– Peux-tu comprendre un homme qui tue une femme parce qu'elle ne l'aime plus?

Il répondit :

– Elle lui a quand même gâché sa pauvre vie. Elle en a fait un déserteur et un bandit. C'est d'ailleurs très bien vu : au début de la dernière scène, il ne songe pas du tout à la tuer; ce n'est pas pour cela qu'il est venu. Mais elle l'y pousse, elle se moque de lui, elle le provoque. Elle lui crache au visage; l'amour qu'elle éprouve pour un autre, elle s'en sert comme d'un fouet. Quoi d'étonnant à ce qu'il voit rouge! C'est un homme simple, pas un « artiste ». S'il en avait était un, Carmen ne serait pas morte sous son couteau et lui aurait évité la potence. Les artistes ont d'autres ressources. D'autres soupapes et portes de secours.

Il ajouta avec un sourire :

– Un jeune poète, très doué d'ailleurs, et une jeune comédienne avaient été fiancés pendant un temps, mais avant-hier les fiançailles ont été rompues. Aussitôt le poète rendit publique la rupture, avec ses tenants et ses aboutissants, par un poème dans le *Nationalblad*!

Lydia sourit :

– Je sais, je l'ai lu.

Il l'accompagna jusqu'à sa porte et ils se séparèrent sur un léger baiser.

Il s'attarda quelques instants au cimetière pour voir la lumière à sa fenêtre. Elle s'alluma, mais disparut aussitôt : Lydia avait baissé les stores.

Car elle s'était enfin procuré des stores.

De nos jours, se dit-il, depuis que l'homme a appris à voler, on en a besoin même si on habite un quatrième étage donnant sur le cimetière de l'église Saint-Jean.

*

Cette année-là, pour la première fois depuis la séparation, Lydia passa Noël dans sa famille.

« Ici, rien n'a changé, écrivit-elle dans une lettre. Comme autrefois les bouvreuils s'assoient sur les branches givrées devant ma fenêtre. Comme autrefois, après le dîner, je joue un peu pour Markus dans le salon à demi obscur. Ma fille a grandi et est devenue très mignonne. Markus est gentil et prévenant, mais il ne parle pas beaucoup. Il a tant vieilli ces dernières années. »

L'hiver passa, le printemps revint. Au début de l'été, Arvid se permit une escapade : un court voyage à Copenhague et Lübeck avec Lydia. Ils firent un tour de manège au Tivoli, à Copenhague; ils restèrent sur le pont sous la claire nuit estivale lors de la traversée en bateau à vapeur jusqu'à Lübeck. Ils passèrent la matinée dans la petite et amusante Travemunde où des cigognes, debout sur une patte, méditaient sur les bords sableux de la Trave. Au crépuscule, ils se promenèrent dans les ruelles sinueuses de l'ancien Lübeck, burent du vieux vin du Rhin dans les caves voûtées du XIVe siècle, passèrent sous les deux tours penchées de la cathédrale, au toit de cuivre vert-de-gris, en craignant presque qu'elles ne leur tombent sur la tête, tant elles étaient penchées! Ils s'embrassèrent dans l'embrasure de la fenêtre, dans cette même salle de l'hôtel de ville où, presque quatre cents ans auparavant, le jeune Gustave Eriksson avait fait de son mieux pour mener en bas allemand les pourparlers avec les conseillers lübeckois dont il avait réussi à tirer ce qu'il voulait.

À l'automne 1911, Arvid Stjärnblom publia un nouveau livre. Avec pour titre *États et Nations* il tombait bien. Il examinait la situation de la Suède sur le plan international, ses ressources et ses perspectives pour le proche avenir. Certaines des idées exprimées remontaient aux années de lycée à Karlstad et elles conservaient leurs couleurs. D'autres étaient plus récentes. À cette époque précisément les Suédois furent saisis d'une curiosité inquiète pour leur avenir – et en l'espace de quelques semaines le livre connut trois réimpressions.

Cette année-là, toutes les entreprises d'Arvid furent couronnées de succès; il en ressentait à la fois une surprise et une inquiétude. Il s'interrogeait : suis-je donc un tricheur puisque tout me réussit si bien?

Brusquement, il était devenu un « nom ». Pas une célébrité, mais une plume intelligente avec laquelle on devait composer. Un peu plus tard, il griffonna également une pièce de variétés pour la fin de l'année qui fut acceptée par le directeur du plus grand théâtre national. La première eut lieu au théâtre Gustave le jour de l'An. Le succès entraîna même la critique. Arvid ne songea pas une seconde à prendre la réussite à son compte : le mérite en revenait à Ture Törne, l'extraordinaire jeune comédien et chansonnier; son humour contagieux et sa belle voix firent sans doute l'essentiel. Les connaisseurs des années quatre-vingt le comparaient à Sigge Wolf et le jugeaient même supérieur. On reconnaissait pourtant au texte une originalité due avant tout au fait que, à la différence de ses concurrents, son auteur n'avait pas fait de stage à Berlin. En revanche, il avait emprunté quelques procédés à l'Emil

Norlander [1] d'Athènes, Aristophane. Mais nul ne le remarqua.

Cette année aussi, Lydia passa Noël dans sa famille. Mais le séjour fut court : pour le jour de l'An elle était de retour à Stockholm et put partager l'anxiété et la joie d'Arvid. Ils étaient assis sur l'avant-scène, derrière une grille. Dagmar se trouvait dans un fauteuil d'orchestre en compagnie de ses frères, Hugo, Harald et de leurs épouses.

Quelques jours plus tard, en traversant la place Jacob, il rencontra Harald Randel, le pasteur, qui le félicita d'avoir écrit une revue sans grivoiseries de mauvais goût. Arvid en conclut que les grivoiseries qui s'y trouvaient étaient dans le goût du pasteur.

*

À la fin du mois de janvier, assuré que le succès serait ample et durable, Arvid Stjärnblom donna un souper à la Cave de l'Opéra pour Ture Törne et cinq ou six autres comédiens de la troupe. Ture Törne chantait Bellman – Arvid l'accompagnait au piano –, Emil Sjögren et d'autres choses encore. Il était irrésistible.

Prenant Arvid à part, il lui dit :

– Je mène une vie d'enfer ! J'ai un métier exécrable ! Je suis dégoûté de jouer ! Je ne veux pas être comédien ! *Écrire* des pièces de théâtre, voilà ce que je veux. Être écrivain ! Et je le serai ! Tu verras. Tu verras !

Ture Törne avait vingt-quatre ans.

Le mois précédent Arvid Stjärnblom en avait eu trente-sept. Il répondit :

– Cher ami, tu souffres d'une malédiction courante chez les jeunes gens – Henrik Rissler l'a d'ailleurs décrite dans

1. Écrivain suédois (1865-1935), célèbre au début du XXe siècle pour ses « revues » annuelles.

un de ses livres : aussi longtemps qu'on est jeune, on n'ose pas montrer son vrai visage. On se croit obligé de porter un masque. Tu es un acteur et un chanteur par la grâce de Dieu, mais tu voudrais être écrivain. Crois-tu vraiment que ce soit tellement mieux?

Un petit matin de la fin de février, Arvid Stjärnblom rentra chez lui après un service de nuit. À sa grande surprise, il trouva Dagmar debout, habillée. Elle arpentait le salon et ne répondit pas à son salut.

– Qu'y a-t-il? demanda Arvid. Tu ne te sens pas bien?

– Il y a une lettre pour toi, dit-elle en indiquant la table.

C'était une carte postale sous enveloppe. Il le vit immédiatement : elle venait de Lydia. Il la décacheta; elle contenait une seule phrase : « Demain je ne peux pas. Lydia. » La carte à la main il se figea, surpris et un peu vexé. Il existait un accord entre eux qu'elle avait jusqu'à présent respecté : ne jamais envoyer à son adresse personnelle rien qui pût arriver l'après-midi ou le soir quand il était habituellement absent.

– Alors? Qui est Lydia? Et qu'est-ce qu'elle ne peut pas demain?

– Tu l'as donc lue?

– Oui. Ce n'était pas compliqué : je l'ai tenue contre la flamme de la bougie. Je me demande quelle épouse ne l'aurait pas fait à ma place!

Elle adopta une pose tragique, la tête levée et les bras croisés sur la poitrine. Dans sa première jeunesse elle avait rêvé de théâtre et pris des leçons chez une tragédienne de renom.

Le silence se prolongea. On n'entendait que le tic-tac de la pendule.

– Eh bien, fit-il enfin, tu connais maintenant la vérité.

– Tu imagines peut-être, énonça-t-elle avec un sourire qu'elle voulait à la fois ironique et dédaigneux, que je vais accepter que tu aies une maîtresse?

– Non, petite Dagmar, pas un instant je n'ai imaginé, ni souhaité que tu l'acceptes. Au contraire, je désire vivement que tu ne l'acceptes pas et que tu demandes le divorce le plus vite possible. Je ferai tout ce que je peux pour te le faciliter.

Le sourire dédaigneux s'évanouit avant qu'il eût terminé la phrase.

– Le divorce? balbutia-t-elle. Qu'est-ce que tu dis là? Je n'ai pas parlé de divorce...

– Ma petite Dagmar, visiblement, tu n'as pas bien compris de quoi il s'agit. J'en aime une autre...

Elle ne l'écoutait pas.

– Le divorce, répétait-elle, pourquoi chercherais-je le divorce? Tu m'as trompée et c'est bien vilain de ta part. Mais ce n'est pas si grave qu'on ne puisse le pardonner. Les hommes sont des hommes, après tout.

– J'ai bien peur que dans le cas présent ce soit impardonnable. Le pardon implique le repentir et l'expiation. Or, je ne puis promettre ni l'un ni l'autre.

Elle le fixait, interdite, ahurie. Soudain, elle s'effondra. Elle se jeta en sanglotant sur le sofa et enfouit sa tête dans un coussin. Ce n'était plus de la pose, ni du théâtre. Une pauvre femme se désolait et souffrait, et un homme se désolait de sa souffrance.

Il s'assit sur le bord du sofa et lui caressa les cheveux.

– Ne pleure pas, petite Dagmar, ne pleure pas comme ça! Je ne vaux pas tant de larmes. Je ne peux pas te demander pardon dans le sens que tu donnes à ce mot. Mais je te demande pardon de t'avoir fait mal. Tous les deux nous avons peut-être à nous faire pardonner avant de nous séparer.

Elle se redressa :

– Qu'est-ce que tu insinues ? On t'a raconté des choses sur moi ?

– Non, rien du tout. Je pensais à ces « fiançailles secrètes ». Tu savais très bien que je ne voulais pas me marier. Tu m'y as entraîné par ruse. Et une vie conjugale qui commence de cette façon sera toujours boiteuse. Nous sommes arrivés au dernier acte. Il nous reste à nous pardonner mutuellement et à nous séparer en amis.

Épouvantée, elle fixait le vide :

– Ne dis pas des paroles si terribles. Nous séparer ; pourquoi nous séparerions-nous ? Pourquoi ne peut-on pas rester comme avant ? Au fait, qui est cette Lydia ?

– Ça ne peut plus être comme avant. Depuis que tu connais la vérité, ce n'est plus pareil. Tu as dit toi-même que tu n'accepterais pas que j'aie une « maîtresse ». Comment veux-tu que ça reste comme avant ?

Elle pleurait ; elle sanglotait et elle pleurait.

– Mon Dieu, gémissait-elle entre ses sanglots, pourquoi ai-je lu cette maudite lettre ! Si je ne l'avais pas lue, rien ne serait arrivé !

– Ma petite Dagmar, ce n'est pas la peine de te désoler. De toute façon, ça ne pouvait durer éternellement. Tout a une fin. Nous nous sommes trompés l'un l'autre, et nous ne pouvons plus vivre ensemble. Maintenant, il est tard, bientôt quatre heures, disons-nous bonne nuit et essayons de dormir, si nous le pouvons.

Il voulut se retirer, mais elle le retint :

– Dis-moi seulement une chose : qui est cette Lydia ?

– Petite Dagmar, comment peux-tu imaginer que je réponde ?

– Crois-tu que je ne la connais pas ? C'est certainement une de ces garces qui jouent dans ta revue. C'est Mme Carnell !

Mme Carnell, qui avait un rôle secondaire dans la pièce, se prénommait Lydia. Elle frisait la cinquantaine et n'était pas une beauté, même pour son âge.

Il ne put s'empêcher d'éclater de rire. Mais Dagmar tenait à son idée fixe.

– N'imagine pas me tromper par ce rire affecté! Je *sais* que c'est elle. Dis-lui de ma part de prendre garde!

Il vit une perspective de tracasseries et de désagréments sans fin pour Mme Carnell dont l'innocence – du moins dans le cas présent – était totale.

– Dagmar, ne cherche pas à deviner. « Lydia » est une signature dont elle se sert pour m'écrire; en réalité, elle porte un tout autre prénom.

Dagmar ne se laissa pas abuser par cette improvisation :

– Je ne suis pas aussi bête que tu le penses! Je *sais* que c'est elle.

Elle s'accrochait à cette idée fixe qui satisfaisait son besoin d'imaginer « Lydia » comme une inférieure à tous égards : socialement, moralement, physiquement.

Il dit :

– La nuit est très avancée. Si on se souhaitait bonsoir et remettait le débat à demain?

– Je ne t'empêche pas de dormir. Si tu peux dormir! ajouta-t-elle. Bonne nuit! Et elle se retira chez elle.

Il gagna sa chambre et se déshabilla en prêtant l'oreille au moindre bruit dans l'appartement et dans la rue.

Il entendit sa femme dans le couloir, puis dans la cuisine. Il entendit le robinet d'eau s'ouvrir et se refermer. Il entendit le grincement d'une charrette dans la rue.

Il n'avait nul espoir de dormir cette nuit.

Il se coucha et resta éveillé; après un quart d'heure, ou un peu plus, on gratta à sa porte.

Il se taisait. La porte était fermée à clé.

On gratta de nouveau. Et comme il ne disait toujours rien, la voix de Dagmar gémit, faible et suppliante :

– Ô, Arvid, petit Arvid! Ouvre-moi! Je n'arrive pas à dormir. J'ai si peur.

Il se taisait.

– Ô Arvid, ne te fâche pas si j'ai dit des bêtises! Pardonne-moi! J'ai si peur de rester seule! Laisse-moi entrer!

Il se taisait, en retenant son souffle.

– Arvid, je ne sais plus ce que je fais! Je tuerai nos filles et je me tuerai, moi aussi! Je mettrai le feu à la maison!

Il dut la laisser entrer.

À partir de cette nuit, il ne coucha plus chez lui.

Le plus souvent, il passait les nuits dans son bureau à la rédaction, sur le canapé. Parfois il prenait une chambre à l'hôtel pour dormir tout son soûl.

Par lettre, il avait prévenu Lydia de ce qui était arrivé et de la nouvelle situation. Dans sa réponse, elle regrettait que son malheureux petit mot eût déclenché une telle tempête. Elle ne comprenait pas. « D'après le peu que tu m'as raconté j'avais l'impression que ta femme, pas plus que moi, ne pouvait lire une lettre destinée à un autre. » Et plus loin : « Ma fille est venue me voir; elle restera ici quelques semaines. Pendant ce temps, bien entendu, nous ne pourrons nous voir. Je ne sais pas encore, chéri, comment ça sera par la suite. Plus ma fille grandit, plus je dois veiller à ma réputation. Toi, tu as la tienne qui te lie les mains. Laissons le temps passer, laissons-le faire... »

Il laissa donc le temps passer, et le temps passa.

Dagmar paraissait s'être calmée depuis la première crise. Plus exactement, elle changea de tactique. Elle se fit soumise, douce et résignée, un modèle d'épouse sacrifiée. Lorsque de cette façon elle réussit à lui soutirer la promesse de passer une nuit à la maison, elle le laissa tranquille cette nuit-là. Mais le soir suivant, quand il rentra tard du journal, elle répéta, avec quelques variations, tout le programme de la première nuit d'épouvante. De sorte qu'à quatre heures du matin il s'habilla, partit et erra par les rues jusqu'à ce que, vers cinq heures, il dénichât un estaminet pour cochers de fiacre et ouvriers ouvert. Il s'endormit là, dans un coin, devant une bouteille de bière.

Cette année-là, vers la mi-avril, il y eut une éclipse du soleil. À la même époque, les journaux relatèrent la catastrophe du *Titanic*.

Du pont du Djurgård, Arvid observait le soleil à travers un verre teinté. Mais ses yeux se fatiguèrent vite. Il trouva plus intéressant de regarder les ombres des passants pâlir et se dissoudre, et de noter les changements de la lumière qui virait au gris cendré à mesure que l'obscurité gagnait.

– Tiens, Stjärnblom ! En train d'admirer un phénomène naturel, hein ?

C'était Ture Törne, le jeune comédien et chanteur auquel il devait le succès remporté par sa revue de fin d'année. Elle faisait toujours salle comble, chaque soir, alors qu'on était déjà à la mi-avril.

– Oui...

– Te souviens-tu que lors de la fête que tu as donnée à la Cave de l'Opéra, j'ai promis de devenir écrivain ?

– Non... Si, je me rappelle maintenant... Où en es-tu ?

– J'ai écrit une pièce. C'est-à-dire... elle ne mérite encore que le nom d'ébauche. Puis-je te la lire un de ces jours ?

– Volontiers. Mais où ? En ce moment j'ai quelques difficultés à t'inviter à la maison : le nettoyage de printemps, etc. Pourrais-tu venir un soir à la rédaction et me lire ta pièce ?

– D'accord. Mais comme je te l'ai dit, elle n'est pas tout à fait achevée.

– Ce n'est pas pressé...

Ture Törne dévisageait les passants. Stjärnblom échangea un bref salut avec Henrik Rissler. Celui-ci s'arrêta à quelques pas pour observer le soleil à travers un verre teinté.

– Présente-moi, demanda Törne.

La présentation achevée, il dit :

– Monsieur Rissler, je suis, comme vous le savez probablement, un comédien et un clown. Mais j'ai décidé d'avancer en grade, et j'ai écrit une pièce. M'autorisez-vous à vous la lire? Je la lirai à mon ami Stjärnblom au *Nationalblad*, dans une semaine environ. Ça me ferait grand plaisir si vous pouviez en être. J'attache une importance particulière à votre jugement.

– Si vous voulez, répondit Rissler. Mais si c'est pour me faire un compliment, je décline cet honneur : plus l'écrivain est grand, moins il est capable de juger l'œuvre des autres. L'expérience le prouve. Je ne puis, par conséquent, me sentir aucunement flatté de ce que vous placiez mon avis aussi haut...

L'éclipse de soleil dépassa son point culminant. Dans la foule des promeneurs, il y avait Lydia avec Mlle Ester. Mais elle n'aperçut pas Arvid.

Il mangeait la plupart du temps en ville.

Un des premiers jours de mai, assis à *L'Anglais*, près de la fenêtre, il contemplait la place Stureplan. Il venait d'achever son dîner et en était au café et au cigare.

Il avait pris une résolution. Il écrirait à Lydia pour lui demander de partir avec lui. Qu'elle accepte ou non, lui partirait. Convaincre Dagmar de divorcer était peine perdue. Depuis qu'elle avait appris qu'il en aimait une autre, elle était en proie à une passion mêlée de haine pour cet homme qu'elle avait pendant si longtemps considéré comme sa propriété légitime et inaliénable. Non, il n'avait pas d'autre choix que de partir.

Une phrase de Lydia, écrite dans une de ses lettres, surgit dans sa mémoire : « Nous sommes liés l'un à l'autre. »

Oui. C'était ainsi. Ça devait être ainsi.

Il avait dîné tard; il était huit heures et demie. Un nuage rose et doré planait dans le ciel clair, légèrement teinté de gris, de cette soirée de mai.

Il se rendit à la rédaction.

Un portier lui apprit qu'il avait eu un appel téléphonique de M. Ture Törne.

Ture Törne... Ah, oui, ça devait être au sujet de sa pièce. Il était résolu à se mettre en quatre pour devenir écrivain.

Il prit une liasse de dépêches et les parcourut distraitement.

– Comment va Strindberg? demanda-t-il à un jeune employé venu emprunter un journal français.

– Il touche certainement à sa fin...

Le téléphone sonna. C'était Törne. Il voulait savoir s'il pouvait venir lire sa pièce.

– Tu seras le bienvenu.

Un instant plus tard, Henrik Rissler apparut sur le seuil :

– M. Ture Törne est là? Il m'a téléphoné dans la matinée et a réussi à m'extorquer une promesse ferme de venir écouter son œuvre.

– Il arrive. Assieds-toi en attendant.

Rissler s'assit.

– J'espère que la pièce est mauvaise, poursuivit-il. Il y a déjà trop de concurrents... Si je ne m'abuse, en bas de chez vous, il y a un petit bistrot. Me permets-tu de dépêcher un des garçons pour chercher du whisky et du soda?

– Je t'en prie...

Le whisky arriva, et presque aussitôt Törne entra.

– Prends ma place, lui dit Stjärnblom, tu verras mieux.

Törne s'installa, puis disposa ses papiers sur la table éclairée par une lampe verte. Arvid s'assit dans un angle du canapé; Rissler en occupait déjà l'autre coin.

– Dans votre propre intérêt, monsieur Törne, dit Rissler, je propose que nous prenions d'abord un verre. Cela rendra les critiques « un peu plus gais ».

Ils trinquèrent. Törne commença.

Il s'agissait d'une ébauche plus que d'une pièce achevée. De temps en temps, il complétait les passages rédigés par des résumés de scènes qui ne l'étaient pas encore.

Au début, Arvid écouta distraitement. Peu à peu cependant, un sentiment étrange l'envahit. Un accablant malaise. Une angoisse sourde. Il n'avait qu'une idée vague et confuse du sujet et des événements. Autre chose le captivait. Suisje éveillé ou est-ce que je rêve? Il se passa la main – une main glacée – sur les yeux pendant que Törne lisait, scène après scène.

Une jeune dame, Laura von Stiler, était mariée à un vieillard, historien et philosophe, célèbre et très riche. Il possédait un château dans le Västmansland, c'était là que se déroulait le premier acte. Elle ne l'aimait pas. Elle était amoureuse d'un jeune officier qui détestait ce métier des armes et dont la vraie vocation était d'être écrivain... Le père faisait aussi son apparition. Un peintre de renommée mondiale; ses toiles occupaient tout un mur au musée du Luxembourg... C'était le raisonneur de la pièce.

– Je songe, s'interrompit Törne, à faire jouer ce rôle par Fredriksson.

– Il en sera sans doute ravi, fit Henrik Rissler.

Törne reprit la lecture.

Affaissé dans son coin, Arvid captait de temps en temps un détail qui lui paraissait familier, une réplique qu'il croyait reconnaître... « Laura à son mari : Veux-tu connaître la vérité? Le mari avec hauteur : Ça m'est égal. La vérité est nuisible. Ce sont les illusions et les égarements qui constituent toujours le moteur de ce qui est grand dans le monde ». Une scène entre Laura et le jeune homme qu'elle aime : « Maintenant je le sais, maintenant qu'il est peut-être trop tard, Arthur, nous sommes liés l'un à l'autre ». Il apprit également que Laura avait deux frères; l'un, conseiller à la cour d'appel, incarnait l'étroite morale bourgeoise; l'autre, au cours du dernier acte, revenait d'Amérique, richissime, et résolvait le problème...

Törna avait terminé. Il y eut un court silence.

Henrik Rissler le rompit :

– Eh bien, monsieur Törne, il me semble que vous avez

du talent. Mais peut-on vraiment juger une pièce inachevée? Ce que vous venez de nous lire n'est, à vrai dire, qu'une ébauche.

– Bien sûr, d'ailleurs je vous avais prévenus; mais que pensez-vous du conflit lui-même?

– Bah...Un conflit qui se résout grâce à l'argent... Sans doute la vie est-elle pleine de ce genre de conflits. Mais il n'est pas facile de leur conférer un intérêt scénique. Si je peux me permettre encore une remarque, je dirais que votre Mme Laura paraît un peu invraisemblable, un peu artificielle... On n'y croit pas vraiment. Mais maintenant je dois partir, je suis invité. Merci pour la lecture et au revoir!

Rissler s'en alla.

Ture Törne arpentait la pièce à grands pas.

– Imbécile! murmura-t-il entre ses dents. Invraisemblable! Artificielle! C'est lui qui l'est! Je l'ai faite d'après un modèle vivant! Mais que ça reste entre nous. Il se tourna vers Stjärnblom. Ne me demande pas son nom. On ne trahit pas une dame!

– Non, articula Stjärnblom, ça ne se fait pas. Et je ne songeais pas à te le demander.

Törne ajouta, comme par distraction :

– J'ai une liaison avec elle depuis six mois environ. C'est presque fini. Mais nous ferons peut-être un petit voyage en Norvège, cet été.

Arvid Stjärnblom se protégeait les yeux de la main, comme si la lumière lui faisait mal :

– Ah bon, c'est presque fini...

– Ben quoi... Crois-moi, mon vieux, poursuivit Ture Törne, il faut se garder de s'attacher! On a bien le droit de profiter un peu de la vie! Et puis, elle a cinq ou six ans de plus que dans la pièce... Qu'as-tu, tu as l'air malade? Secoue-toi, mon vieux! À ta santé!

– Oui, répondit Stjärnblom, je ne me sens pas très bien. Mais ça va passer.

– Bonne nuit, alors...

« On a bien le droit de profiter un peu de la vie » ... « Il faut se garder de s'attacher »...

Un souvenir surgit, un vieux souvenir, un souvenir fantôme. Il se revit lui-même, avec une casquette d'étudiant – une nuit d'été, dans une barque – il y avait longtemps, si longtemps...

Le lendemain vers dix heures, il sonna à la porte de Lydia. Elle ouvrit et le fit entrer.

– Quel air tu as! Qu'y a-t-il? Il t'est arrivé un malheur? Pas rasé, les traits tirés, il avait erré par les rues presque toute la nuit.

– Oui, d'une certaine façon.

Elle le pria de s'asseoir.

– Qu'y a-t-il? Qu'est-ce qu'il t'arrive?

Il se taisait, la tête entre les mains.

– Qu'y a-t-il donc, Arvid? Tu ne peux pas parler?

– Je vais essayer. J'ai appris par hasard que tu projettes de faire un petit voyage en Norvège cet été.

Elle demeura pétrifiée. La surprise fut telle qu'elle ne parvint pas à nier.

– Qui te l'a dit?

– Y en a-t-il beaucoup qui auraient pu me le dire?

Elle se tut, confondue. Enfin elle pria :

– Ô Arvid, abrège le supplice! Raconte ce qui s'est passé!

Il raconta. À la fin, il ajouta :

– Je ne peux affirmer que je t'ai reconnue dans sa Laura. Il n'existe pas deux êtres qui en regardent un troisième avec les mêmes yeux. Mais j'ai reconnu les grands traits de ta personnalité et la trame de ta vie.

Elle allait et venait, les bras derrière le dos, les yeux baissés. Les longs cils cachaient le regard.

– A-t-il vraiment dit qu'il avait « une liaison » avec moi depuis six mois ?

– Il n'a pas prononcé ton nom. C'est un jeune homme discret.

– Je reconnais bien là M. Ture Törne. Je ne sais pas pourquoi je ne t'en ai pas parlé plus tôt. Mais je n'ai pas de « liaison » avec lui.

Arvid esquissa un sourire :

– Dans ce cas, il deviendra sans doute un grand écrivain : il en a l'étoffe...

Elle vint vers lui et plongea son regard dans le sien :

– Arvid, tu ne me crois pas ?...

Il détourna les yeux, comme pour lui épargner un mensonge :

– Si, si, bien sûr je te crois.

Il estimait que la situation exigeait qu'il la crût. Sinon c'eût été *trop* pénible.

– Je te dis la vérité, reprit-elle, nous nous sommes en effet embrassés quelquefois. Mais c'est tout. Et il en a tiré toute une pièce.

– Oui ; ce sera vraiment un diable d'écrivain !

– Et maintenant, dit-elle en haussant les épaules, oublions M. Ture Törne ! On ne peut pas le prendre au sérieux, on ne peut même pas se fâcher avec lui. Tu as l'air si fatigué, si bouleversé, Arvid. Allonge-toi sur ce sofa et repose-toi. Veux-tu que je joue ?

Allongé, les yeux mi-clos, il l'écoutait jouer l'adagio de la *Pathétique*.

Distraitement, il prit le volume posé sur la table. C'était *La Grand-Route* de Strindberg, ouvert à l'endroit où l'auteur décrit une paire de lunettes embuées qui symbolisent un homme « qui a beaucoup pleuré, mais en cachette ».

Elle avait cessé de jouer. Elle vint à lui et posa sa main fraîche sur son front :

– Que tu es chaud!

– Lisais-tu cela quand je suis arrivé?

– Oui. J'ai vu dans le journal qu'il est en train de mourir. J'ai pris ce livre. J'aime beaucoup ce passage.

– Oui, c'est un joyau. Bien qu'on ne puisse affirmer que pleurer en cachette soit caractéristique de Strindberg. Au contraire, des décennies durant, il s'est désolé et lamenté en public d'une manière extrêmement audible. Ça soulage toujours, un tant soit peu. Ça soulage même beaucoup.

Il se leva :

– Maintenant il faut que je te dise adieu.

– Arvid, fit-elle. Tu as certainement compris que nous ne pouvons plus continuer comme avant. Si tu m'aimes encore, si tu ne veux pas me perdre, alors... Alors, tu dois trouver la force de supporter un divorce, un nouveau mariage et tout le reste. Ça ne peut pas durer comme avant.

Il resta muet. Pour la première fois depuis tant d'années, elle évoquait le mariage.

Enfin, il put parler.

– Petite Lydia, je vais partir, et je serai absent très longtemps. Hier, assis à *L'Anglais* après un repas solitaire, j'étais fermement décidé à te proposer de me suivre, maintenant et à jamais. Depuis, beaucoup d'eau a coulé sous les ponts. Crois-tu que ce soit le moment approprié pour parler mariage, après ce qui m'est arrivé hier soir?

Elle évita son regard. Il se taisait.

– Eh bien, dit-elle enfin comme pour elle-même, je n'ai plus aucune raison de m'épargner...

Il crut se souvenir, comme dans un rêve, qu'un jour elle avait déjà prononcé ces paroles, un jour, plusieurs années auparavant...

– Quand pars-tu?

– Dans une semaine environ.

– Ah... Alors, adieu...

– Adieu.

Quelques jours plus tard, il trouva sur son bureau à la rédaction une lettre de Lydia.

« Arvid. Oublie ce que j'ai dit l'autre jour – à propos de divorce et de mariage. J'étais si bouleversée par ce que tu me racontais que je savais à peine ce que je disais.

En ce qui me concerne, tu peux garder ta femme. Mon choix est fait.

Je l'aime; je n'ai jamais autant aimé!

Lydia. »

Il chiffonna la lettre, alla aux toilettes et la jeta.

En face, à travers la rue, par une fenêtre ouverte, on entendait un gramophone. Il jouait *Plus près de Toi, mon Dieu.*

Arvid Stjärnblom obtint enfin quelques jours de paix. Il écrivit à son beau-frère, le pasteur Randel – depuis quelques années, il administrait une paroisse à une vingtaine de kilomètres au nord de Stockholm – pour le prier d'inviter Dagmar et les filles pendant quelques jours. La réponse fut positive; il réussit même à décider Dagmar à ce voyage. Il profita de ce répit pour régler ses affaires. Il résilia le bail de l'appartement. Il s'arrangea avec Doncker pour être correspondant du journal à l'étranger. Il se mit d'accord avec un avocat de son entourage pour s'occuper du divorce au cas où Dagmar se laisserait convaincre. Il n'avait pas la moindre envie de continuer à vivre avec elle; au contraire, depuis sa rupture avec Lydia, elle lui était devenue encore plus insupportable. Il se procura un passeport au ministère des Affaires étrangères. Il fit ses bagages. À part les vêtements et ses affaires de toilette, il n'emmenait que quelques livres.

Un pâle soleil d'après-midi éclairait la bibliothèque. Il prenait un volume par-ci par-là et le feuilletait. Chères vieilles connaissances, amis fidèles! Ô mon Dieu, le vieux Ernst Friedrich Richter... *Lehrbuch der Harmonie*, 20e édition, Leipzig 1894... Les longues rangées de Bellman, de Lidner, de Tegner, de Stagnelius et de Strindberg. Le dernier recueil de poèmes d'Olof Levini qui avait eu la gentillesse de le lui offrir. C'était un an avant sa mort... Et Henrik Rissler : *Une jeunesse.* En feuilletant les pages, il tomba sur un passage, vers la fin : « ... Si un jour un vrai soleil entre dans ma vie, je pourrirai aussitôt, par manque d'accoutumance au climat. » Oh non, mon bon Rissler, pensa-t-il, certainement pas. Tu appartiens à une race forte.

Il rangea Bellman, Heine et une vieille traduction française de Plutarque dans ses valises; le *Buch der Lieder* [1], il le mit dans son sac de voyage. Il y avait longtemps qu'il ne l'avait pas relu, ce serait sa lecture de voyage. Il prit également la Bible.

Il partait le lendemain par le train du matin. Il en avait prévenu Lydia par un petit mot afin qu'elle ne lui écrivît plus à son ancienne adresse.

Il sortit.

Une fois de plus, une dernière fois, ses pas le menèrent au cimetière de l'église Saint-Jean. Une fois de plus, il se retrouva devant le tombeau de Georg Carl von Döbeln à relire les trois mots : Honneur – Devoir – Volonté.

Tandis qu'il regardait cette fière devise, dont la dorure s'écaillait, trois vers de J.P. Jacobsen surgirent dans sa mémoire :

« Glødende Nat!
– Viljer er Voks i din blöde Haand,
og Troskab Siv kun for din Aandes Pust... [2] »

Il repensa à la dernière lettre de Lydia : « ... jamais autant aimé. » Jamais autant aimé.

Paroles merveilleuses, paroles enchanteresses lorsqu'elles sont chuchotées à celui à qui elles s'adressent.

1. Le *Livre des chants* de Heinrich Heine.
2. Ô nuit incendiée / Les désirs sont de cire dans ta main douce / Et la fidélité, un roseau qui se ploie sous ton souffle (danois).

Ordurières, éhontées quand on les jette au visage de celui qui se retire à l'instant de la séparation.

Il ne lui restait plus qu'à prendre congé de Markel qui ne savait pas encore qu'il allait partir.

Il se rendit au *Dagens post*. Au coin de Drottninggatan et de Karduansmakaregatan, il échangea un bref signe de tête avec Ture Törne.

Il trouva Markel à son bureau.

– Ainsi, tu vas voyager, tu as raison. Ce n'est pas trop tôt.

Il tenait une dépêche à la main :

– Il semble bien que les Italiens aient reçu encore une raclée à Tripoli. Nous vivons une époque belliqueuse, mon cher. « Toujours la guerre et la luxure, rien d'autre ne vaut à présent », disait Shakespeare. Ça reste actuel. Au revoir, mon garçon ! On se reverra peut-être un jour.

Il prit son billet à un guichet. Puis il se retourna : Lydia était devant lui. Troublé, il eut l'impression qu'elle portait une tenue de voyage. Une fraction de seconde, l'idée insensée traversa son cerveau : elle voulait le suivre – maintenant et à jamais !

– J'ai voulu te dire adieu. Et te donner ce petit souvenir.

Elle lui tendit un paquet :

– C'est une bagatelle. Une bricole qui pourra t'être utile un jour. Alors tu penseras peut-être à moi.

– Merci, dit-il. Adieu.

Il mit le minuscule paquet dans sa poche, rejoignit le quai et monta dans l'express du Sud.

Le train roulait toujours. Vers le sud.

Il était affaissé dans un coin du compartiment. Tout à l'heure, en traversant le couloir du wagon, il avait aperçu son reflet dans un miroir.

J'ai trente-sept ans. Et j'ai l'air d'en avoir cinquante.

Cependant, poursuivit-il, j'ai envie de voir si un monde plus vaste existe « en dehors de Vérone ». Je me rappelle en avoir eu autrefois le sentiment... Mais j'ai dû rester trop longtemps enfermé dans la montagne de Vénus pour être bon à quelque chose dans cet autre monde. Il est peut-être trop tard.

Puis il pensa :

Elle avait tout de même une étrange manie : toujours choisir ses amants parmi mes amis et mes connaissances... Après cet automne affreux, il y a quatre ans, quand elle m'a écrit « Pendant ton absence, je me suis donnée à un autre », je me fiais aveuglément à sa franchise. Mais s'agissait-il uniquement de franchise ? N'était-ce pas plutôt un besoin morbide de voir comment j'allais prendre ça ? Une curiosité cruelle de savoir combien de coups de fouet je pouvais supporter ?

Pour se débarrasser de ces pensées hideuses qui le rongeaient, le minaient depuis des siècles, lui semblait-il, il ouvrit son sac de voyage et sortit le *Buch der Lieder*.

Il tomba sur ce poème :

« In mein gar zu dunkles Leben
strahlte einst ein süsses Bild;
nun das süsse Bild erblichen,
bin ich gänzlich nachtumhült.

Wenn die Kinder sind im Dunkeln,
wird beklommen ihr Gemüt,
und um ihre Angst zu bannen,
singen sie ein lautes Lied.

Ich, ein tolles Kind, ich singe
jetzo in der Dunkelheit;
klingt das Lied auch nicht ergötzlich,
hat's mich doch von Angst befreit. »

Oui, pensa-t-il, les poètes s'en tirent toujours. Quoi qu'il leur arrive, ils retombent sur leurs pieds. Même lorsqu'il s'agit d'une existence gaspillée, perdue et consumée, même alors ils réussissent à se consoler. Leur capacité de donner forme à leur irrémédiable malheur leur fournit un remède. Que faire cependant lorsqu'on n'est qu'un pauvre pécheur ?

Il se souvint que Lydia lui avait offert un cadeau. Un souvenir. Qu'est-ce que ça pouvait être ?

Il tira le paquet de sa poche et le défit : un petit canif avec un manche de nacre.

Elle n'est pas superstitieuse, au moins...

Car une vieille croyance, qu'il se rappelait bien depuis son enfance, interdit d'offrir un couteau à un être qu'on aime ou qu'on estime, puisque cela engendre l'inimitié et la haine.

Il remit le canif dans sa poche.

En ce moment, pensa-t-il, elle se rend peut-être à un rendez-vous avec lui dans une allée du Djurgård. Le soleil brille. Elle s'arrête au tournant du chemin et lui dit, le regard à moitié dissimulé par ses longs cils : « Je viens de rencontrer celui que j'ai aimé. Je ne comprends même pas comment j'ai pu l'aimer. »

Et le train roulait...

LES JEUX DU BONHEUR

par Elena Balzamo

En 1912, Hjalmar Söderberg, écrivain célèbre et controversé, fait paraître un nouveau livre : Le Jeu sérieux. *Âgé de 43 ans, il est l'auteur de trois romans, d'autant de recueils de nouvelles, de deux pièces de théâtre et d'un essai, sans compter les nombreux articles de critique.* Le Jeu sérieux, *son œuvre la plus longue, la plus ambitieuse et peut-être la plus réussie, couronne une carrière littéraire de plus de quinze ans et ouvre, semble-t-il, de nouvelles perspectives. Qui pouvait deviner, en 1912, que ce roman qui témoigne de l'épanouissement d'un artiste en pleine possession de son talent, allait devenir son chant du cygne, une montée qui débouche sur le vide? Ce fut pourtant le cas : dans les trente années qu'il lui reste à vivre, Söderberg ne produira rien qui égalera les œuvres antérieures; en fait, il n'écrira presque plus de fiction, abandonnant la littérature au profit de l'histoire de la religion. En outre, la publication du* Jeu sérieux *sera suivie de six années de silence total, alors que dans les six années qui la précédèrent, il écrivit une moitié de ses œuvres les plus importantes. Les causes de ce silence et de ce tarissement de la productivité artistique sont à chercher dans les événements qui, à cette époque, ont bouleversé la vie de Hjalmar Söderberg et en ont complètement dévié le cours.*

Dans son existence somme toute assez terne, la période comprise entre 1903 et 1912 se détache comme une parenthèse exceptionnelle par sa tension dramatique. En 1903, après quatre années de mariage désastreux avec une hystérique, Hjalmar Söderberg reçoit une lettre écrite par une inconnue qui lui fait part de son admiration pour La jeunesse de Martin Birck, *le roman paru en 1901. Une jeune femme, épouse d'un officier, sensible, éprise de littérature, languissant dans la grisaille provinciale auprès d'un mari vieillissant, entre ainsi dans la vie de Söderberg. Elle s'appelle Maria von Platen. Une correspondance s'engage, suivie d'une rencontre, et bientôt Söderberg se trouve impliqué dans une affaire dont il n'est pas encore à même de mesurer les conséquences. Trois ans de liaison tumultueuse, ponctuée de brouilles plus ou moins longues, se soldent par une rupture définitive, intervenue en 1903; Söderberg y reviendra à plusieurs reprises.*

Pour Maria von Platen qui, par la suite, aura d'autres liaisons avec des hommes de lettres suédois, cet amour ne représenta qu'un simple épisode. Pour Hjalmar Söderberg, dans sa « chasse au bonheur », ce fut un drame épouvantable, une catastrophe qui l'anéantit. Écrasé par les conflits domestiques, les échos du scandale qui éclate lorsque l'affaire devient publique, les souffrances causées par la rupture avec la femme aimée, les difficultés financières, il n'entrevoit qu'une solution : fuir.

« Je sais que je n'avais guère d'autre choix – la solution extrême mise à part », expliquait-il dans une lettre. Se doutait-il qu'en quittant la Suède en 1906, il se condamnait à l'exil perpétuel? Qu'en se coupant de son milieu vital, son liquide amniotique, Stockholm, il signait son arrêt de mort? Certainement pas, même s'il affirmait avoir mis une croix sur sa vie et sa carrière littéraire : « J'allais simplement à Copenhague pour y demeurer pour l'instant; je ne faisais aucun projet, je ne voyais devant moi aucun avenir... Je me considérais fini comme écrivain. »

Toujours est-il qu'après un temps d'hésitation, il s'installe à Copenhague, fait la connaissance d'une jeune Danoise qui lui donne un enfant en 1910 et qu'il épouse en secondes noces en 1917. À ses côtés, il mènera une existence rangée et paisible jusqu'à sa mort en 1941. Il ne retournera en Suède que pour de brefs séjours.

Mais tout cela est encore loin. En 1906, déraciné, meurtri, sans argent, Hjalmar Söderberg débarque à Copenhague, s'installe dans un petit hôtel et livre la première bataille aux démons qui l'assiègent : c'est Gertrud. *Cette pièce de théâtre, connue en Europe avant tout grâce à l'adaptation cinématographique qu'en a faite Dreyer, est publiée en 1906; en 1907 déjà, elle est représentée simultanément à Stockholm et à Copenhague. Le drame, qui reprend certains aspects de l'aventure avec Maria von Platen, sans en suivre la trame, est entièrement centré sur le personnage de Gertrud, cette femme qui ne vit que par l'amour et pour l'amour. Rien d'un règlement de comptes avec son ancienne maîtresse, au contraire, une absolution totale. Un seul désir de Hjalmar Söderberg a survécu à sa grande passion amoureuse : celui de « comprendre ». « Je voudrais être quelque chose qui sans doute n'existe pas, dit le héros du* Jeu sérieux, *je voudrais être l'âme universelle. Celui qui sait et comprend tout. »*

Malgré l'indéniable réussite de Gertrud *et l'effet cathartique qu'elle a dû produire sur son créateur, le sujet est loin d'être épuisé, les démons du passé continuent à le hanter, et Söderberg entreprend une nouvelle tentative pour les exorciser. Cette fois-ci ce sera* Le Jeu sérieux.

Hjalmar Söderberg a la réputation méritée d'être un des meilleurs chantres de Stockholm; il la doit, entre autres, à l'image de la ville qu'offre Le Jeu sérieux. *Presque tous les quartiers de la capitale suédoise y sont décrits, sans minutie pesante, toujours avec une précision étonnante : une suite d'« instantanés » où les éléments immuables – maisons, jardins, églises – sont mis en relation avec d'autres, plus éphé-*

mères : conditions atmosphériques, qualité de la lumière, tenues des passants... Le Stockholm du début du siècle nous apparaît vivant, mouvant; son aspect se modifie au cours des années : l'automobile remplace peu à peu le fiacre, les lampes à gaz cèdent la place à l'éclairage électrique. À première vue, cela n'a rien d'étonnant : l'auteur d'un roman réaliste décrit le site qu'il connaît bien, qui a longtemps constitué le cadre de sa vie quotidienne, qui lui est familier jusqu'aux moindres détails. Cependant, la puissance suggestive des tableaux stockholmiens tient probablement moins à ce que cette ville est le milieu naturel de l'écrivain, qu'au fait contraire : elle a cessé de l'être. Le Jeu sérieux *est un roman de l'exil; au moment où il le compose, Söderberg a définitivement quitté son pays. Tout ce dont il parle – les cafés, les soirées à l'Opéra, les promenades sur les quais – tout cela appartient au passé, à une époque à jamais révolue, finie, comme la jeunesse. « Si tu étais écrivain, demande au protagoniste du* Jeu sérieux *sa maîtresse, pourrais-tu alors faire comme Strindberg et tant d'autres, moins grands, pourrais-tu faire de la littérature de ce qui un jour a été ta propre vie, ta réalité, ton bonheur et ton malheur ? – Jamais, répond-il, je ne crois d'ailleurs pas qu'il soit possible, même pour un écrivain, de faire de la littérature avec son amour tant que celui-ci contient encore une étincelle de vie. Il faut qu'il soit parfaitement mort avant qu'il puisse l'embaumer. » Dans cet échange de répliques, on reconnaît, outre le problème des rapports entre* Dichtung [1] *et* Wahrheit [2] *– un des thèmes récurrents dans l'œuvre söderbergienne, un accent plus immédiat, qui traduit l'attitude de l'écrivain envers les événements décrits. L'époque stockholmienne est bien close, le drame est joué. Quant au passé, il est mort. « De plus en plus je me rends compte qu'il ne ressuscitera jamais », affirme-t-il dès 1907 dans une lettre; les mécanismes de la*

1. Fiction.
2. Réalité.

création artistique sont enclenchés. Le traumatisme vécu n'est plus qu'une matière brute qu'il s'agit de transformer en une œuvre d'art. « Ce n'est pas ce qui lui est arrivé, qui est la source de tout ce qu'il y a de maladif, d'affreux et de trouble dans ses écrits, dit Arvid Stjärnblom à propos de Strindberg. Au contraire, ce qu'il y a de maladif, d'affreux et de trouble dans sa propre nature, explique la façon dont il a vécu et senti. »

La remarque est pertinente : passé par le prisme de Söderberg-artiste, le drame sentimental qui a plongé Söderberg-homme privé dans un chaos total, se transforme en une œuvre merveilleusement équilibrée. L'expérience déchirante est là, mais restructurée, et pour ainsi dire « remise à sa place ». Certains critiques suédois ont reproché à Söderberg les « digressions », les « collages » incorporés dans la narration, qui n'ont pas de rapport apparent avec l'intrigue amoureuse; il suffit pourtant de comparer Le Jeu sérieux avec Gertrud pour comprendre la fonction de ces passages. Dans la pièce, le monde extérieur n'existe pas : rien n'est réel en dehors des relations entre les personnages; dans le roman, les péripéties amoureuses sont présentées sur le fond de la politique mondiale, des « affaires » qui secouent la Suède; elles sont intégrées dans un ensemble d'une ampleur exceptionnelle : l'affaire Dreyfus, le problème de l'union entre la Suède et la Norvège, les débats théologiques, le spectre d'une guerre mondiale. Ce procédé produit un double effet : d'une part, le drame d'amour d'Arvid Stjärnblom est pour ainsi dire relativisé; ce n'est qu'un grain de sable dans la turbulence mondiale. D'autre part, grâce au même procédé, ce drame acquiert une sorte d'existence objective : les déboires du héros avec sa maîtresse font, eux aussi, partie de l'histoire de l'humanité, au même titre que le drame et les souffrances de tout individu. D'où l'impression, parfois presque troublante, de l'existence physique des personnages, de leur présence réelle. Une preuve curieuse de cet effet fut *la publication, en 1969 – plus d'un demi-siècle après la publication du* Jeu sérieux *– d'un roman,* Pour Lydia, *dont l'auteur, G. Sundström, raconte la même histoire, mais cette fois-ci, du point de vue de l'héroïne, Lydia.*

Arvid Sjärnblom est sans doute un des personnages les plus attachants de Söderberg. Ce provincial qui, tel Rastignac, vient à Stockholm pour le conquérir, à la différence de son prédécesseur français, refuse la réussite à n'importe quel prix. C'est encore un être moral, comme Martin Birck – le protagoniste du second roman de Söderberg –, qui, par son intransigeance, rend malheureux ses parents et se voue lui-même à une existence solitaire et désespérée; comme le docteur Glas, héros éponyme d'un autre roman qui – toujours au nom de ses principes moraux – devient assassin. Une fois de plus, la conscience morale ne porte pas bonheur. « J'ai toujours imaginé que la franchise et un certain amour désintéressé de la vérité faisaient partie du fondement même de mon caractère. Or, me voici impliqué dans une relation qui fait du mensonge, de la ruse et de la dissimulation des nécessités presque quotidiennes et à ma grande surprise, je découvre que je ne suis pas si mauvais que ça », se dit Arvid Stjärnblom, et de nouveau on croit entendre la voix de l'écrivain lui-même. En réalité, le personnage se trompe : glissant de mensonge en mensonge, qu'exigent tantôt la prudence, tantôt la pitié, tantôt la peur, il s'engage dans une voie sans issue, une impasse dont il ne pourra revenir qu'en abandonnant tout ce qui, jadis, avait compté dans son existence : l'amour, la carrière, la position sociale, la famille. Quinze années de lente montée se soldent par un échec retentissant : le héros s'enfuit, comme son créateur, las et découragé, sans aucun projet d'avenir. À qui la faute? À l'instant de défaillance dont le héros se rend coupable au début de la narration, lorsqu'il hésite à « se lier » avec la jeune fille qu'il aime pourtant? C'est une faute qu'il expiera par la suite au quadruple, et l'existence ratée de Stjärnblom n'est certainement pas la punition pour cette faiblesse de jeunesse.

Le Jeu sérieux *est le roman le plus fataliste de Söderberg, nourri de l'expérience des échecs répétés de ses propres tentatives pour « être heureux ». « Nous ne savons guère quelles graines nous semons. Nous ne pouvons assumer la responsabilité de quoi que ce soit; nous ne pouvons ni aller de l'avant, ni revenir sur nos pas, ni même demeurer sur place », écrivait-il déjà dans son premier roman,* Égarements. *Plus tard, dans* La Jeunesse de Martin Birck, *ce thème est repris et développé : l'image schopenhauerienne de l'« être-humain-marionnette » traduit exactement ce que l'auteur pense de la notion du libre arbitre.*

On en trouve l'écho dans les nombreuses nouvelles de Söderberg; renforcée au fil des années, cette idée devient le thème principal dans Le Jeu sérieux : *« On ne choisit pas son destin. On ne choisit pas non plus sa femme, sa maîtresse ou ses enfants. On les a, on les garde, il arrive aussi qu'on les perde. Mais on ne choisit pas! » Ainsi se fait-il que le plus actif, le plus volontaire des personnages de Söderberg, Arvid Stjärnblom, est tout aussi impuissant que les autres à influer sur son destin, à éviter un mariage malheureux ou à conserver l'amour de sa maîtresse. Il a beau prévoir et prendre ses précautions, les choses « arrivent »; tout ce qu'il peut faire c'est de supporter les coups avec dignité.*

L'amour fatal qui est le destin d'Arvid Stjärnblom, est tissé de trahisons : la première, celle du héros, est encore presque innocente; par la suite, les blessures que les personnages s'infligent les uns aux autres sont de plus en plus calculées et voulues. Ces trahisons sont inévitables, car le voile qui empêche les individus de se connaître à fond, n'est jamais complètement levé; malgré de multiples explications, nul ne se livre entièrement. « Je crois au désir de la chair et à la solitude irrémédiable de l'âme. » Cette célèbre formule de Söderberg résume parfaitement son grand roman. Dans Le Jeu sérieux, *cette vision fataliste de l'existence est exacerbée; de la sorte, le livre non seulement résume l'expérience personnelle de son auteur et tire un trait sur sa « vie vécue » – l'action du roman se prolonge jusqu'à 1912, l'année même de l'écriture –, mais fait également le bilan de sa quête intellectuelle et offre une conclusion à son œuvre antérieure. Toute proportion gardée, on peut parler ici d'un roman « total » et, conséquence de sa réussite,* Le Jeu sérieux *s'avère aussi un point final.*

« Le Jeu sérieux *est le seul roman d'amour qui compte dans notre littérature », écrivait un critique suédois dans les années trente. Tous ne partagent pas cet avis, mais nul ne peut nier qu'après l'accueil mitigé que lui avait réservé la presse de l'époque et qui semble tout autant dû au livre lui-même qu'à la personnalité très controversée de son auteur, le roman ait vite atteint le statut qu'on lui connaît aujourd'hui, celui d'un classique.* Le Jeu sérieux *a connu un nombre impressionnant de rééditions, a inspiré une adaptation cinématographique, constitué l'objet de multiples travaux de recherche et été traduit en plusieurs langues. Cependant, tout semble avoir déjà été dit sur ce livre en 1913, par Bo Bergman, poète et ami de Hjalmar Söderberg : « Ce n'est pas seulement un joyau d'intelligence raffinée et de maîtrise stylistique. C'est l'œuvre d'un homme mûr, qui vient du cœur et de l'âme, et qui possède toutes les couleurs de la vie. »*

Chartres, juin 1994

CET OUVRAGE
A ÉTÉ ACHEVÉ D'IMPRIMER
SUR ROTO-PAGE
PAR L'IMPRIMERIE FLOCH
À MAYENNE EN JANVIER 2008

N° d'éd. 121. N° d'impr. 70059.
D.L. : septembre 2001.
(Imprimé en France)